KB148071

아름다운 가치는 언제나

아름다움은 지키는 것이다

도시소설가,
농부과학자를 만나다

김탁환 지음

해냄

가끔은 단 한 문장을 반박하기 위해

한 인생 전체를 이야기할 필요가 있다.

―존 버거, 「보리스, 말을 사다」

소멸에 맞서는 사람

> 진정한 사랑은 우리에게 우리의 생활 방식, 판단 기준,
> 우리 선택의 바탕이 되는 가치들을 되돌아볼 것을 요구합니다.
> ―프란치스코 교황, 『우리 어머니인 지구』

일 년만 쉬기로 했다.

턱밑까지 숨이 차올랐던 것이다. 장편소설을 단 한 글자도 쓰지 않고, 작업실에도 들어가지 않고, 길 위를 걷기로 했다.

1996년 첫 장편 『열두 마리 고래의 사랑 이야기』를 출간한 후 한 해도 쉬지 않고 소설을 썼다. 장편소설만 스물아홉 편을 냈는데도, 새 작품에 들어갈 이야기들이 책상 위에 쌓여 나를 기다리고 있었다.

작업실을 나와서 한강까지 걸었다. 이렇게 살다가 죽긴 싫었다. 23년 동안 골방에 틀어박혀 이야기를 쓰고 쓰고 또 쓰는 삶! 여기 서 멈추지 않으면 또 23년을 책과 논문과 녹취와 사진과 지도에 둘러싸여 읽고 쓰다가 늙고 병들어 죽겠구나 싶었다.

소설가로서는 축복받은 일생이라고 여긴 적도 있지만, 글 감옥에 갇힌 이 방식만을 운명으로 받아들이긴 싫었다. 사방이 콘크리트인 작업실을 벗어나 문장 밖을 쏘다니고 싶었다.

하늘을 우러르며 서툰 걸음을 내디뎠다.

쉰 곳이 넘는 마을을 돌아다녔다. 도서관과 동네책방에서 강연을 하고 독자들과 함께 걸었다. 혼자 길 위에서 보낸 낮과 밤도 적지 않았다. 찾아간 마을에서 적어도 하루는 묵었다.

강연도 강연이지만, 도서관이나 책방을 오가는 독자들이 아끼는, 전국적으로 유명하진 않더라도 그 지역에선 사랑받는 길을 찾았다. 태풍이 밀려들던 늦여름엔 예정된 길을 누빌 수 없어 발을 동동 구르기도 했다.

그렇게 걷다가 불현듯 깨달았다, 지금까진 종(縱)으로만 돌아다녔다는 것을.

직장에 매인 사람들보단 훨씬 많은 마을을 안다고 여겼다. 그런데 결국 서울에서 지방으로 바삐 내려갔다가 서둘러 올라오는 것이 대부분이었다. 아무리 많이 돌아다녀도 똑같은 패턴이었던 것이다.

그때부터였다. 나는 횡(橫)으로 다니기 시작했다. 가령 인천에서 경기도 퇴촌을 지나 강릉까지 간다거나, 목포에서 곡성을 돌아 진주를 거쳐 창원에 들렀다가 부산에 닿는 식이다.

종으로 오갈 때는 서울과 지방으로 단순히 갈렸는데, 횡으로 움직이니 비교 대상이 훨씬 다양해졌다. 3만, 10만, 30만, 100만, 350만, 970만 등 면적과 인구가 제각각인 농촌과 도시를 거치니, 삶의 다른 무늬들이 비로소 보였다. 서울과 지방으로 양분했던 지난날이 한심할 정도였다.

소멸의 시대를 살다

나는 경상남도 진해시에서 태어났고, 창원시와 마산시에서 유년과 청소년기를 보냈다. 2010년 세 도시가 합쳐 통합 창원시가 되었다. 서울에서 대학교와 대학원을 다녔고, 진해에서 해군 장교로 복무한 뒤, 충청남도와 대전광역시에서 10년 동안 교수 생활을 하다가, 2009년 전업 작가가 되어 서울로 올라온 후 지금에 이르렀다.

강원도와 전라도와 제주도에선 살아본 적이 없다. 신문이나 방송에서 지방이 언급될 때면, 내가 나고 자란 경상남도와 형편이 비슷하리라고 막연히 추측했다.

진해는 군항이고 마산은 수출자유지역이며 창원엔 기계공업단지가 자리를 잡았다. 푸른 작업복의 노동자들이 출근 시간에 밀물처럼 들어갔다가 퇴근 시간에 썰물처럼 빠져나오는 공장 풍경에 익숙했다.

1987년 대학에 입학한 후 자본주의를 공부했다. 자본주의를 모르고선 근대문학을 논할 수 없었고, 군사독재의 암울한 나날에서 희망을 찾기 어려웠다. 농민보다 노동자를 강조하는 논저들을 읽었고, 그 관점을 당연하게 받아들였다. 농업 중심의 중세에서 노동자 중심의 근대로 이행했기 때문에, 프롤레타리아인 노동자의 고통을 이해하고 그 속에서 사회 변혁을 도모해야 한다는 논리였다.

가까운 선배나 친구가 노동자로 위장 취업도 했다. 농촌으로 들어가서 농민이 된 동년배를 만난 적은 없었다. 세상을 파악하는 폭과 깊이가 좁고 얕았다.

지금까지 역사소설로 통칭되는 시대물을 꾸준히 발표했다. 갓 등단한 서른 살 무렵, 그때까지 경험을 바탕으로 사소설(私小說)을 써보기도 했지만 부끄러웠다. 부족한 체험과 성근 관념으로 얼키설키 이야기를 짜기보다는 인생의 근본 문제를 품고 치열하게 나아간 과거의 인물을 내 문장으로 옮기는 편이 낫겠다고 판단했다. 내 삶이 좀더 무르익고 바람과 비와 눈의 무게를 견딜 만큼 기억의 두께가 쌓이면, 나와 내 시대에 관한 소설을 시작하리라 마음먹었다.

고려와 조선은 합치면 천 년 세월이다. 두 왕조를 지탱하는 산업의 근본은 농업이다. 농자천하지대본(農者天下之大本)인 것이다. 이 시대를 다룬 내 역사소설에도 수많은 농부들이 등장한다. 그들의 슬픔과 기쁨, 즐거움과 괴로움, 희망과 절망을 헤아리기 위해 사료도 검토하고 논저도 찾아 읽고 등장공간으로 답사도 다녀왔다. 고려시대와 조선시대, 일제 강점기까지 농부들의 힘겨운 나날을 소설에 담으면서도, 그들과의 거리감은 줄지 않았다. 지금 여기에 닥친 문제는 아니라고 여겼던 것이다.

나고 자라며 생긴 선입견 위에 또다른 선입견이 덧붙기도 했다. 제3차 산업혁명을 지나 제4차 산업혁명을 맞으면서 디지털 문명의 폭발적인 발전이 강조되고 있다. 이와 함께 역사의 뒤안길로 사라지리라고 예상되는 것들 중에는 농업과 연관된 부분이 적지 않았다.

'지방 소멸'이란 단어가 대두하였다. 수도 서울의 영향력이 갈수록 확대되는 반면, 지방의 작은 도시와 농촌은 존립 자체가 위태로웠다. 지방을 숨 쉬게 할 대안들이 제시되고 있지만, 대세를 막긴 역부족이란 예측이 점점 늘고 있다. 이와 함께 '농촌 소멸'도 심각한 문제로 부각하였다. 농촌 인구가 급감하면서 초등학교부터 폐교 위기로 몰렸다.

'벼농사 소멸'은 식량 안보의 관점에서 따로 논해야 한다. 2015년에서 2017년까지 세계 평균 곡물자급률이 101.5퍼센트인 데 반해, 우리나라는 겨우 23퍼센트이다. 77퍼센트의 곡물을 수입하여 충당하는 실정이다. 게다가 우리나라의 1헥타르당 농약 사용량과 화학 비료 사용량은 다른 나라보다 월등하게 많다. 땅을 아끼고 환경을 생각하는 농업으로부터 점점 멀어지고 있는 것이다.

'공동체 소멸' 역시 '각자도생'이란 단어와 함께 주목받고 있다. 공동체의 안녕보다 개인의 성공을 최우선으로 두는 사회에서 실패한 자, 가난한 자, 병든 자, 약한 자를 어떻게 보듬을 것인가. 함께 돕고 서로 챙기며 공공선을 추구할 길을 시급하게 마련하지 않으면, 많은 이들이 홀로 쓸쓸하게 스러질 것이다.

이와 같은 소멸의 행진은 어쩔 수 없는 세상의 흐름인가. 낡고 느리고 돈이 되지 않은 것들은 사라질 테니, 새롭고 빠르고 돈이 되는 것들에 집중하는 이 방식은 당연한가. 아침에 인터넷 서점으로 주문하면 저녁에 도착하는 책들을 보라. 책을 골라 모으고 포장하고 배달하는 노동자의 손길을 떠올리니 문득 두려워졌다.

삶은 다른 곳에 있었다

횡으로 다니며, 전라도와 충청도의 곡창지대를 걸으면서, 내가 너무 쉽게 건너뛴 사람들과 생각들과 느낌들을 만났다. 반백 년 짐작만 했던 것과는 너무나도 달라서 자주 놀랐다.

지방 소멸, 농촌 소멸, 벼농사 소멸, 공동체 소멸의 상황에 대한 이론적 근거는 있겠지만, 소멸을 대세로 받아들이지 않는 사람들도 적지 않았다. 그들은 탄생과 발전의 반대편에 쇠퇴와 소멸이 놓이는 것은 당연하다는 주장에 맞서서, 지방과 농촌과 벼농사와 공동체가 앞으로도 지속되면서 제 역할을 할 방법을 찾는 중이었다.

소멸의 양상이 제각각이듯 회생의 방법도 마을마다 차이가 나고 사람마다 달랐다. 단번에 헤드라인처럼 한 줄로 정리할 수 없으므로, 반복해서 들여다보고 따지고 묻고 답하는 시간이 필요했다. 길위에서 떠돌다가 지쳐 찾아든 어리석은 소설가를 위해, 따듯한 밥과 싱싱한 야채와 맛난 과일과 함께 이야기판이 벌어졌다.

그 판은 비극이기도 했고 희극이기도 했고, 낮고 낮은 읊조림이기도 했고 높고 높은 소리이기도 했고, 신화이기도 전설이기도 민담이기도 소설이기도 했고, 진담이기도 했고 농담이기도 했고, 한탄이기도 했고 다짐이기도 했다. 맨정신으로도 이야기하고 대취해서도 이야기했다. 하룻밤을 지나 이틀이나 사흘 밤을 보내는 것도 예사였다.

970만 명이 사는 서울로 올라왔다가 다시 짐을 꾸렸다. 지인들은 외국에라도 잠깐 나가 머리를 식히라고 했지만, 나는 하루라도 더 빨리 이야기판으로 돌아가고 싶었다.

횡으로 횡으로 횡으로만 다니면서 가고 또 가는 곳이 생겼다. 처음엔 정겨운 고향 언저리인 창원이나 김해나 진주나 부산을 자주 들렀는데, 발길이 점점 서쪽으로 향했다. 이대로 소멸하진 않겠다는 사람들이 더 많이 사는 마을이었다.

이 책은 도시소설가 김탁환이 만나고 꿈꾼 회생의 길이라고 보아도 좋겠다. 더불어 소멸을 극복하고 살아 돌아오기 위해 안간힘을 쓰는 벗들에 대한 기록이면서, 또한 내 안에 꺼져가던 빛을 다시 밝히려는 고백이다.

내가 가장 많이 간 마을은 전라남도 곡성군이다. 인구는 2만 8천 명으로, 내가 사는 서울 목5동의 4만 3천 명보다도 1만 5천 명이 적다. 곡성군에서도 주목한 곳은 농업회사법인 미실란이다. 주소는 전남 곡성군 곡성읍 섬진강로 2584이고, 2006년 봄에 한 폐교에 들어선 발아현미 연구 및 곡물 가공 전문업체이다.

곡성을 비롯하여 고흥과 벌교와 구례와 순천, 광주광역시와 서울특별시와 경기도 수원과 전라북도 새만금 등을 다니면서 이야기를 나눈 이는 미실란의 이동현 대표다. 그는 일본 규슈 대학에서 박사 학위를 취득한 미생물 연구자이자 친환경 농법으로 벼농사를 짓는 농부다. 농부과학자인 그는 2015년 대산농촌문화상, 2019년 유엔식량기구 모범농민상을 받았다.

이 책엔 도시소설가가 농부과학자를 만나는 과정이 담겼다. 미실란이 지방, 농촌, 벼농사, 공동체 등 네 가지 소멸과 맞서 싸우는 과정, 이 대표가 과학적인 방법론과 전통적인 이야기를 한 그릇에 담는 과정, 곡성의 과거와 현재와 미래가 뒤엉키고 다투고 화해하는 과정, 이동현과 김탁환이 우정을 나누는 과정 등이 볏단처럼 쌓였다.

새롭고 낯선 만남 속에서 이 대표는 나를 흔들어 깨웠고 나 역시 그에게 영향을 줬다. 거창하게 운명이란 단어를 끌어들이지 않더라도 서로의 곁에 머물며 달라졌다. 나는 이 대표의 이야기를 충분히 듣고 싶었고 그 역시 오랫동안 읽지 않았던 장편소설에 흥미를 느꼈다. 서른 살 무렵부터 질주한 20년을 돌아보고 정돈한 후 또다른 20년을 시작할 나이이기도 했다.

가족에게조차 드러내지 못한 고민과 감정을 서로에게 보여줬다. 명쾌한 답을 얻지 못하더라도, 삶이 때론 대황강 새벽안개처럼 모호한 구석이 있다는 것을 인정하고 껄껄 웃었다.

이 만남이 나를, 이동현 대표를, 미실란을, 곡성을, 또 이 책을 읽는 당신을 어디로 데려갈까. 논 사람인 벼가 그 답을 내놓을지 모르니 서둘러 들녘으로 나가봐야겠다.

2020년 8월
김탁환

4장 추수

"여기까지 왔고 여기서부터 시작이다"

5장 파종

"사람이 씨앗이다"

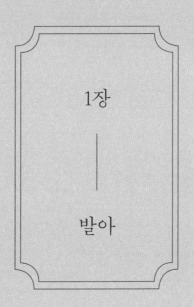

1장

—

발아

두 번째로
내 삶을 깨우는 시간

　　도서관이나 동네책방에서 독자들을 만나면, 작가가 되는 방법을 알려달라는 질문을 자주 받는다. 나도 일만 시간의 법칙처럼 명쾌한 길을 제시하고 싶지만, 솔직히 그런 방법은 없다. 우연에 우연이 겹치는 와중에 몇몇 사람들이 소설가의 자리로 내 등을 밀었다고나 할까. 그중 한 명이라도 만나지 못했더라면, 나는 소설가가 되지 못했거나 되었더라도 더 많은 어려움을 겪었을 것이다.

　　쏟아 붓는 시간에 정비례하여 글이 좋아진다면 누구라도 소설가가 될 수 있으리라. 그러나 사실은 평원을 걷듯 발전이 전혀 없다가 어느 날 갑자기 도약의 순간이 찾아든다. 이 순간을 거치고 나면 예전에 썼던 글들의 한계와 약점이 뚜렷하게 보이고, 다음 작품부터는 그보다 낮은 수준으로 떨어지는 경우가 거의 없다.

나 역시 머리가 펑 하고 터질 것 같은 도약의 순간을 지난 후에 소설가가 되었다. 1995년 늦여름, 저녁 7시부터 아침 7시까지 꼬박 열두 시간을 집중해서 집필에 매달린 날이었다. AFKN에서는 짧은 은퇴 후 돌아온 마이클 조던이 덩크슛을 날렸고, 나는 밤을 새워 쓴 이야기를 장편으로 발전시키기로 결심했다. 그 작품이 바로 1996년 출간한 처녀 장편 『열두 마리 고래의 사랑 이야기』이다.

우리가 함께한 발아의 시간들

2018년 3월부터 지금까지 이동현 대표와 틈만 나면 만났다. 서울에서도 만나고 곡성에서도 만나고, 고흥과 벌교와 목포와 구례와 광양을 두루 다니기도 했다. 왜 나는 그를 자꾸 찾아갔고, 그는 왜 계속 나와 어울렸을까.

우연히 인사를 나누고 뜻이 통하더라도, 바쁜 시절을 탓하며 스쳐 지나가는 인연이 적지 않다. 그와 나는 그렇게 엇갈리지 않고, 사는 곳이 멀다고 핑계 대지 않고, 만나서 함께 걷고 함께 이야기하고 함께 마시고 함께 먹고 함께 잤다.

두 번째로 내 삶을 깨우는 시간이었다.

우리 대화에서 가장 많이 언급된 단어가 '발아(發芽)'이다. 발아는 씨앗에서 싹이 트는 것이다. 이 대표는 인공 발아를, 신을 대신

하여 잠든 씨앗을 깨워, 씨앗이 스스로 일을 하도록 만드는 여정이라고 설명했다. 잠든 씨앗은 미래를 대비하여 움츠린 채 영양소를 아끼고 지키지만, 깨어나 싹을 틔울 때는 영양소를 활발하게 생동시킨다. 아직 흙에 뿌리를 내리지 못한 상태에서, 오로지 씨앗이 지닌 영양소들로 싹이 자라는 것이다. 이 대표는 저온에서 현미를 발아시키는 특허 기술을 기반으로 15년째 미실란을 이끌고 있다.

우리는 소설가가 되고 과학자가 되기 위한 도약의 순간을 일찍이 겪었다. 문학과 농업의 전문가로 이십 년 넘게 한 길을 걸어온 것이다. 이미 해결한 문제도 있지만 적지 않은 인생의 난관이 우리 앞에 놓여 있다. 새로운 모험을 시작해야 할까. 이 정도에서 평온한 길로 방향을 틀까.

내가 아는 선배 소설가는 쉰 살이 되자 자신의 문학 인생을 정리하기 시작했다. 어느새 그 나이에 닿은 나는 소설가로서의 후반생을 거듭 그려보았다. 빠르게 바뀌는 디지털 문명을 따라잡기엔 늦고, 생사고락의 통찰을 갖기엔 아직 일렀다. 실패하면 또다른 기회를 얻긴 어렵고, 성공의 길이 선뜻 보이지는 않았다.

내가 해왔던 방식을 격려하던 선배들은 세상을 떠나거나 현업에서 물러났으며, 후배들은 자기만의 방식으로 새로운 길을 내느라 바빴다. 그렇다고 나는 몇몇 선배처럼 지금 여기서 내 문학을 정리할 마음은 추호도 없었다. 사반세기 문학을 해왔듯이, 작품마다 거듭 새롭고 싶었다.

중년의 고갯마루에서 우리는 만났고, 서로를 알아봤고, 걸어왔던 길과 걸어가고 있는 길과 걸어가고자 하는 길을 이야기했다. 상대의 실수를 보며 나의 실수를 떠올렸고, 나의 약점을 드러냄으로써 상대의 약점을 짚고 조언했다. 벼락이 친 날도 있었고 폭탄이 떨어진 날도 있었고 광풍이 분 날도 있었고 무지개가 뜬 날도 있었다.

다시, 사반세기를 살아가기 위하여

이 대표는 내가 전혀 접하지 못한 세계에 속했다. 구체적인 사건을 파고들수록 모르는 단어와 문장이 쏟아졌다. 나는 숨을 가다듬고 반복해서 묻고 또 물어야 했다.

그가 다닌 대학원은 내가 다닌 대학원과 달랐고, 그가 연구한 동물의 배설물 속 미생물들의 움직임은 내가 연구한 조선 후기 장편 고전소설 속 등장인물들의 언행과 달랐으며, 그가 농업회사법인 미실란을 세우고 발아현미를 연구하느라 분투한 인구 2만 8천 명의 곡성군은 내가 장편소설을 연이어 발표하면서 전업 작가의 길을 걸은 인구 970만 명의 서울과 달랐다.

번역기가 필요하지 않느냐는 농담을 건넬 만큼 다른 조건에서 다른 학문과 다른 삶을 꾸려왔지만, 여유를 갖고 찬찬히 들여다보니 통하는 구석도 꽤 많았다.

우리가 만난 시기도 우연히 적당했다. 그도 나도 성공을 위해 앞만 보고 질주하던 시절을 지난 후, 고갯마루에 앉아 잠시 숨을 고르며 세상의 티끌과 먼지를 살펴고 있었다. 우리가 살핀 풍경은 바쁘다는 핑계로 돌보지 못한 몸과 마음의 흉터이기도 했다.

지나온 풍경은 아름답고 쓰라렸다. 빛나는 순간으로는 돌아갈 수 없었고 부끄러운 찰나는 삭제가 불가능했다. 회고의 시선을 거두고 먼저 일어선 사람은 이 대표였다. 그는 고개를 내려가지 않고 능선을 타보겠다고 했다. 올라갈 봉우리를 확정하진 않았지만 이대로 접기엔 지금까지의 노력이 아깝다는 것이다. 능선을 타겠다는 것은 버티겠다는 의지의 표명이었고, 기회를 잡아 다시 씨앗을 심고 싹을 틔우겠다는 뜻이었다.

등단 후 지금까지의 사반세기와 지금부터의 사반세기는 다를 것이다. 나이가 들었다고 발아부터 열매를 맺기까지 거쳐야 할 과정이 생략되진 않는다. 피할 수 없는 뙤약볕 아래 노동이여! 혼자 그 길을 간다면 불안과 조급함과 공포에 걸음을 멈췄을지도 모른다.

고갯마루에 도착한 이들은 많지만, 지금까지의 성취를 모두 내려놓고 나락 한 알로 돌아가서 싹을 틔울 준비를 하는 사람은 매우 적었다. 다시 시작하기엔 너무 늦었다고도 했고, 일찍이 헉헉대며 힘겹게 걸음을 뗐던 오르막을 다시 오르고 싶지 않다고도 했고, 할 만큼 했으니 이제부터는 죽어라 놀겠다고도 했다.

나름대로 타당한 이유들이지만, 그와 나는 열매를 자랑하기보다 다시 씨앗을 품고 허리 숙여 땅에 심는 쪽에 속했다. 돌이켜보면 우리는 각자의 세계에서 다수파였던 적이 없었다. 다수보다 소수, 소수 중에도 힘있는 소수보다 힘없는 소수 쪽으로 고개를 돌리곤 했다. 문학은 언제나 가난하고 약하고 힘든 자들의 편이라고 했더니, 능선을 타던 그가 반갑게 웃어 보였다.

서울에 사는 도시소설가 김탁환은 곡성에 사는 농부과학자 이동현을 만났고, 두 번째 발아의 시간을 함께했다. 봄의 빛깔과 향기를 맡은 후에는 그 전으로 돌아갈 수 없게 되었다. 나는 내가 보고 듣고 느낀 대로 이동현이란 사람이 어떻게 변해왔고 변하고 있으며 변할 것인가를 쓸 것이다. 내가 쓰는 이 글은 이동현이라는 거울에 비친 내 삶의 얼룩을 담는 과정이자 내 글이 익어가는 과정이기도 하다.

적지 않은 인생의 난관들이 우리 앞에 놓여 있다.

새로운 모험을 시작해야 할까. 이 정도에서 평온한 길로 방향을 틀까.

당신의 깊은 곳을
건드리는 이름은 무엇인가요?

처음엔 이름에 끌렸다.

눈빛만 보고 반했단 경험담을 듣기도 했지만, 나는 사람이든 사물이든 시간을 두고 사귀는 편이다. 장편 작가의 습성인지도 모르겠다. 한두 매로 끝나는 이야기가 아니라, 짧아도 원고지 천 매, 길면 만 매에 걸쳐 도도하게 흐르는 이야기를 읽고 쓰며 즐겨왔다.

첫날 좋더라도 다음 날 싫어지고, 다음 날 싫더라도 그다음 날 좋아지는 것이 이야기요, 우리네 삶이다. 첫 만남이나 첫 구상 혹은 첫인상이 강렬하더라도, 단번에 끌려들어가진 않는다. 오히려 의자 등받이에 꼬리뼈를 붙이곤 느긋하게 궁리한다. 머릿속으로 열 번은 넘게 돌다리를 두드린 후에야 집을 나서서 천변으로 가는 식이다.

그렇지만 인생에서 예외가 한두 번은 있기도 하다.

연암 박지원을 비롯한 실학파를 다룬 역사추리소설 '백탑파(白塔派) 시리즈'를 2003년부터 쓰기 시작한 뒤, '실(實)'이나 '진(眞)'이란 글자를 만나면 다시 쳐다보곤 했다. 2018년 3월 1일, 그날도 그랬다. 대학 동기들과 전라남도 구례에서 하룻밤을 보내고 새벽 화엄사를 둘러본 뒤 상경하는 길에 곡성에 들렀다. 정읍에서 한의원을 하는 친구가 '밥cafe 飯(반)하다'라는 식당에 점심 예약을 한 것이다.

통창 가득 펼쳐진 들녘이 일품이었다. 빈 들을 바라보는 것만으로도 가슴이 시렸다. 들을 가득 채웠을 벼들이 잘려 나간 논에 흰 개 한 마리가 덩그러니 엎드려 있었다. 바람을 피하기에도, 햇볕을 가리기에도, 먹이를 구하기에도 좋은 자리가 아니었다. 그러나 나는 할 수만 있다면 배를 채우려고 기다리는 식당의 인간이 아니라 늘어지게 하품하며 시간을 흘려보내는 들판의 개이고 싶었다.

탈고 후 허전함을 달래기 위해 하염없이 바라보던 제주의 푸른 바다가 떠올랐다. 성급하게 채우려 들지 말고 '텅 빔'에 잠겨 있노라면, 아무것도 없음이 충만으로 다가왔다. 작품을 끝낸 후 갈 곳이 한 군데 더 생긴 것 같아서 반가웠다.

밥은 구수했고 반찬은 정갈했다. 밥알 하나하나가 탱탱하게 씹히며 다른 맛을 내고 다른 방향으로 튀었다. 반백 년을 밥상머리에 앉았지만 이런 밥은 처음이었다. 가게 주인과 인사를 나눴다. 첫인상이 딱 마음 좋은 시골 농부였다. 농업회사법인 미실란 이동현 대표와의 첫 만남이었다.

미실란에서 운영하는 '밥cafe 飯하다'란 이름도 눈길을 끌긴 했다. 'cafe' 앞에 밥을 붙인 것도 처음 보았다. '반(飯)하다'에는 밥을 한다는 뜻뿐만 아니라, 마음을 빼앗긴다는 뜻과 세상 흐름에 반(反)하여 내 갈 길을 간다는 뜻까지 담겼다. 밥에 대한 자부심이 대단한 이름이었다.

그러나 나를 진실로 끌어당긴 이름은 '미실란(美實蘭)'이었다.

'아름다운 사람들이 희망의 열매를 꽃피우는 곳'이라는 풀이는 나중에 알았다.

열매이면서 씨앗인 '실(實)'이 들어가는 이름은 다른 곳에서도 종종 눈에 띄었다. 그러나 아름다울 '미(美)'를 '실(實)'에 붙이는 경우는 드물다. 혹시 쌀 '미(米)'가 아닐까 눈을 부비며 확인했다.

'미실(美實)'이 아니라 '미실(米實)'이었다면 쓴웃음을 지으며 일어섰으리라. 쌀 가공 회사 '미실(米實)'은 지루할 정도로 평범하니까. '란(蘭)'이 마지막에 붙긴 했지만, 솔직히 이 글자엔 감흥이 없었다. 피어난다는 뜻보다는 '란'의 초성인 'ㄹ'에서 우아함이 느껴지는 정도였다.

21세기 실학이 자라는 마을, 미실란

대학 동기들과는 남원을 지나 전주를 거쳐 익산에서 헤어졌다. 익산역에서 서울역으로 가는 KTX 열차 안에서 '미(美)'와 '실(實)'

두 글자를 손에 쥔 호두알마냥 굴렸다. 내 기억이 얼레의 뾰족한 설주들을 오가는 실처럼 되감겼다.

시절들이 균등하게 끌려오진 않았다. 부끄러움이 고슴도치 등짝처럼 박힌 날도 있었고, 실패하고 실패하고 또 실패하며 절망의 두께만 두꺼워진 계절도 있었다. 빅뱅처럼 거창하진 않지만, 제법 긴 이야기와 문장을 거느릴 작품의 처음에 놓일 제목을 고민한 날도 있었다. 우주가 단 하나의 점으로 빨려들듯, 수백만 자의 이야기를 품은 씨앗 같은 이름이었다.

2003년부터 지금까지 다섯 작품 열 권, 원고지로 만 매를 넘어선 역사추리소설 '백탑파 시리즈'의 주인공 이름은 '진(眞)'이다. 꽃에 미쳐 『백화보』란 책까지 지은 실존인물 김덕형을 모델로 삼았다. 덕형이란 본명 대신, 시리즈 내내 쓸 새로운 이름을 거의 일 년 남짓 고르고 고르다가 결국 '진'으로 정했다. '진'과 함께 끝까지 고민했던 이름이 바로 '미(美)'다.

박지원과 홍대용을 중심으로 한 북학파의 글을 따라 읽으니, '실'이라는 글자가 눈에 들어왔다. 이전에도 두루 써오긴 했지만 이들의 '실'과 예전 학자들의 '실'은 달랐다. 실학자들은 날 때부터 주어진 특권을 누리는 왕이나 양반의 삶이 아니라, 들에 나가 일하며 하루하루를 힘겹게 꾸리는 민중의 삶을 '실'로 받아들였다. 천하고 가난하고 병든 자들을 살릴 길을 모색하지 않는 학문은 실학이 아니었다.

'실'의 범위가 달라짐에 따라, 참과 거짓 즉 진위(眞僞)의 기준이나 아름다움과 추함 즉 미추(美醜)의 경계도 바뀌었다. 나는 새로

운 '진(眞)'을 고민하고 낯선 '미(美)'를 느끼기 시작한 인물을 백탑
파 시리즈에 등장시키고 싶었다. 김미(金美)와 김진(金眞) 사이에서
주인공의 이름을 고민한 것도 이 때문이다.

백탑 아래에서 시를 짓고 그림을 그리며 즐기는 등장인물들이 내
꿈에 나온 적이 있었다. 뒤늦게 나타난 젊은 서생을 박제가가 손짓
하며 불렀다.

"여길세, 진!"

이렇게 탐정은 김진으로 결정되었다. 그리고 나는 실학자들이 문
장과 음악과 그림에서 치열하게 다룬 미추의 문제를 다양한 사건
으로 시리즈에 녹였다.

『열하일기』 「일신수필」에서 박지원은 청나라의 부서진 기와 조각
과 똥거름에 관심을 쏟았다.

나는 삼류 선비이다. 나는 중국의 장관을 이렇게 말하리라.

"정말 장관은 깨진 기와 조각에 있었고, 정말 장관은 냄새 나는
똥거름에 있었다고. 대저 깨진 기와 조각은 천하 사람들이 버리는
물건이다. 그러나 민간에서 담을 쌓을 때, 어깨 높이 이상은 쪼개진
기왓장을 두 장씩 마주 놓아 물결 무늬를 만들고, 네 쪽을 안으로
합하여 동그라미 무늬를 만들며, 네 쪽을 밖으로 등을 대어 붙여
옛날 동전의 구멍 모양을 만든다. 기와 조각들이 서로 맞물려 만들
어진 구멍들의 영롱한 빛이 안팎으로 마주 비친다. 깨진 기와 조각
을 내버리지 않아, 천하의 문채가 여기에 있게 되었다. (중략)

똥오줌이란 세상에서 가장 더러운 물건이다. 그러나 이것이 밭에 거름으로 쓰일 때는 금싸라기처럼 아끼게 된다. 길에는 버린 재가 없고, 말똥을 줍는 자는 오쟁이를 둘러메고 말꼬리를 따라다닌다. 이렇게 모은 똥을 거름창고에다 쌓아 두는데, 혹은 네모반듯하게 혹은 여덟 혹은 여섯 모가 나게 혹은 누각 모양으로 만든다. 똥거름을 쌓아 올린 맵시를 보아 천하의 문물제도는 벌써 여기에 있음을 볼 수 있다.

그래서 나는 말한다. '기와 조각, 조약돌이 장관이라고. 똥거름이 장관이라고.'"[1]

기와 조각과 똥거름은 오래전부터 그 자리에 있었다. 청나라를 오간 조선 사신이라면 누구나 보았겠지만, 지극히 사소하거나 매우 추하다고 여겨 글에 담지 않았다. 박지원은 있어도 없는 존재로 천대받던 기와 조각과 똥거름을 중국의 장관으로 치켜세웠다. 삶에 유용하다면 부서지고 더러워도 글에 담아야 하는 것이다.

'실(實)'을 추구하는 사람은 참[眞]되려 노력하는 사람이다. 그 참됨을 행동 하나 말 한마디에 녹여 표현하는 사람이다. 진실(眞實)을 함께 논한 글이나 말은 적지 않지만, 미실(美實)을 논한 글이나 말은 매우 드물다. '백탑파 시리즈' 만 매를 쓴 후 주인공을 김진이 아니라 김미로 했더라면, '미(美)'와 '실(實)'의 관계를 더 깊이 조망하지 않았을까.

곡성에서 '미실란'이란 이름과 마주쳤을 때, 나는 궁금했다. 이동현 대표는 '미'와 '실'의 관계를 어떻게 파악하고 있을까. 우주와 천하를 탐구하고 정치를 논하면서 농업에 대한 궁구를 이어간 18세기 실학자들의 열망과 좌절을 혹시 알까. 쌀과 지구, 추상과 구체, 개인의 바람과 마을의 꿈, 노동과 놀이를 하나로 잇는, 21세기 실학이 곡성에서 자라고 있는 것은 아닐까.

아름답지요?

　　곡성은 전라남도 북동부 내륙에 위치한 군(郡)이다. 『신증
동국여지승람』에 따르면, 서울에서의 거리는 692리이며, 신라시대
부터 곡성이라는 지명을 쓰기 시작했다. 현재 북으로는 순창군과 남
원시, 동으로는 구례군, 남으로는 순천시, 서로는 화순군과 담양군과
이웃하고 있다.

　　곡성군은 약 550제곱킬로미터 면적에 2만 8천여 명이 거주하고 있
다. 약 605제곱킬로미터 면적에 970만 명이 사는 서울에 비한다면,
면적은 55제곱킬로미터가 작고 인구는 967만여 명이나 적다. 중앙 대
도시의 과밀과 지방 농촌의 과소가 극명하게 대비되는 지점이다.

　　곡성을 흐르는 대표적인 강은 섬진강과 대황강이다. 섬진강은 전

라북도 팔공산에서 발원하여 임실과 남원을 지나 곡성을 거쳐 광양만을 통해 바다에 이른다. 강 이름에 두꺼비[蟾]가 들어간 것은 1395년 고려 우왕 때 강 하구로 침입한 왜구를 수십만 마리의 두꺼비 떼가 울어 내쫓았기 때문이다.

대황강은 보성강이라고도 하는데, 전라남도 보성군 일림산에서 발원하여 북동쪽으로 흐르다가 곡성 압록에서 섬진강과 합류한다. 대대로 여름이면 대황어화(大荒漁火)라 하여 횃불을 들고 밤에 물고기를 잡아왔다. 이 특별한 즐거움을 이 대표 부부도 마을 주민들과 함께한 적이 있다.

두 강이 합류하는 압록은 모래사장이 넓게 펼쳐지고 나무가 울창하여 더위를 피하는 유원지로 각광을 받았다. 곡성의 강에서 잡히는 은어는 조선시대 내내 진상품이었다.

강을 따라 난 길은 정겹고 평온하다. 마천목 장군길이라고 불리는 섬진강 둘레길과 신숭겸 장군길이라고 불리는 대황강 둘레길이 있다. 1597년 8월 3일 삼도수군통제사에 다시 임명된 이순신 장군은 장졸들을 규합하며 전라도 여러 고을을 걸었다. 구례에서 진도에 이르는 '충무공 이순신 조선수군재건로'의 전체 길이는 500킬로미터인데, 그중 곡성이 64킬로미터다.

이름에서도 알 수 있듯이, 곡성은 노령산맥과 소백산맥의 높고 거친 줄기가 군의 서쪽과 남쪽과 동쪽을 복주머니처럼 감쌌다. 그나마 농사를 지을 수 있는 평야는 섬진강을 낀 북동쪽이다. 깊고 험한 골짜기마다 마을이 자리를 잡았으며, 농사가 어려운 이들은 사기그릇을 굽거나 송이를 따서 팔기도 했다. 19세기 말에는 동학교도들이 험한 골짜기를 넘나들었고, 1948년 10월 이후부터는 지리산에 은거한 빨치산들이 능선을 타고 오가기도 했다.

서해안의 평야지대에 비해 살림살이가 넉넉하진 않았으나, 일찍부터 음악과 춤을 즐겼다. 곡성죽동농악은 호남좌도농악의 계보를 잇고 있고, 〈흥부가〉와 〈적벽가〉에 능한 판소리 명창이자 명고수 장판개(1885~1937)가 또한 곡성 출신이다.

서울은 대한민국 수도인 메가시티고, 곡성은 전라남도에서 구례 다음으로 인구가 적은 농촌이다. 서울의 구(區)엔 비길 수도 없고 동(洞)보다도 군민(郡民)이 적다. 서울과 곡성을 일대일로 비교해서는 안 된다고 주장할 법도 하다. 그러나 질문을 고쳐 던져보고 싶다. 사람이 많은 만큼 아름다움도 풍부할까. 그 수준도 서울이 곡성보다 몇십 배 혹은 몇백 배 더 높을까.

대한민국에서 하나뿐인 특별시 서울엔 갤러리가 즐비한 골목도 있고 철마다 단장하는 고궁도 있고 빌딩으로 숲을 이룬 거리도 있다. 전통과 현대의 아름다움을 고루 갖췄다는 평가도 이어진다.

그렇다면 곡성의 아름다움은 무엇일까. 서울을 비롯한 대도시에 사는, 곡성에 다녀가지 않은 이들의 머릿속엔 떠오르는 것이 거의 없다. 곡성엔 아름다운 것이 없으리란 무식한 주장이 나오기도 한다. 곡성에선 서울의 아름다움을 예측할 수 있지만, 서울에선 곡성의 아름다움이 생각나지 않는 것이다.

내 고향이 진해라고 밝히면, 사람들은 대부분 벚꽃과 군항제를 이야기한다. 하얀 꽃이 만발한 군항의 봄도 아름답지만, 꽃 진 여름과 가을 그리고 겨울에도 멋진 곳이 적지 않다. 해 지는 속천의 고깃배, 웅천 보배산 기슭의 가마터, 양어장이라 불리던 내수면환경생태공원의 갈대, 북원과 중원과 남원으로 이어지는 로터리의 부드러운 곡선미를 그들은 모른다.

아무리 작다고 해도 아름다움이 깃들지 않은 마을이 어디 있으랴. 곡성에 아름다움이 없는 것이 아니라, 대도시 시민에게 익숙하지 않은 것일 뿐이라면 문제는 달라진다. 아름다움의 기준을 서울 혹은 도시 혹은 교과서에서 찾지 말고, 곡성에서 들리는 목소리에 우선 귀를 기울일 일이다.

섬진강 뿅뿅 다리에서 만끽한 다른 세계

"아름답지요?"

이 대표를 따라 곡성을 두루 돌아다녔다.

이 대표가 아름답지 않느냐고 묻던 때와 곳이 생각난다. 아름다움이란 단어가 전혀 떠오르지 않던 순간이고 장소였다. 비수에 찔려 숨이 막힌 사람처럼 즉답을 못했다. 그는 내 침묵을 강한 긍정으로 받아들이곤 웃었다. 웃고 넘어가줬는지도 모르겠다.

섬진강을 따라 걸었다. 버드나무 군락지가 있는 침실습지를 산책하기 위해서였다. 나무와 풀과 새들이 어우러진 풍경에 반한 관람객이 꾸준히 는다고 했다. 제비 두 마리가 수면에 닿을 만큼 낮게 날았고, 매는 날개를 편 채 높이 떠 강줄기 전체를 바라보며 크게 원을 돌았다. 까치 울음이 시끄러웠지만 정작 연둣빛 가득한 풀숲에서 날아오른 녀석들은 장끼와 까투리였다.

돌이켜보면 나도 어렸을 때는 습지에서 자주 놀았다. 둠벙에서 끈적끈적한 개구리 알을 집거나 논에서 미꾸라지를 잡았고 시내에서 속옷 차림으로 물장구를 쳤다. 어른들을 따라 갯바위 낚시를 가서 매운탕에 회 몇 점을 얻어먹기도 했다. 어머니는 흙투성이 젖은 옷을 빠느라 힘드셨지만, 나는 툭하면 두 살 어린 남동생과 함께 습지로 향했다. 경계물도 없었고 훼방꾼도 없었다.

서울을 비롯한 도시에선 습지에 가려면 정해진 장소를 찾아가야 한다. 대부분 공원인 도시의 습지는 갈 수 있는 곳과 갈 수 없는 곳, 할 수 있는 일과 해서는 안 되는 일이 미리 정해져 관리된다.

축축한 기억을 쪼물쪼물 만지며 고달교에서부터 한 시간 남짓 걸었을까. 일직선으로 반듯한 자전거용 제방도로에는, 콘크리트가 채 마르기도 전에 도로를 건너 강으로 갔던 동물 발자국이 선명했다. 노루도 있고 삵도 있고 참새도 있었다. 사람이 둑을 쌓고 도로를 내기 훨씬 전부터 강과 더불어 살아온 생명들이었다. 강물을 먹고 강물로 씻고 강에서 첨벙거리며 장난치고 또 사랑을 나누며 지금까지 온 것이다.

강둑을 넘어 내려섰다. 강을 가로질러 임시로 다리가 놓였다. 일정한 간격을 두고 종횡으로 작은 구멍들이 뚫린 쇠판을 이어 붙인

다리였다. 이 대표는 그것을 '뽕뽕 다리'라고 소개했다. 비가 내려 수량이 불어나면 강물이 구멍으로 뽕뽕 차오른다는 것이다.

생김새는 낯설지만 탄복할 정도는 아니었다. 뽕뽕 다리 건너 반원 모양 전망 다리가 더 멋있어 보였다. 대충 지나가려는데, 이 대표가 팔을 끌어 다리 가운데 앉혔다. 다짜고짜 물었다.

"아름답지요?"

처음에는 버드나무 군락지에 대한 질문인가 싶었다. 아름답냐는 질문이 난데없긴 했지만, 따로 하고 싶은 질문이 내게도 있었다.

김용택 시집 『섬진강』을 스무 살 무렵 읽은 후 오랫동안 이 강을 상상하며 지냈다. 그런데 오늘 내 눈으로 직접 본 섬진강은 시어와 함께 머릿속에 도도하게 흐르던 강과는 많이 달랐다. 두 제방 사이는 넓지만 강폭은 좁고 수량은 적었다.

강물이 흐르지 않는 대부분의 땅을 버드나무가 차지했다. 강변에 한두 그루 선 꼴이 아니라, 강을 저만치 밀어내고 주인 행세하듯 그득 찼다. 반듯한 녀석도 있지만 뿌리째 뽑혀 드러누운 녀석도 있고, 부러진 팔처럼 가지를 축 늘어뜨린 녀석도 있고, 나무판이나 플라스틱과 뒤엉켜 우스꽝스럽기도 하고 괴기스럽기도 한 녀석도 있었다.

습지는 그 모습 그대로 생태계를 이뤄 돌아가는 중이었다. 처녀림을 연상시키는 버드나무 군락지도 멋있었지만, 이토록 높고 넓은 제방이 필요했던 섬진강의 위용이 사라진 이유가 궁금했다.

완전히 다른 세계를 만끽한 후엔 그 경험에 어울리는 단어를 고심하는 법이다. 아무리 찾아도 하나뿐이었다. 아름다움!

흐르다 흐르다 목메이면
영산강으로 가는 물줄기를 불러
뼈 으스러지게 그리워 얼싸안고
지리산 뭉툭한 허리를 감고 돌아가는
섬진강을 따라가며 보라
섬진강 물이 어디 몇 놈이 달려들어
퍼낸다고 마를 강물이더냐고,

김용택의 「섬진강 1」을 떠올리며 질문을 던지려는 순간, 이 대표가 군락지를 등지곤 눈을 질끈 감은 채 턱을 한껏 올렸다. 나도 그를 따라 눈을 감고 고개를 들었다.

소리였다.

흐르는 물소리가 점점 커졌다. 쿵쿵 심장이 대북처럼 울렸다. 물소리가 다리를 흔들고 옆구리를 휘감고 얼굴을 덮었다. 내가 강으로 스미고 강이 내 안으로 들어왔다. 강과 내가 엉키고 울리고 치솟고 가라앉았다. 아득했다. 물 밖에서 물에 사로잡힌 것은 내 인생에서 처음이었다. 웅장하고 청량했다.

완전히 다른 세계를 만끽한 후엔 그 경험에 어울리는 단어를 고심하는 법이다. 아무리 찾아도 하나뿐이었다. 아름다움!

그 봄의 저녁에 뽕뽕 다리로 다시 갔다. 이 대표는 아예 벌렁 드러눕자고 했다. 등에 닿은 쇠판이 서늘했다. 다른 곳에서 맛본 서늘함과는 차원이 달랐다. 쇠판의 묵직한 차가움뿐만 아니라 그 아래로 밀려드는 강물의 날렵한 차가움이 합쳐진 탓이다. 척추를 편 채 도롱뇽처럼 팔다리를 떨며 흔들었다. 두 겹의 서늘함을 상쇄시키고도 남을 따듯함이 이마에 닿았다. 눈을 떴다. 뭇 별들이 온갖 어둠의 곳곳에 박혀 반짝였다.

물소리에 스미면서 별빛에 빨려든 적이 있는가.

곡성 섬진강 뿅뿅 다리에서 처음 접한 아름다움이었다.

태안사 계곡으로도 걸음을 옮겼다. 산 아래 매표소에서 오른쪽으로 방향을 꺾으니 키 낮은 기념관이 나왔다. 조태일 시문학 기념관이다. 어미닭의 날개에 숨은 병아리처럼 태안산 자락에 다소곳하게 안긴 모습이 그윽했다. 태안사는 유신시대 저항시인 조태일이 태어난 곳이다. 그가 남긴 절창 「국토서시」의 첫 부분을 외며 산길로 접어들었다.

발바닥이 다 닳아 새살이 돋도록 우리는
우리의 땅을 밟을 수밖에 없는 일이다.

흙길을 30분 남짓 올라 능파각에 닿았다. 계곡을 건너는 다리이면서 지붕을 얹은 전각이니, 해탈교이기도 하고 금강문이기도 했다.

이 대표가 성큼성큼 나아가선 기둥과 기둥 사이 난간에 앉았다. 지칠 때면 터벅터벅 와서 귀중한 시간을 덧없이 흘려보내는 자리였다. 나도 건너편 난간에 엉덩이를 얹었다.

난간을 하나씩 차지한 다음엔 무엇을 할까. 이 대표가 책 한 권을 익숙하게 꺼내 들었다. 나 역시 읽다 만 김종철의 생태사상론집 『근대문명에서 생태문명으로』를 펼쳤다.

몰입해서 읽으면 잡념과 잡성(雜聲)이 사라지게 마련인데, 능파각에선 발아래 계곡물이 쉼 없이 말을 걸어왔다. 촬촬 촬촬촬촬! 발바닥을 간질이더니 허리를 건드리고 어깨를 두드렸다. 뽕뽕 다리 강물 소리는 사람을 휘감아 삼켰지만, 능파각 계곡물 소리는 아픈 부위를 찾아 어루만졌다. 딱딱하게 굳은 마음과 몸을 쓸고 또 쓸었다. 책을 든 채 뒤척이며 물소리를 따라 자세를 고쳤다. 나른했다.

언제 잠들었는지 모르겠다. 읽던 책을 머리맡에 내려놓은 것도 기억나지 않았다. 물소리만 가득했다. 양말이 젖겠구나, 바지가 젖겠구나, 점퍼가 젖겠구나, 러닝셔츠와 팬티가 젖겠구나, 몸은 물론이고 마음까지 흠뻑 젖겠구나. 젖으면 추운데! 햇볕에 몸과 마음을, 속옷과 겉옷을 말리고 싶다는 생각을 하며 눈을 떴다. 건너편 난간에선 이 대표가 낮게 코를 골았다. 풋잠을 깬 후 그가 내게 건넬 질문이 떠올랐다.

"아름답지요?"

6월 초 모내기를 끝낸 논에도 아름다움이 숨어 있었다. 내가 무릎까지 올라오는 장화를 신느라 논두렁에서 낑낑댈 때, 이 대표는 맨발인 채 논으로 들어갔다. 평지를 걷듯 척척 걸음을 뗀 후 허리를 숙이곤 엄지와 검지로 무엇인가를 집어 들며 물었다.

"아름답지요?"

새끼손톱만 한 왕우렁이였다. 우렁이농법으로 친환경 잡초방제를 하는 것이다. 나도 어릴 때 마을 앞 개천에서 우렁이를 보긴 했다. 하지만 동물계 연체동물문 복족류강 고설목 사과우렁이과에 속하는 왕우렁이를 아름답다고 여긴 적은 없었다. 장화를 신고 서너 걸음 들어간 뒤 묻지 않을 수 없었다.

"그게 아름다운가요, 정말?"

왕우렁이가 잡초를 먹어치우지 않는다면, 제초제 없이 친환경 농사를 짓는 농부는 새벽별을 보며 논으로 나와 일일이 잡초를 뽑아야 한다. 그 수고를 왕우렁이가 대신하니 어찌 아름답지 않느냐고 이 대표가 되물었다. 농사를 방해하는 생물은 겉모양이 아무리 멋져도 아름답지 않다는 것이 그의 한결같은 입장이었다.

골짜기마다 이야기가 익어가는 마을

곡성(谷城)은 이름에 걸맞게 골짜기마다 풍광도 마을도 사람도 제각각이다. 이 대표와 미실란 직원들은 내가 모르는 골짜기들을 종종 소개했다. 여긴 꼭 가봐야 한다고, 여길 안 가보고 곡성을 안다고 하긴 어렵다고.

몇몇 골짜기에서 맞닥뜨린 풍광은 자랑할 만했다. 아랫도리부터 붉어가는 노을에 물든 골짜기에선, 어둠이 종아리를 지나 무릎을 딛고 허리와 가슴에 이를 때까지 멍하니 서 있을 수밖에 없었다. 그 풍광을 자주 접하는 곡성 군민들도 감동하긴 마찬가지였다. 일상의 힘겨움과 불편함이 모두 용서가 된다고도 했다.

골짜기를 훑으며 다가오는 어둠은 바다나 들녘을 뒤덮는 어둠보다 더 갑작스럽고 더 짙었다. 수백 개의 어둠이 수백 개의 골짜기로 매일 진군했다. 깊고 낡은 우물에 갇힌 것처럼, 까치발로 소리치며 버둥거려도 성벽이 된 어둠을 뚫는 것은 불가능했다. 건너올 수도 없고 넘어갈 수도 없었다. 게다가 낮에는 고요 속에 머물던 짐승들이 돌아다녔다. 멧돼지 가족이 대숲을 흔들고 부엉이들이 달빛 어린 고목을 오갔다. 사람들은 고립을 받아들인 채 해가 뜰 때까지 기다리는 편이 나았다.

곡성에 골짜기가 몇 개나 되는지 궁금했다. 이 대표는 숫자를 대진 않고, 곡성에 산 지 15년이지만 아직 절반도 가보지 못했다고 했다. 물이 흐르는 골짜기엔 크든 작든 마을이 있고 농사를 짓는다는 것이다. 곡성에서 태어나 살다가 늙어 죽는 사람도 골짜기를 전부 누비진 못하리라고 덧붙였다.

골짜기 자랑을 실컷 했지만, 이 대표가 가장 아름답게 여기는 곳은 따로 있었다. 등잔 밑이 어둡다고나 할까. 우리는 자주 미실란의 강의실에 머물렀다. 그는 한때 초등학생들로 가득 찼을 교실의 나무 바닥을 한참 동안 내려다봤다. 내 시선도 그를 따라 아래로 향했다.

"아름답지요?"

내겐 아름답게 기억되는 교실 바닥이 없다. 세로로 쭉쭉 이어진 나무판일 뿐이다. 그는 대답을 기다리지 않고 기억 한 토막을 꺼내 놓았다.

"주머니에서 몽당초를 꺼내 힘껏 칠한 후 마른 헝겊을 양손으로 모아 쥐고 무릎을 꿇고서 빠닥빠닥 나무 바닥을 닦으면 맨들맨들 어찌나 빛이 났는지 모릅니다. 폐교로 들어가서 미실란을 꾸릴 때, 다른 건 다 바꿔도 교실 바닥은 그대로 두라고 했죠. 아름다움을 지키고 싶으니까요."

아름다움은 지키는 것이다.

교실에서 나무 바닥이 사라진 지 오래다. 농촌의 학교 교실도 더 이상 나무로 바닥을 깔진 않는다. 곡성 폐교에 와서야 겨우 낡은 책걸상과 함께 나무 바닥을 발견한 것이다.

유년 시절, 나 역시 그처럼 꿇어앉아 교실 바닥에 초칠을 했다. 무릎이 시리고 어깨가 아프고 손가락이 저린 청소 시간을 싫어한 나와는 달리, 소년 이동현은 공들여 초를 칠하고 헝겊으로 훔쳐 매끄러워진 바닥에서 번뜩이는 빛이 좋았던가 보다. 힘써 가꾼 후 찾아든 아름다움이 소중했던 것이다.

곡성에 갈 때마다 똑같은 질문이 날아든다.

'아름답지요?'

다섯 글자는 변함없지만, 이 대표가 보여주는 아름다움은 늘 새롭다. 학창 시절 박지원의 「일신수필」을 처음 읽었을 때, 기와 조각과 똥거름을 장관이라 평한 문장을 곧장 받아들이진 못했다. 그러나 곡성에서 이 대표에게 거듭 질문을 받으며, 또 그 질문을 던지는 투명한 눈동자를 보며, 나는 뒤늦게 인정했다. 다르게 아름답고 다르게 진실할 때 다른 삶이 펼쳐진다는 것을!

'농'과 함께
평생을 살겠습니다

생명을 지닌 존재는 생로병사의 흐름을 거스를 수 없다. 태어나고 자라 아직 젊을 때는 영원히 사라지지 않을 듯하지만, 결국 늙고 병들었다가 어느 순간 최후를 맞이한다.

이 죽음을 단절로 보지 않는 시각도 있다. 거창하게 윤회론을 꺼내지 않더라도, 풀은 사슴에게 먹혀 사슴의 일부가 되고, 사슴은 사자에게 먹혀 사자의 일부가 되며, 사자가 늙어 죽으면 시신을 처리하는 독수리의 일부가 되는 식이다. 꼴과 색은 달라지더라도 에너지는 이어지고 또 이어지는 것이 아니겠는가.

이와 같은 순환을 존재의 영원불멸로 간주하는 것은 비약이라는 비판도 있다. 변화의 형편을 살펴야 한다는 것이다. 풀이 사슴의 일부가 될 때 풀의 슬픔을, 사슴이 사자의 일부가 될 때 사슴의 고통을, 사자가 독수리의 일부가 될 때 사자의 허망함을 떠올린다면, 소멸을 지운 불멸을 받아들이긴 어렵다. 모든 변화에는 이유가 있고, 그 이유에는 감정이 붙는다. 그리스 로마 신화를 다룬 오비디우스의 작품 제목이 『변신 이야기』란 것은 의미심장하다. 변신의 이유와 감정을 250여 편의 이야기로 녹인 것이다.

변신과 변심은 문학의 오랜 주제이다. 사람과 사물은 물론이고 단어와 문장도 변하고 또 변한다. 문학평론가 김현은 「말들의 풍경」에서 그 변화를 문학의 본질로까지 삼았다. 특히 그 책의 서문은 내가 문학평론가를 거쳐 소설가로 사는 내내 외울 정도로 읽고 또 베껴 써서 간직해 왔다.

욕망은 언제나 왜곡되게 자신을 표현하며, 그 왜곡을 낳는 것은 억압된 충동이다. 사람의 마음속에 있는 본능적인 충동이 모든 변화를 낳는다. 본질은 없고, 있는 것은 변화하는 본질이다. 아니 변화가 본질이다. 팽창하고 수축하는 우주가 바로 우주의 본질이듯이. 내 밖의 풍경은 내 충동의 굴절된 모습이며, 그런 의미에서 내 안의 풍경이다. 밖의 풍경은 안의 풍경 없이는 있을 수 없다. 안과 밖은 하나이다. 하나는 둘을 낳고 둘은 만물을 낳는다는 말의 참뜻은 바로 그것이다.[2]

사라지는 '농'을 찾아서

'농(農)'이라는 글자도 많은 부침을 겪었다.

농업을 기반으로 마을과 나라가 돌아가던 근대 이전에 '농'은 각종 문서에 가장 많이 등장하는 글자였다.

'농'이 전혀 사용되지 않던 시기도 있긴 했다. 인류가 정착하여 곡물을 재배하기 이전, 그러니까 지구라는 행성을 떠돌며 사냥과 채집으로만 살아가던 나날. 그때는 농부도 없고 농작물도 없었으며, 계절의 변화에 따라 씨앗을 심고 작물을 키우고 열매를 걷고 다시 씨앗을 심는 대순환도 몰랐다. 그러나 인류가 농사를 짓기 시작한 뒤로 세상은 '농'을 중심으로 움직였다.

그토록 중요하고 사람들 입에 자주 오르내리던 '농'이 급격하게 사라져가고 있다. 대학의 모집요강을 훑어봐도, 농과대학은 생명과학대로, 농생물학과는 식물의학과로 바뀌었다. '농'을 전면에 내세우지 않고 뒤로 돌리거나 빼버리는 추세다.

근대 산업의 중심이 농업에서 공업으로 이동했기에 어쩔 수 없다고도 한다. 농부는 농촌을 떠나 도시로 가서 노동자가 되었다. 노동자가 폭증하는 만큼 농부는 급감했다. 농지가 공장부지로 바뀌었고, 농촌을 없앤 자리에 아파트가 들어섰다. 내 나라에서 나는 농작물 대신 다른 나라에서 수입한 농작물을 도시 곳곳의 대형마트에서 사 먹는 것이 일상이 되었다.

수백 년 동안 대를 이어 농촌에 살며 농사를 짓던 공동체가 붕괴하기 시작했다. 지금 그나마 농사를 꾸려가는 이들은 환갑이 넘은 노인들이다. 학생이 부족해서 문을 닫는 농촌 학교가 속출하고 있다.

'농'이 사라진 곳은 농업 현장만이 아니다. 문학의 경우, 30년 전까지만 해도 농민소설과 농민시가 꾸준히 발표되고 읽혔다. 나는 고등학교를 다니며 심훈의 『상록수』와 펄 벅의 『대지』를 읽었고, 대학에 입학한 뒤 이광수의 『흙』과 이기영의 『고향』, 이문구의 『우리 동네』를 읽었다. 박경리의 『토지』는 여러 번 도전했다가 5년 전에야 완독했다. 신동엽과 신경림의 시 역시 농민의 삶을 바탕으로 쓰였다. 지금도 생태나 환경을 중요하게 여기는 작품이 발표되고 있긴 하지만, 농민문학을 집필하는 문인은 매우 적은 것이 현실이다.

'농'을 없애려는 이들의 주장을 정리하면 다음과 같다. 근대 이후 농업의 중요성이 낮아졌기 때문에 '농'이란 글자도 자연스럽게 퇴색했다. 이런 상황에서 '농'을 계속 고집하는 것은 시대착오적이다. 대중 특히 젊은 층의 관심을 끌려면 낡은 글자는 없애거나 바꾸는 것이 낫지 않겠는가.

글자에는 혼이 담겼건만

글자를 없애고 바꾸는 것은 간단한 문제가 아니다. 그 글자를 품고 살아온 이들의 혼이 담겨 있기 때문이다. 당신에게 인생의 버팀목과 같은 글자는 무엇인가.

나는 '소설'이란 두 글자와 함께 평생을 살 것이다. '소설(小說)'이 '대설(大說)'로 불리기를 결코 원치 않는다. 작기 때문에 자유롭고, 자유롭기 때문에 희로애락을 깊고 넓게 풀 수 있다. '소설'이 아니라 '대설'이었다면, 윤리와 상식과 법의 경계를 넘나드는 내 이야기들은 성현의 말씀처럼 크고 중요한 가르침 아래 눌리거나 갇혔을 것이다.

'농'은 평생 농부로 살아온 사람들, 앞으로 농부로 살아갈 사람들에게 심장과도 같은 글자다. 그런데 그 글자가 농업을 배우고 익히는 학교나 농산물을 유통하는 시장에서조차도 환영받지 못한다면 심각한 문제가 아닐 수 없다.

이 대표는 2016년 독일과 오스트리아로 농촌 견학을 다녀온 적이 있다. 선진 농법과 마을 공동체도 인상적이었지만, 오스트리아 어느 시골 공동묘지의 비문이 잊히지 않았다. 곡물과 가축 그림을 함께 새긴 비문엔 이렇게 적혀 있었다.

'나는 농부입니다.'

자부심을 갖지 않고는 남기기 힘든 문장이다.

우리나라도 독일이나 오스트리아만큼이나 많은 이들이 농사를 지으며 살다가 세상을 떴다. 우리 비문에는 '학인(學人)'이 가장 많다. 벼슬길에 오른 경우는 다양한 관직이 적혀 있기도 하다. 근대 이후엔 집사나 권사나 장로처럼 종교 단체의 직분도 적지 않게 쓰였다. 그러나 나는 아직 '농부'란 두 글자가 적힌 비문을 본 적이 없다. 농부로 평생 살았더라도 '농' 대신에 다른 글자를 끌어왔던 것이다. 비문만 봐서는 망자가 농부인지 아닌지 알 길이 없다.

글자를 쓰고 단어를 적고 문장을 읽지 않으면, 점점 그 글자와 단어와 문장이 속한 세계로부터 멀어진다. 농부가 사라지는 것은 단순히 농사짓는 사람이 없어지는 것에 그치지 않는다. 농부의 노래와 이야기와 춤, 나아가 농부가 땅을 일구며 터득한 삶의 지혜가 스러지는 것이다. 그것들은 근대 이후 등장한 산업이나 문화로 대체할 수 없다.

농업에 종사하는 이들이 자부심을 갖는다면, '농'이란 글자가 다양한 자리에서 더 많이 쓰일 것이다. 농촌 경제의 중흥도 중요한 문제지만, 농부의 자부심을 드높일 정책이나 제도를 시급히 마련해야 한다.

이 대표가 종종 거론하는 '농부 자격증'도 이 부분과 직결된다. 의대를 마치면 엄격한 심사를 거쳐 의사 자격증을 주듯이, 농대 졸업생에게도 농부 자격증을 부여하자는 것이다. 등급을 나눠 마에스트로에 도전하는 방안도 고민해 볼 만하다.

무엇보다도 농부 자격증을 갖는 것이 명예로워야 한다. 농사는 아무나 지을 수 있는 것이 아니다. 공장에서 기계를 다루는 노동자가 전문 지식과 기술을 지녔듯이 농부도 마찬가지다. '할 일 없으면 농사나 짓지' 같은 선입견은 사라져야 한다.

귀농을 준비하는 사람이라면 농촌의 삶은 물론이고 농사의 전문

지식과 기술부터 체계적으로 배워야 한다. 무작정 농촌으로 와서 논이나 밭으로 달려들다간 실패한다. 농부 자격증은 귀농의 실패를 줄일 현실적인 보완책이기도 하다.

정기석과 송정기의 『농촌마을 공동체를 살리는 100가지 방법』에 따르면, 독일은 농부가 전체 인구의 2퍼센트인데도 식량 자급률이 85퍼센트에 이른다. 정부로부터 다양한 혜택을 받으면서 농사를 지으려면 농업전문학교를 졸업하고 농부 자격증을 취득해야만 한다.

자격증 홍수의 시대에 농부 자격증까지 필요하냐는 비판의 목소리도 들린다. 그렇지만 농부로서 자부심을 갖게 하는, 권위 있는 자격증을 만들자는 주장에 나는 더 마음이 간다. '농'이란 글자가 지금 받고 있는 푸대접이, 농촌과 농부의 힘든 나날과 맞닿아 있기 때문이다.

물에 잠긴 들녘,
땅에 묻힌 마을

곡성에 KTX가 정차한다는 사실을 아는가.

KTX전라선은 용산역을 출발하여 여수엑스포역에 닿는다. 전주
역을 지나 남원역에 머문 기차는 불과 10분 뒤 곡성역에 또 선다.
역에 내려 택시를 타고 미실란에 가자고 하면 모르는 운전기사가
없다. 미실란은 어느덧 곡성에서 가장 많은 외지인이 방문하여 교육
도 받고 식사도 하는 명소가 되었다.

나는 이 대표의 고향이 곡성인 줄 알았다. 두 번째 만났을 때 그
가 씁쓸하게 웃으며 고백했다.

"외지에서 들어오는 바람에 애를 좀 먹었죠."

'외지'란 단어가 외국처럼 멀게만 느껴졌다. 그가 태어난 고흥은

곡성에서 차로 한 시간도 걸리지 않는다. 내 고향 진해에서 밀양 정도일까.

서울에선 외지인을 따지는 경우가 거의 없지만, 농촌은 집성촌도 많고 이웃하며 살아온 세월이 길다. 게다가 인구가 급감하는 상황에서 새로운 사람이 이사를 오면 주목을 받게 마련이다.

이 대표는 벼농사를 지으며 이 벽을 허물었다. 땅을 일구는 농부에겐 관대한 곳이 농촌이다. 미실란을 포위한 들녘으로 나가보라. 벼들을 곁눈질하는 것만으로도 달력 없이 계절을 짐작할 수 있다.

이 대표와 나누는 모든 이야기는 벼로 통했다. 사필귀정이 아니라 설필귀화(說必歸禾)였다. 지금까지 나는 장편소설을 쓸 때 등장인물의 업(業)에 따라 목차를 짜곤 했다. 『혜초』에서는 여행가 혜초가 디딘 실크로드의 마을들을 목차로 삼았고, 『노서아 가비』에서는 바리스타인 따냐의 커피에 대한 상념들을 목차에 두었다. 농부과학자인 이 대표가 훗날 자신의 삶을 회고할 때는 파종부터 추수까지 벼농사의 여정을 목차로 삼지 않을까.

모내기를 기점으로 그의 인생을 양분하는 것도 가능하다. 곡성으로 이사하여 미실란을 꾸려온 나날이 모내기 이후라면, 볍씨를 고르고 소독한 다음 상자에서 모를 키워내던 시절이 또한 있었으리라. 미실란을 창업하고 곡성에 터를 닦기 전, 이동현 대표와 그의 아내 남근숙 이사는 어디에서 무엇을 했을까.

미생물 과학자이자 농부 이야기꾼

이 대표의 고향은 전남 고흥군 동강면 오월리 벽계마을이다.

짧은 답사여행을 제안했다. 생가에서부터 고향 마을, 그리고 청송초등학교와 벌교중학교까지 둘러보자고. 그는 손님이 뜸한 시간에 '飯하다'에서 이야기를 나누면 될 일이지, 꼭 따로 답사를 다녀올 필요가 있느냐며 내 얼굴을 빤히 쳐다보았다.

소설가로 살며 지금까지 다양한 인터뷰를 해왔다. 필요한 지식을 간단히 듣는 경우도 있지만, 조건이 허락하는 한 이야기하는 이의 삶 전체를 파악하고자 했다. 마주 앉아 기억을 더듬는 것보다 살았던 동네와 다녔던 학교를 함께 찾아다니는 것을 원칙으로 삼았다.

미심쩍어하는 그에게 내가 쓴 도보여행기 『엄마의 골목』을 예로 들었다. 기억 속 골목을 두 발로 걷고 두 손으로 만지고 두 귀로 듣고 두 눈으로 보고 또 냄새 맡고 맛을 보면, 잊힌 이야기들이 떠오른다고. 설명을 듣고 나선, 그도 흥미로워했다.

곡성을 출발하기 전 가족 관계부터 간단히 확인하려 했다. 그런데 그 관계가 간단하지 않았다. 1969년 이 대표가 태어났을 때, 아버지는 69세, 어머니는 49세였다. 각각 3남 1녀와 2녀를 둔 후 재혼하였다. 칠남매를 더 낳았는데, 이 대표는 그중 막둥이였다.

그는 여기까지 설명한 후 웃었다. 적어도 30년은 논밭에서 뒹군 농사꾼이 분명하다고, 처음 만났을 때 확신시켰던 바로 그 웃음이었다. 검은 동자가 거의 보이지 않는 작은 눈, 그 눈을 가리는 안경,

능선처럼 완만하고 펑퍼짐한 코, 엇박자로 실룩이는 볼, 두툼한 입술, 귓불에 닿을 듯 올라가는 입아귀, 들숨과 함께 옅어진 웃음소리는 수줍은 인상을 더했다.

나중에 깨달았지만, 이토록 순박한 웃음은 이야기의 시작을 알리는 학교 종과도 같았다. 재미있는 이야기가 떠오르면 먼저 소리 내어 웃었던 것이다.

"형제자매 모두 키도 크고 준수하게 생겼습니다. 저만 이런 건 다 엄마 때문이에요. 너무 늦게 저를 임신한 것이 부담도 되고 부끄럽기도 하여, 갖은 방법을 다 동원해서 아기를 지우려 한 겁니다. 벌교 병원까지 가서는 수술실에 누워 얼핏 잠이 들었는데, 천둥 번개가 쳤대요. 그 길로 엄마는 병원을 나와 맨발로 뱀골재를 넘어 집으로 돌아왔대요. 아기를 지우려고 애쓰는 바람에 키도 아담하고 얼굴엔 정이 듬뿍 넘치게 되었지만, 하늘이 점지한 아기가 바로 막둥이라고, 엄마가 자주 이야기했답니다."

영웅의 일대기에선 범상치 않은 탄생담이 첫머리에 놓인다. 특별한 태몽이 함께 등장하는 경우가 잦다. 이 대표의 경우는 태몽은 아니지만 병원에서 엄마가 꾼 꿈 덕분에 목숨을 건진 것이다.

이 대표는 눌변이 콤플렉스라고 거듭 강조하지만, 소설가인 내가 보기에 그는 천생 이야기꾼이다. 그가 풀어놓는 이야기엔 수백 년 혹은 수천 년 이어온 농부의 지난한 삶과 그 삶을 견디며 만든 풍요로운 상상이 담겼다.

인류는 만물을 다스리는 권력자가 아니라 만물에게서 배우는 철

부지다. 흙과 강과 하늘에게서 배우고, 벼와 호박과 상수리나무에게서 배우고, 개와 곰과 올빼미에게서 배운다. 도깨비와 귀신과 용에게서도 배운다. 그는 이 배움에 근대 과학의 지식과 연구 방법을 더한다.

미생물 과학자도 그고 농부 이야기꾼도 그다. 정규교육을 통해 박사학위를 획득한 사람도 그고, 천둥 번개의 도움으로 태어나 대지의 보호를 받는 사람도 그다. 그는 두 세계를 하루에도 몇 번씩 오간다. 지금까지 곡성에선 전자만 주목받았다. 외국까지 가서 학위를 마친 '박사님'인 것이다.

나는 그에게서 이야기꾼의 면모를 발견한 후 처음엔 놀랐고 그 다음엔 반가웠다. 그 역시 내가 이야기에 깊이 빠진 영혼이란 것을, 과학책도 이야기로 읽는 소설가란 사실을 곧 알아차렸다. 답사 내내 신화부터 과학까지 온갖 이야기들이 넘쳐흐른 이유였다.

오월리에 머물다

이 대표의 고향 오월리로 접어들었다.

기이했다. 곡성에서 고흥까지 가면서 상상한 들녘이 보이지 않던 것이다. 잔잔하고 넓은 저수지가 드러났다. 오월리 들녘을 통째로 삼킨 내대저수지였다. 차 한 대가 겨우 지나는 좁은 길로 나아갔다. 5분 정도를 더 꾸불꾸불 덜컹덜컹 흔들린 뒤, 그가 차를 세우고 내렸다.

건너편 언덕에 이 대표의 집이 있었다. 멀리 보이는 집보다 가까이 흔들리는 물에 끌렸다. 이 대표도 나를 따라 저수지를 훑었다. 물에 잠기기 전까지 마을을 먹여살린 논이고 밭이었다. 아이들은 작은 시내에서 물장구를 치고 놀다가 집으로 쪼르르 돌아가곤 했다. 저수지 속 들녘을 그리는 작은 눈이 촉촉하게 젖었다.

진해에서 태어난 나는 창원에서 어린 시절을 보냈다. 그 마을은 웅남이라고도 하고 연덕이라고도 불렀다. 창원 기계공업단지를 한창 만들 때였다. 건설업체는 우리 마을을 통째로 묻어버리는 방식을 취했다. 마을로 들어가려면 아스팔트가 깔린 큰길에서 내려 비포장 내리막길을 한참 걸어야 했다. 흙더미들이 마을을 포위했고, 차츰 포위망을 좁히다가 어느 순간 마을을 집어삼켰다.

설명을 들은 이 대표가 말했다.

"수몰과 매몰이군요."

나도 두 단어를 혀끝에 올렸다. 우리는 국가 정책에 따라 고향을 잃은, 물밑 땅과 땅속 마을을 그리워하는 세대였다.

둑을 트고 물을 뽑는다고 논과 밭과 시내가 드러날까. 공장을 허물고 땅을 파헤친다고 골목과 집들이 나올까. 우리도 한번 잘 살아보자며, 농토를 저수지로 만들고 마을을 공장으로 바꿨다. 그 시절 '잘 산다'는 것은 돈을 더 많이 번다는 뜻이었다. 그 밖의 의미를 따지지 않았다. 전답과 마을이 물밑과 흙 속으로 사라졌지만, 실향민에 대한 배려는 없었다. 그리움 따위 무시해도 좋은 사치였다.

돈이 되는 것만 남기고 다 없애라!

얼마나 무섭고 한심한 정책이었던가. 명령의 허와 실을 따지지도 못한 채, 우리는 값으로 매기기 힘든 소중한 것들을 잃었다. 되묻고 싶다. 꼭 마을을 수몰시켜 저수지를 만들어야 했을까. 꼭 마을을 매몰시켜 공장을 세워야 했을까. 대대손손 그 자리를 지킨 마을을 건드리지 않고 저수지와 공장을 만들 방법은 없었을까.

실향의 아픔은 수족이 잘려 나간 것과 같다. 북녘 땅을 향해 큰절하며 눈물 쏟는 실향민을 방송에서 종종 보았다. 참혹한 전쟁이 낳은 상처로만 여겼다. 그러나 전쟁이 없더라도, 이 대표와 나처럼 새로운 실향민이 양산되었다. '조국 근대화'는 동의도 구하지 않고 국민에게서 소중한 것을 빼앗는 과정이기도 했다.

저수지를 따라 반원을 더 그린 후에야 이 대표가 태어난 집에 도착했다. 부모님은 돌아가셨지만, 문패는 어머니 이름 그대로였다. 오르막길을 스무 걸음쯤 걷자 모두들 나와 알은체를 했다. 벽계마을에서 대대로 살아온 친척들이었다. 전답이 수몰되지 않았다면 훨씬 많은 이들이 고향을 지켰을 것이다.

그가 능숙하게 언덕을 먼저 올랐다. 계단식 밭이 층층이 나왔다. 바삐 걸음을 떼며 밭들의 변천사를 설명했다. 어머니는 제일 아래쪽 작은 밭을 처음 빌렸다. 그리고 조금 넓은 위쪽 밭을 빌리고 또 그 위쪽 밭을 빌려 일구다가, 드디어 그 위쪽 제일 넓은 밭을 샀다. 어머니는 이 밭에서 새벽부터 저녁까지 죽어라 일하였고, 거기서 나온 돈으로 학비를 댔다. 가파른 비탈을 아침저녁으로 오르내리며 어머니는 얼마나 힘드셨을까. 막둥이 공부 잘하게 해달라고 얼마나 비셨을까.

이 대표는 '가난'이란 단어를 꺼내 들었다. 지독하게 가난했지만, 벽계마을은 다 같이 가난했고 다 같이 나눠 먹으며 살았던 탓에 가난이 상처가 되진 않던 시절이었다. 막둥이를 귀여워한 아버지와 둘이서만 겸상한 이야기, 나머지 형제자매의 부러움을 산 이야기, 초등학교에 들어간 후에도 한동안 마을에 전기가 들어오지 않은 이야기, 전기가 들어오자 이장 집에 모여 텔레비전을 보던 이야기, 산을 넘어 초등학교를 오간 이야기, 학교에서 책을 읽다가 늦은 저녁 산을 넘던 중 대숲에서 들리는 바람 소리에 놀라 미친 듯이 달린 이야기. 이야기가 산처럼 쌓였다.

산길을 따라 청송초등학교로 갔다.

지도에는 학교 이름 대신 '동강상송길 14-17'이라는 주소뿐이었다. 폐교가 된 것이다. 입구에 차를 대고 나란히 걸었다. 금이 간 콘크리트길이 낡은 교문까지 뻗었다. 그가 학교에 다닐 때는 길가에 무궁화가 만발했었다.

이젠 꽃나무도 없고 친구들과 신나게 부르던 노래도 떠오르지 않았다. 운동장은 밭으로 바뀌었고, 거꾸로 된 기역자 모양 건물은 창문이 떨어지고 유리창이 깨져 을씨년스러웠다. 이승복 동상이 눈길을 끌었다. 소년상 아래 글자가 또렷했다. '나는 공산당이 싫어요.' 1학년 때 공부한 1층 교실과 6학년 때 머문 2층 교실을 살피는 그에게 슬쩍 말했다.

"폐교에서 폐교로 간 셈이군요."

고흥의 폐교에서 곡성의 폐교로!

그가 고개를 끄덕였다. 표정이 슬퍼 보여 나는 한마디 더 보탰다.

"폐교라고 다 똑같진 않죠."

방치하면 흉물스럽게 낡을 수밖에 없다. 그러나 미실란의 예에서 보듯이 뜻있는 사람들이 들어가 가꾸면 달라진다. 혹시 이 대표는 곡성의 폐교뿐 아니라 고흥의 모교도 다시 꽃피울 궁리를 하는 것일까.

벌교중학교로 향했다.

오월리는 고흥에 속하긴 해도 벌교와 더 가까웠다. 청송초등학교를 졸업하고 벌교중학교로 진학했는데, 걸어서 다니기엔 멀었다. 입학하고 한동안은 자전거로 통학했다. 뱀골재를 넘어 벌교로 내려갈 때는 콧노래가 절로 났다. 속도를 만끽하다가 버스와 부딪혀 크게 다친 적도 있었다. 그 후로는 지각을 하더라도 자전거 대신 버스를 탔다.

'외서댁 꼬막'이란 식당 이름부터 벌교가 대하소설 『태백산맥』의 등장공간이란 사실이 실감났다. 중학교로 이어진 새 도로 이름도 '조정래길'이었다. 소화교를 건너자마자 차를 세우더니 혼잣말로 반겼다.

"있네! 아직도 있어."

작고 가파른 오르막길이었다. 오래된 항구로 답사를 가면 흔히 만나는, 장딴지에 힘을 잔뜩 싣고 올라야 하는 언덕길! 내가 뒤따르고 있다는 사실도 잊은 듯 그는 경쾌하게 쭉쭉 걸음을 옮겼다. 그리고 졸업하고 35년 만에 벌교중학교 잔디 운동장에 이르러서야 그 길을 택한 이유를 밝혔다. 오월리 전답도 물에 잠기고 청송초등학교도 문을 닫아 아쉬웠는데, 벌교중학교 오르막길만은 그대로여서 기뻤던 것이다.

당신의 고향 마을은 무사한가. 졸업장을 받은 초등학교, 중학교, 고등학교를 다시 간 적은 언제인가. 10년이면 강산도 변한다는데, 이 대표는 35년 만에 벌교중학교 운동장에 서서 교무실까지 이어진 높고 긴 계단을 올려다보았다. 헐레벌떡 계단을 오르는 중학생을 그 곁에서 잠시 상상했다.

바쁘게 살아가는 이들에겐 어제가 오늘 같고 오늘이 내일 같다. 하지만 시시각각 달라지는 것이 또한 세상이다. 사라진 것과 사라지지 않은 것과 사라져가는 것을, 여유를 갖고 반복해서 정성껏 들여다보지 않는 한 감지하긴 어렵다.

살아가며 많은 것을 잃고 잊는다. 그렇지만 되살펴 기억할 능력이 우리에겐 있다. 물에 잠긴 들녘과 땅에 묻힌 마을은 비슷한 듯 다르고 다른 듯 닮았다. 거기서 살다 떠난 사람들의 들숨과 날숨을 흉내 내며, 우리는 천천히 벌교중학교 계단을 오르기 시작했다.

당신의 고향 마을은 무사한가.

졸업장을 받은 초등학교, 중학교, 고등학교를 다시 간 적은 언제인가.

차별은
차별을 낳는다

인류의 역사는 여행의 역사다. 곧 돌아오는 여행일 때도 있고 영영 돌아오지 못하는 여행일 때도 있다.

길 위의 나날은 구불구불한 인생과 닮았다. 공간 여행이든 시간 여행이든 인간 여행이든, 낯선 시간과 공간과 인간과의 만남은 우리네 인생을 풍족하게 한다. '나, 지금, 여기'의 아집을 벗어나게 만든다. 자유로움과 두려움이 동시에 밀려든다. 떠나지 않았다면 몰랐을 기쁨이자 고통이다.

성장은 익숙한 것과의 결별을 전제로 한다. 뒷배인 고향과 가족을 떠나야 비로소 온전히 세상과 맞닥뜨릴 수 있다.

내동댕이쳐진 것처럼, 혼자라고 느낀 적이 언제인가.

나의 경우 그것은 대학을 다니기 위해, 경상남도 마산에서 경부고속도로를 다섯 시간이나 달려 서울특별시로 올라온 스무 살 초봄이었다. 강남고속버스터미널에 내려 지하철을 갈아타고 낙성대역까지 가는 것조차 힘들었다. 역과 기숙사를 오가는 마을버스가 있는지도 몰라서, 한 시간이나 걸어 겨우 목적지에 도착했다. 배정받은 방으로 들어섰을 때 실감했다. 이제 정말 혼자로구나!

이 대표는 나보다 3년이 빨랐다. 벌교중학교를 졸업한 후 광주의 전남고등학교에 입학했다. 벽계마을에서 벌교까지 버스로 나온 후, 다시 버스로 광주까지 이동한 다음, 또 거기서 버스를 타고 자취방으로 가야 했다.

평생 우정을 나눌 좋은 친구들을 만난 때이기도 하다. 빛고을 광주에서 태어나 줄곧 살았던 친구들은 자주 그를 집으로 초대했다. 거기서 텔레비전과 전축과 피아노와 기타를 처음 보곤 충격을 받았다. 가전제품과 악기를 갖추고 문화생활을 즐기는 가정집을 상상한 적이 없었던 것이다.

친구들과 둘러앉아 유년 시절을 이야기할 때면 고흥과 광주의 격차가 더욱 뚜렷했다. 광주 친구들이 영화관에서 만화영화를 즐기고 일주일에 한두 번 악기를 배우러 다닐 때, 소년 이동현은 뒷산에서 나무를 하거나 염소를 몰거나 어머니를 도와 밭일에 바빴다. 새벽부터 밤늦게까지 부지런히 일했지만, 고기나 생선 반찬을 배불리 먹은 적이 드물었다. 벽계마을의 일상을 들려주면 친구들은 거짓말 말라며 믿지 않았다. 아버지 세대의 고생담처럼 들린다고도 했다.

차이가 곧바로 상처가 되진 않았다. 가난에 찌든 벽계마을을 상상하기조차 어렵다는 친구들 앞에서, 그는 자기만의 자리를 만들었다.

친구들은 기껏해야 흙을 밟고 다녔지만, 그는 흙을 밟을 뿐만 아니라 맛보고 고르고 파서 씨앗을 심고 물과 거름을 줬다. 친구들은 기껏해야 가로수를 툭툭 건드리거나 올려다보며 지나쳤지만, 그는 침엽수와 활엽수 가리지 않고 다람쥐처럼 올라가선 솔방울도 떨어뜨리고 감이나 밤도 땄다. 친구들은 기껏해야 턴테이블에 LP를 올리곤 노래를 들었지만, 그는 시냇물 흐르는 소리, 바람 몰아치는 소리, 딱따구리 구멍 뚫는 소리, 개구리 울음 소리를 들으며 잠들고 또 깼다.

'촌놈들은 역시 안 돼!'

친구들과 어울릴 때는 차이는 있지만 차별은 없었다. 하지만 심각한 차별을 처음 맛본 곳도 광주였다.

명절이면 고향으로 내려가 가족 품에서 지내다가 올라오곤 했다. 어머니가 싸준 반찬을 바리바리 들고, 새벽에 일찍감치 벌교로 가서 버스를 타고 광주로 향했다. 아무리 일찍 나서도, 고향을 다녀가는 이들 때문에 도로가 꽉꽉 막혔다. 어쩔 수 없이 지각을 해서 겨우겨우 학교에 도착한 날이었다. 평생 되새기며 아파할 말을 교사로부터 들었다.

"촌놈들은 역시 안 돼!"

지각생이 한 명 더 있었다. 섬에서 배를 타고 나와야 하는 친구였다. 배가 늦게 온다거나 도로가 막히는 것은 고등학생인 그들 잘못이 아니다. 고향이 고흥군 동강면이나 진도군 조도면인 것도 그들 잘못이 아니다. 하지만 그 교사는 낙인부터 찍었다.

'촌놈'이란 단어에는 고흥 출신 이동현이 광주 학생들과 달리 게으르고 어리석다는 비난이 담겼다. 광주시보다 작은 마을에서 농사를 짓거나 물고기를 잡으며 사는 것이 어찌 멸시와 천대의 근거가 되겠는가.

서울에서 대학 생활을 시작한 뒤로 나 역시 비슷한 편견을 자주 접했다. 경상도 사투리가 심한 탓에 어디서 왔느냐는 질문을 심심치 않게 받았다. 경상남도 진해에서 태어나 창원에서 어린 시절을 보내고 마산에서 살다가 상경했다고 하면, 듣는 이들은 내가 촌에서 온 것으로 정리했다. 촌이 아니라고, 인구가 30만 명이나 된다고 항변했지만 소용없었다. 부산에서 올라온 기숙사 룸메이트조차 촌에서 왔단 소릴 들었다며 웃었다.

서울이 아니면 모두 지방이고, 지방이란 곧 촌이란 등식이 성립했던 것이다. 서울 중심주의는 지금도 여전하다.

더욱 심각한 문제는 서울이 지방 중소도시를 '촌'으로 단순화시키듯, 지방 중소도시 역시 인근 농촌이나 어촌을 '촌'으로 간주하는 것이다. 반복되는 차별을 어떻게 극복해야 할까. 변두리 시골에 살지 않고 지방 중소도시로 거처를 옮기면 극복될까. 지방 중소도시에서 돈을 더 벌어 서울로 진출하는 것만이 촌놈이란 비난으로부터 벗어나는 길일까.

'개천에서 용 난다'는 속담이 있다. 어려운 환경을 극복하고 훌륭한 인물이 나왔을 때 등장하는 문장이다. 그런데 개천에서 난 용은 어디로 갔던가. 용이 되지 못한 이무기는 개천에 머물지만, 용이 된 이무기는 하늘로 올라가버린다. 우리도 그 용처럼 개천을 떠나 강으로, 강을 떠나 바다로, 바다만큼 넓은 하늘로 옮겨야 할까.

개천에서 용이 나는 것은 거의 불가능한 시절이 되었다고 개탄들을 한다. 개천에서 정말 운 좋게 용이 한 마리 나오더라도, 용이 되지 못한 나머지는 개천에서 살다가 늙고 병들어 죽어갈 수밖에 없다. 나고 자란 개천을 한탄하며 용이 되어 떠날 기회만 노린다면, 서울과 지방, 중소도시와 농어촌을 차별하는 시선은 바꾸기 힘들다.

촌스러운 것은 어른스러운 것

차별과 비난의 용어로 쓰이던 '촌스러움'을 새롭게 바라보는 관점도 있다. 월간 《전라도닷컴》의 발행인 황풍년은 『전라도, 촌스러움의 미학』에서 촌사람과 촌마을을 돌아본 후 변방의 아름다움을 꼼꼼하게 담았다. 이 책에서 공선옥 작가는 '촌스러움'을 이렇게 정의한다.

촌스럽다는 것은 도시스러운 것의 반대가 아니라, 도시스러움조차 모두 감싸 안는 것이다.

촌스럽다는 것은 도시스러운 것보다 훨씬 어른스러운 것이다. '어린 도시스러운 것'이 '어른 촌스러운 것'을 맨날 놀리고 울려도 촌스러운 것은 어른스러운 것이라, 그저 조용히 웃으며 간다. 어린 도시스러운 것까지 품에 안고, 쾌활 명랑하게, 천진난만하게, 때로는 분노하고 때로는 연민하면서 그렇게 뚜벅뚜벅![3]

촌스러움을 어른스러움과 연결시키고 어린 도시스러움까지 품으려는 마음은 차별과 냉대를 포용과 환대로 바꿔놓는다. 대도시를 중심에 두고 살아가는 이들에겐 불가능한 자세다.

『전라도, 촌스러움의 미학』에서 가장 흥미로운 이는 '논흙으로 쌀도 짓고 예술도 짓는' 담양 무월마을 송일근 작가다. 그는 논흙으로 토우와 그릇을 만든다. '생활 따로 예술 따로'가 아니라 생활이 예술이고 예술이 생활인 삶을 일구는 것이다. 송 작가는 농촌의 무수한 생명과 함께하는 일상을 강조한다.

논에서 놀아지는 것들, 흙이 해내는 그런 경이로운 변화들을 말로써 전달하고 교육을 시킬 수도 있겠지만, 그 생명들과 함께하지 않고서는 온전히 전달할 수 없는 일이지요. 책을 천 권 만 권 읽어도 알 수 없는 것이기에 누구에게든 '살아생전 한 번이라도 농사를 지어보시오' 하고 권하고 싶어요.[4]

'서울 촌놈'이란 말이 부쩍 자주 들려온다. 대도시에서 생활한다고 하면 다채로운 일상을 누리는 것으로 간주하기 쉽지만, 따지고 들면 그렇지도 않다.

바쁜 일과에 얽매여 집과 회사밖에 모르는 나날이 이어진다. 정오가 되자마자 회사 근처 식당에서 바삐 끼니를 때우고, 우후죽순처럼 늘어난 커피숍에 들러 차를 마신 후, 잠시 산책할 짬도 없이 다시 사무실로 돌아가 오후 업무를 시작한다. 주말에 겨우 가까운 산이나 강을 찾아 나서지만 꽉 막힌 도로에서 시간만 허비한다. 한 달 혹은 일주일을 통째로 쉬는 것은 꿈도 꾸지 못한다. 넘쳐나는 정보에 따라 빨리빨리 사고 쓰고 버린다. 생활비는 농어촌보다 몇 배 더 들지만 삶을 즐길 여유가 없다.

이 대표는 촌놈이라는 비난을 받고 오래 괴로워했다. 가난은 죄가 아니며 농부의 삶이 부끄럽지 않다는 것을 알려주고 힘을 북돋는 교사가 그 시절 가까이 있었다면? 나고 자란 곳에 따라 차별하지 않는 사회였다면? 아쉽고 또 아쉽다.

원홍장과 심청,
곡성에서 만나다

이야기는 힘이 세다.

곡성을 오간다고 하니 지인들이 물었다. 영화 〈곡성〉처럼 을씨년스런 곳이냐고. 아니라고 답하면 대부분 고개를 갸웃거렸다. 영화와는 달리 산천이 아름답고 순박한 사람들이 모여 산다고 강조해도, 믿지 않는 눈치였다.

이야기는 쉽게 사라지지 않고 입에서 입으로 오랫동안 전해진다. 영화 〈곡성〉에 불만이 있더라도 이미 떠돈 이야기를 지울 수는 없다. 차라리 영화와는 다른 곡성의 다양한 면모를 모아 이야기하는 편이 낫다.

곡성군에 영화 〈곡성〉의 이야기만 흐르는 것은 아니다. 나와 함께 창작 판소리 작업을 하고 있는 소리꾼 최용석은 진작부터 곡성을 아꼈다. 〈심청가〉와 연관이 깊은 〈관음사연기설화〉가 곡성에 있기 때문이다. 남원에선 〈춘향가〉, 곡성에선 〈심청가〉를 불러야 제격인 것이다.

관음사는 곡성군 오산면 선세리 성덕산에 있다. 연기설화(緣起說話)란 사찰의 유래를 밝혀놓은 이야기다. 다시 말해 〈관음사연기설화〉는 관음사를 성덕산에 세운 까닭을 밝힌 이야기인 것이다. 그런데 이 설화의 등장인물과 구성과 주제는 판소리 〈심청가〉나 고전소설『심청전』과 매우 비슷하다.

나는 〈관음사연기설화〉를 1980년대 후반 대학에서 접했다. 고전소설사를 배울 때 필독서가 김태준의 『조선소설사』였다. 김태준은 〈관음사연기설화〉를 『심청전』의 근원설화 중 하나로 꼽았다.

두 이야기의 유사성은 여러 학자들에 의해 비교 분석되었다. 허원기가 「심청전 근원 설화의 전반적 검토」에서 일찍부터 밝혔듯이, 맹인 아비 심봉사와 원봉사, 효성이 지극한 딸인 심청과 원홍장, 심청과 원홍장을 아내로 맞아들이는 송나라 황제와 진나라 황제, 몽은사 화주승과 대흥사 화주승, 남경 상인과 중국 사신의 역할이 비슷하거나 같았다. 효행설화이자 인신공양설화이고 눈을 뜨는 설화[開眼說話]인 점도 마찬가지다. 〈심청가〉는 인당수에 심청이 빠져 용궁까지 갔다가 되살아나는 재생설화이지만, 원홍장은 배를 타고 곧장 진나라로 건너간 것 정도가 차이점으로 지적되었다. '거타지 설화'나 '효녀지은 설화' 혹은 '바리공주' 등도 〈심청가〉의 근원 설화로 거론되지만, 원홍장 이야기만큼 유사성이 높진 않다.[5]

특정 사찰이 특정 장소에 지어진 연유를 밝히는 사찰 연기설화는 등장시간과 등장공간이 구체적일 수밖에 없다. 이야기의 성격이 지형지물의 유래를 밝히는 '전설'에 가까운 탓이다. 〈관음사연기설화〉 역시 충청도의 실제 지명이 줄줄이 등장할 뿐만 아니라, 이야기가 전승된 때와 이야기를 전한 사람과 이야기를 전한 지역까지 덧붙는다. 1729년 관음사의 우한선사(優閑禪師)가 송광사의 백매선사(白梅禪師)에게 들려준 이야기라는 식이다.

맹인 아비가 원홍장과 심청을 판다. 대흥사와 몽은사의 화주승이 중간에 끼어 있긴 해도, 몸값을 치르고 팔렸다는 사실은 바뀌지 않는다. 딸을 팔아먹은 아비의 비열함은 지극한 불심과 앞을 못 본다는 신체적 결함과 지독한 가난 뒤로 가려지고, 아비 뜻을 무조건 따르는 딸만 효녀로 떠받든다. 아비를 위해 몸을 팔 정도로 지극한 효심의 결과 원홍장과 심청은 중국의 황후가 된다.

여기서 나는 맹인 아비와 어린 딸의 하루하루를 상상해 본다. 원량이든 심학규든, 맹인은 농사를 전혀 짓지 못하니 살아남기 힘들었으리라. 원홍장이나 심청처럼 어려서부터 아버지를 봉양하는 자식이 없었다면, 또 맹인 부녀를 가엽게 여겨 도와주는 이웃이 없었다면 끔찍한 불행으로 치달았으리라.

맹인의 딸이 황후가 되는 것은 기적이다. 이 기적을 이야기로 담은 까닭은 무엇일까. 현실은 비록 가난하고 굶주리지만, 바른 마음을 먹고 열심히 살면 상상도 못한 좋은 날이 오리라는 바람 때문이 아닐까. 가난하고 병들고 외로운 자들을 마을이 품고, 마을에서 해결하기 힘든 어려움을 불교로 대표되는 종교가 감싸는 넉넉한 자비심이 원홍장 이야기와 함께 이곳 곡성에 오래오래 머물렀던 것이다.

충청도 대흥현에서 나고 자란 원홍장은 진나라 황후가 된 후 아비를 위해 만든 관음상을 배에 실어 보낸다. 성덕이란 여인이 낙안 단교에서 관음상을 짊어지고 가다가 곡성에 내려놓는다. 바로 그 자리에 관음사를 지은 것이다. 관음사가 있는 산의 이름이 성덕산인 것도 예사롭지 않다. 햇볕이 들지 않는 깊은 골짜기에도 반짝이는 별처럼 희망을 두는 것이 또한 인간이다.

〈관음사연기설화〉는 이야기를 즐기는 이들에게 매우 불친절한 제목이다. 제목만으론 관음사가 곡성에 있는 사찰인지 알 수 없고, 불교 신자가 아닌 이들의 관심을 끌기도 어렵다. 연구자에겐 이 제목이 익숙하겠지만, 원홍장 이야기를 세상에 널리 알리고 종교와 상관없이 사랑받는 작품이 되게 하려면 새 제목이 필요하다. 소설이나 영화 혹은 드라마를 포함하여 이야기를 다루는 예술에서 제목의 중요성은 아무리 강조해도 지나치지 않다. 좋은 제목은 대중을 모으고 나쁜 제목은 대중을 내쫓는다.

심각한 제목을 고민하는 것보다는 간명하게 〈원홍장 이야기〉 혹은 〈원홍장전〉이 나을 듯싶다. 『심청전』의 주인공이 '심청'이듯 〈관음사연기설화〉의 주인공은 '원홍장'인 것이다.

곡성에선 2000년부터 해마다 심청축제가 열린다. 많은 예산을 들여 심청공원과 심청문화센터 그리고 심청마을까지 만들었다.

'원홍장 이야기'를 『심청전』이나 〈심청가〉의 근원설화로 두고 축제와 문화행사를 여는 것은 가능하겠지만, 심청이 곡성에 살았다고 간주하는 것은 해결할 문제가 적지 않다. 『춘향전』이나 〈춘향가〉는 아예 배경이 남원으로 설정되었지만 『심청전』이나 〈심청가〉는 그렇지 않기 때문이다. '원홍장 이야기'는 『심청전』과 〈심청가〉의 근원설화 중에서 가장 중요한 이야기로 자리잡는 편이 나을 것이다. 이 자리에 머문다고 해서 '원홍장 이야기'의 의미와 재미가 반감되는 것도 아니다.

'원홍장 이야기'를 거론할 때 지금까진 심청에게 지나치게 기댄 측면이 있다. 누구나 아는 제목과 등장인물을 꺼내는 것이 홍보에 훨씬 유리하기 때문이다. 조금 다른 생각을 품어본다. '원홍장 이야기'만으로 아예 창작 판소리를 만들어보는 것은 어떨까. 연구자들의 분석에 따르면, '원홍장 이야기'는 대목마다 구체적인 상황을 묘사하고, 등장인물의 심정을 풍부하게 다루며, 적절한 대화로 사건을 발전시킨다. 판소리로 바꾸기에 매우 좋은 이야기라는 뜻이다.

심청마을과 심청공원과 심청문화센터를 둘러본 후 관음사로 갔다. 안타깝게도 국보 273호 원통전과 그 안에 모셨던 국보 214호 금동관음보살좌상은 빨치산과 토벌대가 난입하는 와중에 소실되었다. 지금은 관음상의 머리 부분만 겨우 남아 있다. 일제 강점기 때 찍어둔 사진 앞에서 한참을 서 있었다. 사람은 죽고 사찰과 불상은 불타더라도, 이야기는 입에서 입으로 심장에서 심장으로 이어진다.

원홍장과 심청이 곡성에서 만나 관음사를 거니는 소설을 한 편

쓰고도 싶다. 원홍장이 심청의 삶을 논하고, 심청 역시 원홍장의 삶을 평한다면, 어떤 대목이 가장 많이 언급될까. 맹인 아버지를 모시고 가난하게 살 수밖에 없는 그들에게 찾아온 기적의 의미는 무엇일까.

계절은 어느새 늦봄을 지나 초여름으로 접어들었다. 굽이굽이 돌아가는 산길에서 그녀들이 짊어졌던 삶의 끔찍한 무게를 떠올리니, 식은땀이 흐르면서 자주 아득해졌다.

모는 어떻게

벼가 되는가.

왜 하필 이토록

낯선 곳에서

일하고 먹고

마시고 자고

또 일하는가.

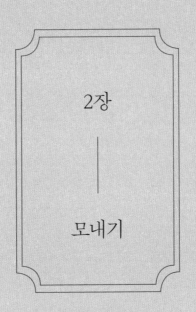

2장

—

모내기

이야기꾼은
매혹된 영혼

소설가인 나는 이야기에 매혹되어 살아간다. 지금까지는 이야기가 내 영혼을 키우고 내 육신을 먹여살렸다. 그렇다고 이야기가 사람을 이롭게만 하는 것은 아니다. 이야기는 나를 병들게도 하고 죽일 수도 있다. 그러나 이야기가 내게 상처를 주더라도 나는 이야기를 멀리하지 않는다. 떠날 마음도 없다. 다만 바다가 어부에게, 땅이 농부에게 영향을 미치듯, 이야기가 소설가인 내게 선사하는 것들을 하나하나 들여다본다. 매혹을 관찰한다. 매혹 없는 나날은 지루하지만, 매혹 때문에 내 삶이 망가져서도 안 된다.

이야기와 삶의 균형은 쉽지 않은 과제다. 안전장치 없이 고공에서 외줄을 타는 기분이랄까. 그래도 살아가야 하고 그래도 이야기해야 한다.

너는 논 사람, 나는 그냥 사람

현관문을 열었다. 6월의 바람이 거친 턱을 만지고 두 뺨을 훑었다. 사내는 안경을 고쳐 쓴 뒤 아직 어둠에 잠긴 논을 바라봤다. 품종당 두 줄씩 손 모내기를 마친 논엔 모들이 가득했다. 마술사처럼 하루 만에 덧입힌 색이 마음에 드는지, 사내는 새벽하늘을 잠시 우러렀다가 다시 들녘을 끌어안듯 쳐다보았다.

모판이 도착한 어제 아침, 마을 농부들이 다가와선 이앙기는 어디 있냐고 물었다. 손으로 심겠다고 하자, 혀를 끌끌 차며 초보 농사꾼 취급을 했다. 이앙기 없이 일하다간 허리 다친다고. 기억의 첫 머리부터 논에서 놀았다는 사내의 말을 그들은 믿지 않았다. 농부가 급속히 줄수록 농기계에 더 의존해 온 것이다. 이앙기 없이 모를 낼 뿐만 아니라 제초제 없이 여름을 나겠다고 솔직히 밝혔다면, 농부들은 사내를 마을회관으로 데려가서 단단히 타일렀을지도 모른다. 농사는 그렇게 짓는 게 아니라고, 세상이 바뀌었다고.

사내는 친환경 벼농사의 꿈을 안고 논으로 향했다. 하루 만에 거뜬히 모내기를 마치는 것으로 숙련된 농사꾼임을 증명했다.

모내기가 끝난 논두렁에 앉아 바지를 둘둘 말아 올렸다. 어린 백구 두 마리가 경쟁하듯 그의 등에 머리를 비벼댔다. 양팔을 뻗어 두 녀석의 목을 동시에 감곤 물었다.

"복돌아 복실아! 너희 생각은 어때? 논 사람들이 만족하는 것 같지?"

사내의 어법은 보통 사람과 달랐다. 나무를 숲 사람, 벼를 논 사람이라고 불렀다. 그는 오래전 문을 닫은 학교 건물을 돌아봤다. 개들은 고개 돌리거나 짖지 않고 그의 발등과 무릎에 긴 혀를 댔다. 개들이 충분히 핥을 때까지 기다렸다가 논으로 첫발을 뗐다.

첨벙!

어린 모들을 피해 서너 걸음 들어갔을까. 멈춰 서서 허리를 숙인 뒤 모의 잎귀를 쓰다듬으며 물었다.

"잘 잤어? 컨디션은 어때? 뿌리 내리기 좋으라고 2센티미터 정도만 남기고 물을 다 빼두긴 했지. 아직 여기가 낯설지? 모판에서 자랄 때와는 많이 다를 거야. 278종의 친구들과 함께 가을까지 무럭무럭 자라야 해. 다 같은 논 사람이지만, 좋아하는 바람도, 햇볕도, 벌레 소리도, 물의 온도도 제각각이라서 불편한 점도 있을 거야.

너희랑 이 논에서 지내는 동안 내 원칙은 간단해. 편애하지 않을게. 골고루 살피고 돌볼게. 너희가 자라고 열매 맺을 때까지, 내가 끼어드는 일은 거의 없을 거야. 전체가 생명의 위협을 받을 때를 제외하곤 말이지. 극심한 가뭄이 든다거나 큰바람이 불어 목숨이 위태로울 땐 너희를 구하기 위해 달려올게. 최악의 상황을 제외하곤 너희는 너희답게 자라면 돼. 내 눈치 볼 필요 전혀 없어. 우린 대등해. 너희는 논 사람이고, 난 그냥 사람! 새벽마다 올 테니 궁금한 게 있으면 언제든 물어."

잎혀를 검지로 쓸며 기다렸다. 그리고 연인의 속삭임을 듣기라도 하듯 고개를 끄덕였다. 이윽고 사내는 잎몸과 잎집을 번갈아 만지며 말했다.

"그렇겠네. 불편하겠지. 모끼리만 자라왔는데, 논엔 다른 생물들이 꽤 많으니까. 무엇보다도 우선 흙과 친해지렴. 이미 만났겠지만 흙 속엔 참 많은 생물들이 살고 있거든. 사람들이 흔히 토양이라고 일컫는 흙은 지구에만 있는 거란다. 바위가 잘게 부서진다고 전부 흙이 되진 않아. 식물들이 살다 죽어 썩고, 또 살다 죽어 썩어 차곡차곡 쌓이고 섞인 뒤에야 비로소 흙이 되는 거니까. 식물이 없는 행성에선 토양도 없지.

물도 마찬가지야. 논에서 자라는 곡물과 밭에서 자라는 곡물의 가장 큰 차이가 뭔지 알아? 물을 방해꾼으로 여기는 곡물은 밭으로 가고, 도움꾼으로 여기는 곡물은 논에 머무는 거지.

논 사람인 너희는 물에서도 썩지 않아. 수중 생물들과 깊이 사귀며 자라왔지. 재미난 이름을 지닌 녀석들이 많아. 갑각류로는 풍년새우라든가 털줄뾰족코조개벌레라든가 가시시모물벼룩이라든가 땅달보투명씨벌레라든가 톱니꼬리검물벼룩이라든가 새뱅이라든가 갈색말거머리까지! 패류로는 왼돌이물달팽이라든가 좀주름다슬기라든가 삼각산골조개라든가 귀이빨대칭이까지! 흙과 물 그리고 그 속 생물들과 친하게 지내렴! 알겠지?"

사내는 허리를 펴려다가 양손을 동시에 논으로 넣었다. 주먹을 한 움큼 쥔 채 올린 후 천천히 폈다. 왕우렁이가 양 손바닥에 각각 놓였다. 친구를 소개시키기라도 하듯, 벼들을 향해 손바닥을 기울였다가 수평을 유지했다. 왕우렁이들에게 인사를 건넸다.

"너희도 잘 잤고? 논물이 차갑지는 않았는지 모르겠네. 해가 곧 뜰 테니까 조금만 참아. 어디 보자… 8그램쯤 되겠구나. 밤에 배는 좀 채웠어? 제초제를 전혀 치지 않을 테니까, 너희랑 나랑 힘을 합쳐 잡초를 없애야 해. 쉽진 않을 거야. 초벌매기부터 피사리하러 부지런히 올게. 너희도 즐겁게 이 논에서 살아가렴. 고맙다."

백구들과 모와 왕우렁이에게 말을 건네는 동안 날이 밝았다. 햇살이 비치자 논두렁과 논의 경계가 더욱 분명해졌다. 줄지어 서서 빛과 바람을 느끼는 모들의 미세한 떨림이 시시각각 새로운 기운을 불어넣었다. 어리지만 열망이 높고 작지만 꿈이 큰 아이를 닮았다.

물뱀 한 마리가 천천히 다가왔다. 사내는 논두렁으로 올라가려다가 섰다. 10센티미터쯤 될까 말까 한 뱀도 모 사이에 멈췄다. 가느다란 몸을 감춘 채 혀를 날름거렸다. 사내가 뱀에게 한 걸음 다가선 후 인사했다.

"많이 놀랐니? 미안하다. 해칠 뜻은 없어. 벽계마을에서 너 같은 녀석을 백 마리도 넘게 봤거든. 독이 없는 걸 잘 알아. 짓궂은 친구들은 너흴 잡아 나뭇가지에 꿰어 굽기도 했지만, 난 뱀 고기를 먹은 적은 없어. 가고 싶은 길 편히 가.

대신 하나만 약속해 줄래? 체험학습이라고 들어봤어? 어릴 때부터 논에 들어가 벼를 직접 만지는 게 무척 중요하거든. 책으로 배우는 거랑은 완전히 다르지. 이곳 생활이 어느 정도 안정되면 어린이들을 초대할까 싶어. 그때만 잠시 피해줄래? 논 밖으로 아예 나가란 뜻은 아냐. 어린이들이 요기 앞에서만 벼를 만날 테니까, 저기 제일 끝 논으로 가줘. 미리미리 내가 학교 종을 땡땡땡 쳐서 알려줄게. 맑고 고운 종소리를 너도 좋아할 거야. 고마워."

뱀이 지나가기를 기다렸다가 논두렁으로 올라온 사내는 진흙투성이 맨발을 풀에 쓱싹쓱싹 닦았다. 어둠이 걷힌 논을 느릿느릿 훑었다. 허벅지에 머리를 들이받던 개들은 산책이라도 나갔는지 보이지 않았다.

주머니에서 볍씨를 꺼내 손바닥에 올려놓았다. 휘익 휘이익. 박자를 타며 휘파람을 불었다. 참새 한 마리가 어깨에 내려앉았다. 손목을 거쳐 손바닥에 올라서더니 볍씨를 물고 날아갔다. 다시 볍씨를 꺼냈다. 휘파람을 불기도 전에 참새가 또 한 마리 날아와선 손바닥에 놓인 선물을 가져갔다.

"지금 주는 건 얼마든지 먹어. 하지만 추수할 땐 우리 논에서 배 채우려 들지 마. 여기서 나올 나락들은 매우매우 중요하거든. 얼마나 소중한지는 나중에 설명해 줄게. 너희도 살아야 하니, 한 알도 먹지 말란 소린 못 하겠네. 이 논으로만 몰려들지 말란 뜻이야. 친구들에게도 전해줘. 내일 배고프면 또 오고. 알겠지?"

사내는 손바닥을 마주 턴 후 논두렁을 걸어 집으로 향했다. 곤히 잠든 아내와 두 아들을 깨울 차례였다.

세상의 모든 마음을 주고받다

이동현 대표가 새벽마다 논에서 벼를 비롯한 식물, 개를 비롯한 동물과 대화를 나눈다고 했을 때, 나는 김종철이 『대지의 상상력』이란 글에서 쓴 이 문장을 떠올렸다.

농민이나 어부의 노동과 생활에는 근대식 공장노동이나 도시의 월급쟁이들이 절대로 이해할 수 없는 차원이 존재한다는 얘깁니다.[1]

농부나 어부의 매혹을 생각한 적이 있는가. 농부는 땅, 어부는 바다에 매혹되는 족속이다. 땅과 바다를 무한히 신뢰하는 것이다. 김종철도 지적하듯이, 그 땅과 바다에서 농부와 어부가 마냥 행복하지만은 않다. 노동 강도가 셀 뿐 아니라 밥벌이를 못하는 경우도 자주 있다. 그러나 고통과 슬픔을 겪더라도 농부와 어부는 땅과 바다를 떠나려 하지 않는다. 오히려 땅과 바다에서 지낸 삶에 만족한다. 땅 덕분에, 바다 덕분에 그래도 지금까지 먹고살았다는 것이다.

이 대표는 어릴 때부터 들과 숲에서 혼자 놀았다. 정확히 설명하자면 그 들과 숲에서 그냥 사람은 이 대표 혼자였다. 동물과 식물, 때론 바위나 개천이나 농기구에게도 말을 걸었으며, 긴 이야기를 들려주기도 했다. 현대 과학 연구 방법을 익히고 농생물학을 전공한 것은 대학에 진학한 후였고, 그 전까지 그는 농부였다. 땅을 믿었고, 들과 숲에 깃든 생물과 무생물을 가족처럼 여기며 살았다.

"마음을 주고받는 사이죠."

벼의 마음, 대나무의 마음, 참새의 마음, 물뱀의 마음 그리고 흙의 마음, 바람의 마음, 구름의 마음을 이 대표는 받았고, 또 거기에 제 마음을 얹어 건네기도 했다. 마음이 오간 그 모든 과정을 상대를 바꿔 이야기했다. 벼의 마음을 대나무에게 이야기하고, 대나무의 마음을 참새에게 이야기하고, 참새의 마음을 구름에게 이야기했다. 그리고 이 모든 마음을 내게도 이야기했다.

과학적인 연구를 하려면 마음을 닫고 이야기를 멈춰야 했다. 연구자와 연구 대상의 분리는 연구의 기본이었다. 실험실에서 성분을 분석하고 미생물을 배양하는 동안에는 침묵해야 했다. 내가 그랬다면 혼란스러웠을 것이다. 논리와 숫자로 현상을 파악하고 진단하는 세계와, 이야기로 마음을 주고받는 세계를 병행할 수 있을까.

당신이라면 어떻게 했겠는가. 연구자로 살아가기 위해, 마음을 터놓은 세계와 결별하지 않았겠는가. 그러나 그는 어느 쪽과도 거리를 두거나 이별하지 않았다. 과학자이면서 이야기꾼의 삶을 지금까지 이어오고 있는 것이다.

유년의 몽상으로부터 벗어나야 어른이 된다고들 한다. 도깨비든 산타클로스든 피터 팬이든, 지금 여기가 아닌 다른 세계는 없다. 사람은 오로지 사람하고만 이야기를 나눈다.

그런데 나 역시 죽은 자들과 함께, 마음을 주고받고 이야기를 나누면서 오랜 시간을 지내왔다. 개화기 이전을 배경으로 삼아 소설을 쓸 때, 등장인물들의 공통점은 이승을 이미 떠났다는 것이다. 관

속에 누워 영원히 쉬려는 자들을 귀찮게 깨우는 상황이랄까.

정도전이든 이순신이든 황진이든, 3년 혹은 그 이상을 함께 지내다 보면, 그들이 내 고민을 가장 잘 이해하는 친구나 인생의 선배처럼 느껴진다. 작업실에서 가끔 그들을 향해 말을 건네기도 하고 질문을 던지기도 하고 푸념도 한다. 타인이 보기엔 혼잣말에 불과하지만 결코 단순한 혼잣말만은 아니다. 망자와 이야기를 나누다 보면 고민이 풀리기도 하고 감정이 정돈되기도 한다.

과학의 잣대로 따지자면 착각이나 몽상이지만 소설가인 내겐 착각이나 몽상 이상이다. 망자들의 도움으로 현재의 문제를 해결한 경우도 적지 않다. 백 년 벗에 국한되지 않고 천 년 벗, 만 년 벗과의 대화도 충분히 가능하며 멋진 일이다.

내 시간과 노력을 쏟는 대상에 대한 깊은 관심과 지독한 애정, 거기서부터 비롯되는 믿음이 특별한 경험을 만든다. 농부에게 그것은 논과 밭을 이루는 땅이고, 어부에겐 바다나 강이다. 그 땅과 그 바다와 그 강의 풍광을 아끼고, 그 속에서 살아가는 온갖 생물에게 매혹된다.

매혹되지 않는다면, 마음을 주고받으며 신뢰하지 않는다면 어찌 평생을 머물러 살겠는가. 근대식 공장노동자나 도시의 월급쟁이는 결코 모를 고통과 즐거움이 그곳에 있다. 땅을 일구는 농부에게 벼와 왕우렁이와 물뱀은 매혹을 이루는 요소이자 기쁨을 나누는 벗이다.

땅을 일구는 농부에게 벼와 왕우렁이와 물뱀은
매혹을 이루는 요소이자 기쁨을 나누는 벗이다.

이야기에 매혹된 과학자, 땅에 매혹된 소설가

과학자이기만 한 사람과 농부였다가 과학자가 된 사람은 세상을 대하는 방법이 다르다. 게다가 그 농부과학자의 전공이 농생물학이라면 더욱 관심을 둘 필요가 있다.

땅과 바다에 매혹된 영혼!

땅과 바다에 대한 신뢰를 바탕으로 평생 땀 흘리는 농부와 어부가 겪는 가장 극심한 고통은 무엇일까. 뼈와 근육이 다칠 만큼 힘겨운 노동일까. 장시간 노동에도 변변찮은 벌이일까.

김종철은 그보다 끔찍하고 본질적인 고통을 다룬 작품으로 일본 작가 이시무레 미치코의 『슬픈 미나마타』를 꼽았다. 이 소설은 1950년대 말 일본 규슈 구마모토 현에서 일어난 미나마타 병을 다룬다.

미나마타 병은 유기수은중독으로 생기는 질병이다. 구마모토 현의 질소비료 회사에서 바다에 버린 폐기물에 다량의 수은이 담겼던 것이다. 폐기물을 물고기가 먹었고, 그 물고기를 어부들이 낚시나 그물로 잡아 올려 먹었다. 어부들은 갑자기 수족을 못 쓰며 앓다가 죽어갔다.

이 대표가 새벽 논에서 보여준 언행은 벼를 논 사람으로 대접하는 농부의 전형이다. 농부와 벼는 서로 믿고 의지하는 관계다. 그러나 물고기가 어부를 병들게 하듯이, 벼가 농부를 아프게 만드는 예도 점점 늘고 있다. 평생 아끼고 사랑하며 돌본 대상으로 인해 고통을 받고 목숨까지 잃는 것이다. 수확량을 늘리려고 남용한 농약으로 인해 논이 병들면, 그 논에서 자라는 벼가 병들고, 그 벼를 키우는 농부가 병든다. 나아가 그 벼에서 얻은 쌀을 주식으로 먹는 그 나라 국민이 병든다.

농부도 살리고, 농부가 생산한 쌀을 먹는 국민도 살리려면, 논과 그 논에서 자라는 벼를 처음부터 차근차근 따져야 한다. 논에게 이로운 농사법과 사람을 건강하게 만드는 벼 품종을 찾아야 하는 것이다. 이 대표가 278종의 모를 품종별로 일일이 심은 것은, 유명세나 상표에 기대지 않고 가장 좋은 벼를 고르기 위해서였다. 그는 여전히 땅에 매혹된 영혼이되, 그 매혹이 주는 위험성도 간파한 전문가인 것이다.

지금까지 농촌에는 땅에 매혹된 농부들이 살았다. 그들 중엔 그 매혹을 풍성하게 풀어내는 이야기꾼도 있었지만, 때론 노래, 때론 춤, 때론 소리에 생각과 느낌이 잠시 담겼다가 흩어지는 것이 대부분이었다. 그런데 농작물을 연구하는 과학자와, 그 결과를 예술로 옮기는 소설가가 함께 이야기를 만든다면? 과학자가 이야기에 재능이 있고 소설가가 땅에 매혹되었다면? 허공에 날려버리지 않고 기록으로 남긴다면? 충분히 매혹적일까. 삶과 죽음, 나와 내가 아닌 것, 만남과 이별을 제대로 담아낼 수 있을까.

나도 그랬습니다,
당신처럼!

가수 송창식이 만들고 부른 〈20년 전쯤에〉란 노래가 있다.

20년이란 시간의 두께가 그려지지 않던 때도 있었다. 갓 스무 살이 된 청년은 20년 전엔 이 세상에 없었고 20년 후, 그러니까 마흔 살의 일상을 가늠하기 어려웠다. 스무 살 청년에게 마흔 살 사내는 인생을 이미 살아버린 존재였다.

이제 우리가 대학 시절을 떠올리려면 20년을 지나 30년까지 거슬러 가야 한다. 1969년생으로 88학번인 그도, 그보다 한 해 위인 87학번인 나도.

30년을 보통 한 세대로 잡는다. 길다면 길고 짧다면 짧은 기간이다. 요즘 부쩍 많이 느끼는 것이지만, 동년배는 누구든 자기 삶의 거울이다. 나처럼 문학이나 예술이나 인문학과 관련된 일을 하든 말든, 지구라는 행성, 아시아라는 대륙, 대한민국이라는 나라에서 80년대에 대학을 다닌 60년대생에게 나는 각별히 귀를 기울인다. '386'을 지나 '486'을 거쳐 '586'이라 불리는 우리 세대만이 중요하다는 것은 결코 아니다. 강점만큼이나 약점과 한계도 많은 세대라는 것을 이제는 안다.

처음엔 젊은 시절 오갔던 장소와 만났던 사람이 겹치는 동년배들을 반겼다. 지연과 학연을 짚으며 함께 겪은 사건들로부터 크고 작은 모임이 만들어지는 것도 자연스러웠다. 그러나 그런 자리는 복고의 시선을 벗어나기 어렵다. 한때 그 시절은 빛나고 좋았으되, 지금의 고민까지 가 닿지는 않는 것이다.

이제는 추억이 겹치지 않는 동년배와의 대화를 즐긴다. 내가 전혀 가보지 않은 곳에서 내가 전혀 모르는 이들과 어울렸으니, 나와 비슷한 구석이 전혀 없을 듯도 하다. 그러나 헤겔의 시대정신까지 끌어들이진 않더라도, 생각의 실타래는 물론이고 희망과 절망의 빛깔까지 닮아 있다.

그러니 둑을 트고 벽을 허물고 문을 활짝 열 필요가 있다. 나는 스무 살을 이렇게 보냈는데 그때 너는 어떻게 보냈는지, 나는 서른 살을 이렇게 앓았는데 그때 너는 어떻게 앓았는지, 나는 마흔 살을, 마흔 다섯 살을, 쉰 살을 이렇게 맞았는데 너는 어떻게 맞았는지, 듣고 싶고 말하고 싶다. 충고나 조언이나 평가나 판단을 내리지 않고, 동년배의 삶에 내 삶을 비추며 흘러가보는 시간이 귀하다. 30년 전 내게 소중했던 단어를 낯선 이에게서 듣는 기분이란!

두 사내는 미소 짓는다. 무언의 대화가 오간다.

당신도 그랬습니까, 나처럼?

나도 그랬습니다, 당신처럼!

환원주의가 아니다. 30년 전 대학 시절의 경험 때문에 지금 내가 이렇게 살고 있다고 단순화시키진 않겠다. 그 누구의 인생도 일목요연하게 매끄럽고 가지런하게 펼쳐지진 않는다. 아는 것과 모르는 것, 필연과 우연, 의지와 운, 자부심과 콤플렉스 등이 엉망으로 섞여 있지 않다면, 그 많은 소설가들이 삶을 탐구하겠다며 달려들지 않았을 것이다.

그러나 원해서 택한 것은 아니지만, 80년대 후반부터 90년대 초반까지 대학을 다니며 겪은 크고 작은 일들이 우리의 청춘을 흔든 것은 사실이다. 흔들리며 생긴 상처와 자부심은 옹이처럼 단단하게 굳어 30년이 지난 지금까지도 사라지지 않았다.

그 시절, 우리가 만든 과자

2014년 세월호 참사 이후 3년 넘게 곡성에서 촛불 집회가 이어졌다. 이 대표는 곡성의 시민단체들과 함께 집회를 준비하였고 빠짐없이 참석했다.

이 끈질김은 어디서 비롯되었을까. 무엇이 사람으로 하여금 불의에 저항하며 버티게 만들까. 질문을 바꿔보자. 미생물을 연구하는 과학자이자 벼농사를 짓는 농부이자 농업회사법인 미실란 대표는 왜 세월호 촛불 집회를 적극적으로 이어가려 했을까. 그 질문 위에 30년 전 우리의 대학 시절을 가만히 끌어당겨 구름처럼 덮어본다.

내가 입학한 1987년은 격변의 해였다. 교문에 나붙은 합격자 명단을 확인하러 가선, 박종철 고문치사에 항의하는 대학생들의 시위를 처음 보았다. 6월 10일 민주항쟁, 7월과 8월 노동자 대투쟁을 거쳐 12월엔 직선제 대통령 선거가 치러졌다. 5월까진 거리 시위가 어려웠지만, 6월부터는 대규모 집회가 도심 곳곳에서 열렸다. 광화문 광장과 종로와 시청과 서울역과 명동을 돌아다니면서, 선배들을 따라 '호헌 철폐 독재 타도'를 외쳤다. 모이고 노래 부르고 발언하고 구호 외치고 걷고 뛴 후 소주 몇 잔으로 하루를 정리하던 신입생 시절이었다.

1987년에 대한 역사적 평가는 논외로 하더라도, 국가 권력에 맞서는 각성된 시민의 힘을 그때 깊이 느꼈다. 30년이 지난 뒤 2016년에서 2017년으로 이어진 한겨울에 촛불을 들고 거리로 나설 때도 1987년 6월 항쟁의 기억이 든든한 뒷받침이었다.

나보다 한 해 늦게 입학한 이 대표는 울분에 차 있었다. 1학년에 입학하자마자 학생운동을 시작했다. 차별이 난무하고 불의가 판치는 세상을 바꿔야겠단 생각뿐이었다. 2년 남짓 싸우고 또 싸웠다. 매달 혹은 격주로 '교투(교문투쟁)'를 했다. 교문 앞까지 스크럼(어깨

동무)을 짜고 나가선 돌과 화염병을 던졌고 최루탄에 눈물 콧물을 쏟으며 난봉산까지 물러났다.

학생회나 동아리에서 마련한 독서 모임이 매주 열렸다. 선배들이 정한 책을 읽고 순번을 정해 돌아가며 발제한 후 토론하고, 쓴 소주에 값싼 안주를 곁들여 이야기를 나눈 밤들! 해전사(『해방 전후사의 인식』), 너머너머(『죽음을 넘어 시대의 어둠을 넘어』), 강철(『강좌 철학』), 세철(『세계 철학』) 등 줄임말로 불렸던 책들은, 내가 있던 서울에서도 그가 있던 순천에서도 필독서였다. 금서를 탐독하며 시대의 장벽 너머를 꿈꿨다.

여기까진 80년대 후반에 대학을 다닌 이라면 고개를 끄덕일 것이다. 그가 낯선 단어 하나를 더 꺼냈다.

"《흙더미》를 처음 만들었죠."

《흙더미》는 순천대 농생물학과의 첫 과지(科誌)였다. 그는 1989년 2학년 1학기 때 편집장으로 《흙더미》 창간을 주도했다. 나는 말없이 목차와 내용을 훑었다. 이 대표가 뒷머리를 긁적이며, 수록한 글들이 거칠고 서툴다고 했다.

80년대는 학생회가 만들어진 때이기도 했다. 그전까진 정부와 학교에서 주도한 학도호국단이 있었다. 민주화의 열기 속에서 학생들 스스로 자치조직을 만든 것이다. 학생회는 다양한 동아리 모임과 학회 활동을 펼쳤고, 과지에 결과물을 담았다. 《흙더미》의 종이는 낡고 편집은 거칠었지만, 민주주의와 통일 그리고 농촌 현실에 대한 설명과 주장으로 꽉 차 있었다.

"제가 다닌 학과에서도 이즈음 과지를 만들었어요. 제목이 《다슴》입니다. '사랑'의 옛말이지요."

우리는 서로의 과지 제목을 말없이 곱씹었다. 농생물학과와 흙더미, 국문학과와 다슴! 연결하면, '흙더미를 사랑하라!'

《흙더미》는 학술지 성격까지 띠었다. 이 대표는 학생운동을 하면서도 농생물학 공부를 게을리하지 않았다. 전답과 산천을 누비며 채집과 연구를 이어가다 보니 편집장까지 맡은 것이다.

나는 대학에 입학하자마자 시를 쓰고 싶은 욕심이 컸다. 소설가가 되겠다고 마음먹은 것은 8년이 지난 뒤였다. 고교 시절, 유치환과 김춘수와 서정주의 시를 읽으며 습작을 시작했고, 국문학과에 진학한 것도 시를 더 가까이 두기 위해서였다.

두 가지 난관에 봉착했다. 우선 내가 들어간 국문학과는 창작보다 연구의 전통이 훨씬 강했다. 시나 소설이나 희곡 창작 과목은 전혀 없었고, 국어학과 현대문학과 고전문학을 연구하는 과목만 즐비했다. 또다른 난관은 대학 시절 읽은 시집들로부터 왔다. 박노해의 『노동의 새벽』, 황지우의 『새들도 세상을 뜨는구나』, 이성복의 『뒹구는 돌은 언제 잠 깨는가』 등은 내가 갈망했던 시의 세계를 무너뜨렸다. '군부 독재의 시대에 문학은 과연 무엇을 할 것인가'라는 거대한 물음이 뒤이어 나를 덮쳤다.

이 대표는 2학년 2학기 때부터 농생물학 연구에 몰두했으니, 학생운동에 전념한 시기는 1년하고도 한 학기 정도였다. 울분에 가득 찬 스무 살 청년에게 이때의 경험은 무엇을 남겼을까.

그는 곡성의 시민운동과 미실란을 긴밀하게 연결시켜 이야기한다. 미실란의 발전이 곡성의 시민운동을 성장시킬 것이고, 시민운동이 성장하는 만큼 미실란의 미래도 밝다는 것이다. 개인이나 가족 나아가 회사가 잘 되려면 시민사회와 국가가 정의로워야 한다는 생각을 학생운동을 통해 굳혔다. 정의가 섬진강처럼 흐르는 그날까지, 스무 살 세운 뜻을 바꾸지 않겠다고도 했다.

세월호 촛불 집회를 3년이나 이어간 원동력이었다.

땅을 사랑한
농부과학자

이 대표를 꾸미는 수식어는 적지 않다. 가장 많이 사용하는 것이 '박사농부'와 '농부과학자'이다.

그는 순천대를 졸업하고 서울대 대학원 농생물학과 석사를 거쳐 문부성 장학생으로 도일하여 규슈 대학교 생물자원환경과학과에서 응용유전해충방제 전공으로 농학박사학위를 취득하였다. 그리고 귀국하여 농부가 되었다. 외국에서 박사학위를 받은 후 교수나 연구원이 아니라 농부의 길을 가는 사람은 처음 만났다. 그는 왜 예측 가능한 넓은 길 대신 낯설고 좁은 길을 택한 것일까.

소설은 '문제적 개인'을 깊고 넓게 조망하는 예술이다. 대다수가 용인하는 상식이나 관습 혹은 법과 제도에 반기를 든 인물의 고민과 행동을 담는 것이다. 정도전, 허균, 황진이 등을 내 문장으로 옮기며 시대의 한계를 돌파하는 단독자의 힘겨움과 고독을 알아나갔다.

1998년에 4권을 발간하고 이후 8권으로 증보한 대하소설 『불멸의 이순신』의 핵심 질문은 이것이다.

'아흔아홉 명의 장수가 넓은 문으로 들어가 패할 때, 홀로 좁은 문으로 들어간 이유는 무엇일까?'

전쟁의 신이라거나 구국의 영웅이라는 평가는 정답이 아니다. 나는 젊은 시절 이순신이 이겨낸 갖가지 곤경에 주목했다. 이순신 장군을 다룬 대부분의 소설은 빛나는 전공을 풍부하게 그린다. 그러나 가장 짙은 어둠이 지난 뒤에야 새벽 동이 트는 것처럼, 내게는 어려움을 극복하기 위해 고뇌하고 반성하며 깨닫고 성장하는 사람 이순신이 중요했다. 임진왜란이 시작될 즈음 그는 이미 단련된 인간이었으며, 누구와 겨뤄도 이길 자신만의 병법을 갖췄다. 23연승이 가능했던 이유였다.

'문제적 개인'이 반드시 역사에 이름을 남긴 영웅이거나 위인은 아니다. 자신의 인생을 진지하게 꾸려간 사람이라면 누구나 소설의 주인공이 될 수 있다. 예를 들어 내가 쓴 중편 「앵두의 시간」은 소설가를 지망했던 막내 외숙이 주인공이다. 외숙은 평생 앵두나무 아래에서 습작을 했지만 결국 소설가로 등단을 못 하고 세상을 떠났다. 단 한 권의 창작집도 못 내고 세상을 하직한 그의 인생은 실패한 것일까. 나는 그렇게 생각하지 않는다. 습작을 시작할 때 등단을 확신하는 이가 몇이나 될까.

생전에 외숙은 세상에는 두 종류의 인간이 있다고 했다. 글을 쓰는 인간과 글을 쓰지 않는 인간! 등단 여부와 상관없이, 글을 꾸준히 쓰는 인간이 지니는 특별함을 외숙은 굳게 믿었다. 그렇기 때문에 동년배들이 돈을 벌고 명예를 얻고 향락을 즐길 때 홀로 앵두나무 아래에 앉아 쓰고 또 썼던 것이다. 「앵두의 시간」에서 내가 선택한 핵심 질문은 이것이다.

'그는 왜 평생 매일 글을 썼던 것일까?'

이 대표에게도 질문을 던져보고 싶다.

'아무도 가지 않는 농부과학자의 길을 가는 이유는 무엇인가?'

이 질문의 답을 찾으려면, 이순신 장군의 젊은 날을 궁구하듯, 그의 연구자 시절을 들여다볼 필요가 있다. 1988년 3월 대학 입학에서부터 2003년 9월 박사학위 취득까지 미생물 연구자 이동현의 삶을 따라가볼 차례다.

연구하는 법을 배우고 익히다

광주에서 고등학교를 다닐 때는 촌놈이란 차별도 받았지만, 고향 벽계마을에서 농사를 지은 경험은 농생물학과에선 값진 자산이었다. 연구 대상인 가축과 곡물과 과일을 벗하며 살았던 것이다. 교과서를 펼치지 않더라도, 그들이 앓는 병과 좋아하는 흙과 싫어하는 온도를 알았다. 학부와 대학원과 일본 유학을 거치는 동안, 그는 줄

104

곧 필드워크(fieldwork)에 강하다는 칭찬을 들었다.

1988년 대학에 입학하자마자 곤충분류학 실험실에서 두각을 드러냈다. 산과 들에서 곤충을 채집하고 분류하는 일만큼은 자신이 있었다. 다른 학생보다 서너 배 빨리 곤충을 찾고 모으고 관찰하여 기록했다. 곤충분류학자의 삶을 그려보기도 했다.

1989년, 2학년 1학기가 끝날 즈음, 균병학 실험실 고영진 교수의 질문이 날아들었다.

"10년 후 자네 인생을 생각해 본 적 있나?"

학생운동에 뛰어들긴 했지만 이동현의 꿈은 언제나 농생물학자였다. 당시 순천대 농생물학과에는 대학원 과정이 없었다. 30대 초반 신임 교수들은 학부생으로 연구 인력을 꾸려 실험실을 정비하던 중이었다. 균병학, 세균병학, 해충학, 곤충분류학, 식물생리학, 농업통계학, 여섯 개 실험실이 갖춰졌다.

"망치로 뒤통수를 얻어맞은 기분이었죠."

학생운동을 하느라 10년은커녕 일주일 뒤도 예상할 여유가 없었다. 곤충분류학과 균병학 연구실을 오갔지만 연구 방법을 전문적으로 배운 것은 아니었다. 학생운동에 이대로 매진한다면 연구자로 성장할 기회가 영영 사라질 듯했다. 운동을 정리하고 고 교수가 내민 손을 붙잡기로 결심했다.

내가 연구자의 길을 고민한 것은 4학년 1학기를 마친 뒤였다. 군입대와 대학원 진학 중 하나를 택해야 했다. 현대시를 전공하며 시습작을 이어가려다가 고전소설로 전공을 바꿨다. 문학을 연구하려면 단군신화부터 현대문학까지를 두루 공부해 보라는 선배의 충고가 중요한 계기가 되었다. 여름방학 직후부터 고전소설 전공 지도교수의 연구실로 나갔다. 이 대표의 고민과 결심이 나보다 정확히 2년 빨랐던 셈이다.

그는 여름방학을 마친 뒤 균병학 실험실 연구원이 되었다. 한 시간 일찍 출근했고 실험실 청소로 하루를 시작했다. 거듭 준비하고 예습하는 것은 기본 자세였다.

고 교수의 지도 아래 미생물을 찾고 기르고 분석하고 연구하는 방법을 체계적으로 배웠다. 미생물 차원에서 병해(病害)와 충해(蟲害)의 발생 이유와 해결 방안을 찾기 시작하자 완전히 다른 세상이 펼쳐졌다. 농부들의 근심을 획기적으로 줄이거나 없앨 길이었다.

'균병학 실험실'은 '식물병리학 실험실'로 이름을 바꿔 활발하게 연구를 진행하고 있다. 지금은 넓은 실험실에 첨단 장비를 갖췄지만, 그가 연구를 시작할 때만 해도 부족한 부분이 많았다. 자동살균기 대신 압력밥솥을 썼고, 알코올램프 두 개를 활용하여 무균 상태를 만든 것은 실험실의 전설이 되었다.

계속해서 필드, 필드, 필드로

농생물학 연구자에게 필드는 농작물이 자라는 논과 밭이다. 실험 대상인 곡물과 과일을 확보하기 위해선 농가를 섭외해야 한다. 그

'그는 왜 매일 글을 쓰는가?'
'그는 왜 아무도 가지 않은 농부과학자의 길을 가는가?'

는 학부 시절 내내 이 일을 도맡았다. 농사를 지어본 적 없는 이들에겐 힘든 임무지만, 그는 오월리를 한 바퀴 돌며 낯익은 농부들에게 인사를 건네는 것만으로도 충분했다. 농부들은 그의 부탁이라면 기꺼이 도왔다.

그는 학부생 때부터 키위 궤양병을 연구하여 고 교수와 논문을 냈다. 그가 지금까지 고 교수와 함께 쓴 논문은 열세 편에 이른다. 특히 학부를 졸업한 1992년 《한국식물병리학회지》에 발표한 「Psa에 의한 키위 궤양병」이 눈길을 끈다. 대학원 진학 후에도 고 교수와 키위, 양파, 덴파레, 마늘, 미국자리공, 배나무의 병균에 대한 연구를 이어갔다.

서울대 대학원 진학을 권한 이도 고 교수였다. 그때까지 순천대 농생물학과 출신으로 서울대 대학원에 입학한 학생은 없었다. 실험실 동료들도 불가능한 도전이라며 만류했다. 그러나 필드에서의 다양한 연구 경험이 면접 시험장에서 주목을 받으면서 대학원에 합격했다.

대학원에선 곰팡이 진균 독소학의 권위자 이인원 교수의 지도를 받았다. 어떤 분이셨냐는 질문에 그는 짧게 답했다.

"차별하지 않으셨어요."

본교 출신과 다른 학교 출신을 가르지 않았다는 뜻이다. 차별에 치를 떨며 고교 시절을 보낸 그로선 이 교수의 공정함이 특별하게 다가왔다.

석사과정 내내 실험실을 벗어난 적이 없었다. 온종일 실험실을 지킨 것은 물론이고 밤도 자주 샜다. 간이 소파에서 깜빡 존 후 공부를 이어가는 식이었다. 필드에서 균을 추출하여 배양하고 분석하는 데는 누구에게도 지지 않을 자신이 있었지만, 원서로 이론을 배우는 과목은 따라가기 쉽지 않았다. 잠을 줄여 공부하는 방법밖엔 없었다. 피로가 누적되어 실험 중에 쓰러지기까지 했지만 연구를 멈추지 않았다.

필드로 나서서 실력 발휘를 한 것도 그 즈음이었다. 학부 때는 순천을 비롯한 전라남도에서 연구를 진행했다면, 석사 때는 대한민국 전체로 범위를 확대하였다. 각 지역마다 곰팡이 독소가 어떻게 다른지 파악하기 위해 발품을 팔며 부지런히 돌아다녔다. 독소별로 전국 지도를 그릴 정도였다. 2학년 1학기에 일찌감치 실험을 마친 뒤, 1994년 2월 석사학위를 취득했다. 논문 제목은 「한국산 옥수수와 보리로부터 분리한 붉은곰팡이 균주가 생성하는 트리코테센과 제랄레논 생성변이」였다.

학부에서 석사까지 경주마처럼 내달린 그는 박사학위 취득까지 평원을 질주하리라 기대했을지도 모른다. 그런데 그가 규슈 대학교 박사과정에 진학한 것은 석사를 졸업하고 6년이나 지난 뒤였다. 스물여섯 살에서 서른두 살까지, 미생물 연구에 심취한 젊은 연구자에게 무슨 일이 있었던 것일까.

군 복무를 마치고 1998년 3월 서울대 박사과정에 진학했다. 그러나 곧 휴학을 하고 2년이나 순천에 머물다가 2000년 3월 자퇴서를 냈다. 커다란 단절이었다.

어렵게 들어간 박사과정을 스스로 그만둔 까닭을 물었다. 그는 시리도록 푸른 하늘을 잠시 올려다보았다. 쨍한 햇볕 속으로 더운 바람이 불었다.

독소 연구가 싫었던 것이다. 석사과정 동안 실험용 동물 특히 쥐를 수없이 죽였다. 독소의 양을 차등 주입하는 것이 연구의 시작이었다. 생사의 경계 지점을 확인하고, 완전히 죽기까지 걸린 시간도 측정해야 했다. 죽어가는 과정을 빠짐없이 지켜보며 녹화를 하거나 사진을 찍거나 실험노트에 적는 것도 그의 일이었다. 아무리 탁월한 연구 성과를 내더라도 더 이상 생명을 빼앗기는 싫었다. 그런데 박사과정에서도 독소의 종류만 달라질 뿐 살생을 계속할 수밖에 없는 상황이었다.

"내가 원한 길이 아니라면 깨끗이 포기하자는 생각이 들었죠."

질주하던 말을 세우고 마상에서 스스로 내려왔다.

원하지 않는 연구로 박사학위를 받고 싶지 않았던 것이다. 학부 2학년 여름방학을 마친 뒤 학생운동을 접고 균병학 실험실로 들어갈 때만큼이나 빠르고 단호했다. 그는 자신이 정한 기준과 맞지 않으면 멈추는 원칙주의자였다. 젊은 연구자 이동현의 고민은 깊어만 갔다.

하찮고 더러운 것에서부터
다시 시작하다

삶의 신비는 예상하기 힘든 우연에 깃든다. 지나온 나날을 돌이켜보면, 하필 그때 왜 그런 일이 닥쳤는지 납득하기 어려운 경우가 적지 않다.

나는 스물여덟 살까진 소설을 읽기만 하는 인간이었다. 지금처럼 평생 소설을 쓸 줄은 몰랐다. 이 대표 역시 2000년 3월 서울대 박사 과정을 자퇴할 때까지, 일본 유학은 꿈도 꾸지 않았다. 일본어를 배운 적도 없었고 안면을 튼 일본 학자도 없었다. 그런데 벼락처럼 행운이 찾아들었다.

그는 순천에서 느타리버섯을 재배하고 순천대 연구원으로 광양 지역 농업생산성 조사를 하며 지내던 중 고영진 교수로부터 뜻밖의 연락을 받았다. 이력서를 가지고 당장 학교로 들어오라는 것이다. 고 교수 연구실에서 일본 학자들과 처음 인사를 나눴다. 그가 건넨 이력서와 논문 목록을 검토하는 그들의 표정이 점점 밝아졌다.

고 교수가 그를 불러들인 이유를 뒤늦게 설명했다. 순천대와 규슈대가 농대끼리 자매결연을 맺었는데, 원하면 문부성 장학생으로 추천하겠다는 것이다. 순천대 농대 출신 석사학위 소지자 중에서 그만큼 논문을 많이 쓴 이가 없었던 것이다.

여기에 또하나의 우연이 끼어든다. 그는 원래 규슈 대학교 식물병리학 교수인 후쿠야마의 지도를 받을 예정이었다. 그런데 정년이 2년밖에 남지 않은 후쿠야마 교수는 제자를 더 이상 받지 않겠다고 선언했다.

동료인 미치오 오바 교수가 그의 논문 목록을 살펴보곤 지도교수를 자처했다. 미생물면역학자인 미치오 교수는 곤충병원성 세균 Bt(Bacillus thuringiensis) 연구의 세계적인 권위자였다.

이 연구의 핵심은 화학 살충제 대신 곤충병원성 세균인 Bt로 식물의 질병을 방제하는 것이다. Bt 세균이 내는 독성물질은 곤충에게 치명상을 입히는데, 이를 통해 해충을 줄이려는 것이다. 서울대 석사과정에서 독소가 어떤 조건에서 더 치명적이 되는가를 연구한 그가 규슈대 박사과정에선 곤충병원성 세균으로 식물을 지키고 가꾸는 연구를 하게 된 것이다. 간절히 원했던 연구 방향이었다.

그는 이번에도 빠르게 결단했다.

생명을 살리는 연구를 할 기회가 왔으니, 자신을 던지기로 한 것

이다. 일본어도 짧고 유학 자금도 부족했지만 가서 부딪혀보기로
했다.

배설물을 연구하는 시간

그가 규슈대에서 몰두한 분야는 동물 배설물 속 미생물 연구였
다. 일본으로 갈 때만 해도 구체적인 연구 계획을 세우진 못했다.
기르던 버섯과 진행하던 프로젝트를 정리하기에도 빠듯한 시간이
었다.

미치오 교수는 자신의 지도를 받는 대학원생들의 연구 주제를 다
함께 논의해서 정했다. 자원자에게 그 연구를 맡기는 것이 원칙이었
다. 일본 학생 중엔 배설물에서 미생물을 추출하여 분석하는 연구
를 하겠다는 사람이 없었다. 배설물을 더럽게 여길 뿐만 아니라 낯
선 병균에 노출될지 모른다는 두려움이 컸다. 한국에서 갓 건너온
그가 해보겠다고 나섰다. 경쟁자가 없었으므로 너무 쉽고 간단하게
결정이 되었다.

아무리 연구라고 해도 배설물을 만지고 냄새를 맡는 데 거부감
은 없었느냐고 물었다. 그가 되물었다.

"채식하는 짐승의 똥과 육식하는 짐승의 똥이 어떻게 다른 줄 아
십니까?"

'배설물' 대신 '똥'이었다. 그의 얼굴에 두 가지 표정이 묘하게 섞였

다. 진지한 연구자 같기도 하고 '똥'이라는 말만 들어도 까르르 웃는 어린이 같기도 했다.

"정확히는 모르겠습니다."

"염소 똥 본 적 있죠? 초식 동물 똥은 동글동글 공처럼 뭉쳐 나오는 경우가 많습니다. 이에 반해 육식 동물 똥은 질질 흐르죠. 잡식 동물은 중간 정도고요. 형태뿐 아니라 냄새도 확연히 다릅니다. 똥 냄새가 왜 나는 줄 아십니까?"

"그거야 먹는 게 제각각이니…."

"음식에 따라 달라지는 면도 있긴 하지만, 똥 냄새는 대부분 똥 속 미생물들이 내는 향입니다. 장내 세균이 제각각이거든요. 육식 동물은 독성 세균이 많아 냄새가 독합니다. 초식 동물은 유용한 세균이 그득해서 구수하지요."

이 대표는 어려서부터 똥과 무척 친숙했다. 인분(人糞)을 퍼서 밭에 거름으로 썼기 때문이다.

두엄자리에 똥을 확 끼얹어본 적이 있는가. 예전에 가난한 농부들은 고기 먹을 기회가 적었다. 거의 채식 위주였기 때문에 사람 똥에도 유용한 균이 많아 버릴 것이 없었다. 지금은 수세식 변기가 대부분이라서 똥을 거두는 것도 어렵지만, 사람들이 항생제가 많이 들어간 고기를 즐겨 먹는 바람에 똥도 오염이 되었다. 예전처럼 농작물에 유용한 거름 노릇을 못하는 것이다.

규슈대 실험실 동료들은 실력도 뛰어나고 친절했다. 그러나 그들 대부분은 똥을 멀리했다. 그가 똥을 잔뜩 모아 실험실로 가져와서 분석을 시작하면 다들 밖으로 나가버렸다.

그는 생각이 달랐다. 어렸을 때부터 똥이 거름이 되어 농작물을 키우고, 그 농작물을 먹은 사람들이 똥을 누고, 그 똥을 다시 모아 거름을 만드는 선순환을 똑똑히 지켜봤던 것이다. 이 세상엔 영원히 더러운 것도 없고 영원히 깨끗한 것도 없으며, 영원히 낮은 이도 없고 영원히 높은 이도 없었다.

후쿠오카 동물원에서 배설물 52종을 채취하여 연구하였다. 식성에 근거하여 동물들을 육식과 채식 그리고 잡식으로 나눈 후, 장내 세균을 파악하고 면역 반응을 분석한 것이다. 1년 만에 박사 논문에 필요한 자료 수집과 분석이 끝났다. 2003년 9월 박사논문 「동물 분변과 연관된 Bt 집단 조사」가 통과되었다.

학위에 필요한 실험을 일찌감치 마치고 나선 관심 영역을 확대하였다. 한국에 잠시 돌아왔을 때는 '야생동물 소모임' 회원들과 지리산 등지를 다니며 야생동물의 배설물을 채집하였다. 이것들을 연구하여 「한국 야생동물 분변에서의 Bt 발생 현황」이라는 논문을 국제 학회에 발표하였다. 일본에서 발전시킨 연구 방법을 한국의 야생동물에 적용시킨 참신한 사례였다.

박사과정 3년 동안 학위논문 외에 일곱 편의 논문을 더 발표하였다. 미치오 교수는 그에게 박사후연구원으로 규슈 대학에 남아줄 것을 요청했다.

그에겐 두 가지 길이 있었다. 하나는 규슈 대학에서 박사후연구원을 한 뒤 미국이나 유럽으로 활동 영역을 넓히는 것이다. 최소한

5년은 더 외국 생활을 이어가야 했다. 미치오 교수는 한국에서 온 창의적이고 성실한 제자가 세계적인 학자로 뻗어가기를 바랐다. 규슈 대학교 농학연구원에 자리를 마련하고, 사람의 암을 치료하는 공동연구에도 참여할 기회를 줬다.

또 하나는 귀국하는 것이다. 처음엔 시간강사로 몇몇 대학을 다니겠지만 곧 전임교수로 자리를 잡으리라 자신했다. 그만큼 일본에서 발표한 논문의 질과 양이 뛰어났고, 한국에는 이 분야의 전문가도 없었다.

더 멀리 날아갈 것인가, 되돌아갈 것인가.

둘은 매우 다른 길이었다.

결국 이 대표는 미치오 교수의 권유를 받아들이지 않고 귀국하였다. 모험보다 안정을 택한 것이다. 하루빨리 내 나라에서 기반을 마련한 뒤 우리 땅의 농작물과 가축과 야생동물을 연구하겠다는 마음이 더 컸다. 그때 멀리 나아갔더라면 어찌 되었을까. 세계적인 미생물학자로 성장했을까. 아니면 뜻밖의 난관을 만나 좌절했을까.

삶은 선택의 연속이다. 누구나 스스로의 선택에 책임을 져야 한다. 성공하든 실패하든, 그 결과를 고스란히 감내해야 한다. 어느 누구도 실패하기 위한 길을 택하진 않는다. 그가 귀국을 서두른 것은 미생물 연구자로 성공하기 위해서였다.

전임교수가 되기까지의 어려움을 따로 자세히 살피진 못했다. 그러나 시간을 두고 들여다봤더라도, 문제점을 전부 짚진 못했을 것이다. 충분히 모르더라도 나아가야 하는 것이 또한 삶이다.

2003년, 이동현 대표는 서른다섯 살이 될 때까지 곡성을 중요하게 여긴 적이 없었다. 불과 3년 뒤인 2006년 곡성에 정착하리란 것도, 미생물 연구자가 아닌 기업의 대표이자 농부의 길을 가게 되리란 것도 몰랐다.

벽 그리고
벽에 막힐 때

　　서둘러 기뻐하지 않으려 했지만, 젊었을 때는 낙관이 앞서 곤 했다. 세상이 나를 알아주지 않는 것보다 내가 누군가를 알아보지 못할까 두려워하라는 성현의 말씀도 귀에 들어오지 않았다. 내가 나를 인정하는 만큼 남도 나를 인정하길 바랐다.

　　그는 일본 유학을 통해 연구자로서 자신감을 얻었다. 박사학위를 받자마자 귀국한 것도 대학교수로 안정적인 연구를 하고 싶었기 때문이다. 교수가 홀로 연구실을 지키는 인문대에 비해, 이공대는 실험실이 매우 중요하다. 대학이나 기업이 아닌 개인이 독자적으로 실험실을 운영하는 경우는 드물었다. 충분한 연구비와 숙련된 연구원이 없으면 유의미한 실험을 지속하기도 어렵고 연구 논문을 쓰기도 힘들었다.

미치오 교수는 2003년 9월부터 2004년 9월까지 이동현 박사를 규슈 대학교 농학연구원 방문연구원으로 임명했다. 한국 상황이 여의치 않으면 언제라도 돌아오라는 뜻이다. 그러나 우직한 한국인 제자는 여건이 좋지 않다고 걸음을 되돌리지 않았다. 황소처럼 나아가고 또 나아갈 뿐이었다.

연구에서 창업으로 방향을 틀다

2003년 9월 한국과학재단에서 지원하는 신진연구자로 선정된 후 순천대학교 한국지의류연구센터 특별연구원으로 국내 활동을 시작했다. 그리고 두 군데 대학에 전임교수 지원서를 냈다. 연구 업적 평가에서는 1등을 했으나 임용되진 못했다. 천운을 타고나야 전임교수가 된다는 우스갯소리도 있지만, 뛰어난 실력을 지니고도 자리를 잡지 못한 것이다.

거대한 벽이었다. 연구하고 연구하고 또 연구해서 실력을 쌓고 좋은 논문을 쓰면서 여기까지 왔다. 실력이 없다거나 논문이 부족하다면 모를까, 납득할 만한 이유도 없이 탈락한 것이다. 실망이 컸다. 그는 이미 대학 후배 남근숙과 결혼하여 두 아들을 둔 가장이었다.

박사학위를 받고도 전임교수가 못 된 연구자는 차고 넘쳤다. 그들은 대부분 대학 내 연구원이나 시간강사를 하면서 기회를 엿보았다. 지도교수나 동료 선후배들도 그에게 마음 느긋하게 먹고 같은 수순을 밟으라고 했다. 그런데 여기서 그는 과감하게 벽을 넘어버렸다. 대학을 떠나 창업을 한 것이다.

2004년 9월 8일, '픽슨바이오'라는 회사를 세웠다. 대학원에서 배우고 익힌 지식과 기술을 바탕으로, 미생물로 병충해를 방제하는 벤처회사를 만든 것이다. 순천 승주의 산림조합건물을 임대하여 실험실 겸 사무실을 차린 뒤, 실내 실험과 현장 실험을 병행했다. 특허를 출원하고 짧은 기간에 제품까지 생산해 냈다.

Bt 균을 이용하여 양란무름병, 느타리버섯병, 흑색썩음병, 딸기시들음병, 딸기잿빛곰팡이병과 같은 병해와 파밤나방, 배추좀나방, 담배거세미나방, 나비목, 고구마뒷날개흰밤나방, 도둑나방, 모기, 마늘고자리파리와 같은 충해를 방제했다. 덧붙여 천연물질을 이용한 방제로까지 관심 영역을 넓혔다. 인체에 무해하면서도 방제 효과가 탁월한 미생물 농약을 만든 것이다.

연구에서 창업으로 급선회한 이유를 따져 묻지 않을 수 없었다. 그는 엉뚱하게도 순박한 단어 하나를 끄집어냈다.

"꿈을 꾸고 싶었습니다."

언제 교수가 될까 마음 졸이며 세월을 보내기 싫었다는 것이다. 아내도 권했다. 일본에서 돌아올 때 그렸던 꿈대로 해보라고. 꿈이 없는 사람보다 한심한 사람은 없다고. 이 대표의 꿈은 땅을 살리고 농작물을 살리고 농부를 살리고 나아가 우리나라 국민을 살리는 미생물 연구를 하는 것이다. 그 연구를 바탕으로 병충해를 막을 안전하고 저렴한 제품을 만드는 것이다.

학교 밖에 독자적으로 개인 실험실을 갖췄다. 창업 자금이 넉넉하진 않았지만 그에겐 확신이 있었다. 미치오 교수가 귀국하는 그에게 권한 세 가지 지침이 큰 힘이 되었다.

'연구하라! 교육하라! 봉사하라!'

교수 자리만 기웃거리다간 제대로 된 연구도 제대로 된 교육도 제대로 된 봉사도 못할 것 같았다. 창업하여 실험과 제품 생산을 병행하고, 다 함께 건강하게 살아갈 방법을 농부들에게 가르치고, 또 봉사도 하리라 마음먹은 것이다. 매주 서너 대학을 옮겨 다니며 수업하는 시간강사나, 주어진 연구 과제를 수행하고 기한에 맞춰 평가서를 쓰기에도 바쁜 대학 소속 연구원에겐 불가능한 꿈이었다.

실험실을 만들었다고 제품이 곧장 출시되는 것은 아니다. 논밭에서 꾸준히 효능을 실험하고 평가하고 분석하는 과정이 필요했다. 전라남도에서 친환경 농사를 일찍부터 시작한, 강대인을 비롯한 농부들로부터 많은 도움을 받았다. 자신들의 논밭에서 실험을 하도록 배려한 것이다. 순천대와 서울대와 규슈대에서처럼, 픽슨바이오에서도 그는 연구에 몰두했다. 신약 개발에 성공했고 제품 출시도 앞당겼다.

뼈아픈 실책, 처참한 좌절

픽슨바이오가 승승장구했다면, 발아현미를 연구하지 않았을 것이고 곡성으로 이주하지도 않았을 것이다. 눈앞의 봉우리를 힘겹게 넘으니 더 높은 봉우리가 기다린다고 했던가. 제품을 만들어낸 후부터 진짜 벽에 가로막혔다.

픽슨바이오를 창업했을 때 그는 기업에 대한 본질적인 고민 없이 구체적인 판매 계획도 세우지 않은 채 연구에만 매진했다. 제품이 좋으면 판매가 순조로울 것이라는 막연한 기대가 뒤따랐다.

친환경 농자재의 경우 구입비의 80퍼센트를 국가에서 보조하고 20퍼센트만 농부들이 부담한다는 사실도 뒤늦게 알았다. 제품 구입도 농부 개인이 회사와 직거래하는 것이 아니라 총판이나 대리점을 통해야만 했다. 관련 제도와 유통 체계를 숙지하지 않은 탓에, 픽슨바이오에서 출시한 제품들은 판매로 곧장 이어지지 못했다. 몇몇 대기업은 기술력을 인정하면서도, 협업 생산이나 제품 구입 대신 특허만 넘기라고 요구했다.

세상은 냉정했다. 교수가 안 된 것도 그만한 이유가 있고, 회사가 망한 것도 그만한 이유가 있다는 모함과 터무니없는 추측이 난무했다.

근대 이후 상생의 꿈을 추구한 사람들이 현실의 벽을 넘지 못한 채 좌절한 예는 많다. 예술가로 사는 것과 '자본주의 사회에서' 예술가로 사는 것은 다른 문제이고, 연구자로 사는 것과 '자본주의 사회에서' 연구자로 사는 것은 다른 문제였다. 나는 평생 집필실에서 소설을 쓸 자신이 있고 그는 평생 실험실에서 미생물을 연구할 자신이 있다. 하지만 예술 작품이나 친환경 미생물 농약을 자본주의 사회에 어울리는 상품으로 성공시키는 것은 차원이 다른 문제였다.

소설가로 등단한 지도 사반세기가 가까웠다. 그중에 대학에서 전임교수로 학생들을 가르쳤던 10년 동안은 내 책의 판매량을 따로 확인하지 않았다. 해마다 정산하는 인세로 가늠하는 정도였다.

그러나 2009년 대학을 떠나 전업 작가로 나서면서부터는 소설의 판매량이 차기작을 쓸 조건들과 직결되었다. 고전적인 방식으로 서점이나 도서관에서 독자들과 만나는 것 외에, 내 작품이 어떤 경로로 독자들에게 가 닿는지를 알 필요가 있었다.

출판 시장에서 작가에게 바라는 요구 중에서 승낙할 것과 거절할 것을 정하는 기준도 필요했다. 출간과 단기간 홍보를 마칠 때까지는 출판사 담당편집자로부터 조언을 들을 수 있지만, 정기적인 방송 출연이나 강연 혹은 독자와 함께 떠나는 여행을 제안받을 때는 의논할 상대가 마땅치 않았다. 골방에서 소설만 열심히 쓰는 소설가의 삶과 작품이 상품이 되어 시장에 나가는 '자본주의 사회에서' 소설가의 삶은 다른 것이다.

픽슨바이오에서 저지른 실책들을 하나하나 들으며, 내가 25년 가까이 저지른 실수들을 떠올렸다. 그중에서 지금도 안타깝게 여기는 작품이 바로 『압록강』이다.

『불멸의 이순신』에 이어 내가 관심을 가진 장수는 임경업이었다. 백두산 호랑이처럼 용맹한 장수를 중심으로 광해군에서 인조까지, 정묘호란과 병자호란을 풍부하게 담아보고 싶었다. 임경업의 유년부터 꼼꼼하게 써나가다 보니 소설 분량이 어느새 원고지 7천 5백 매에 이르렀다. 정묘호란을 겨우 끝낸 즈음이었다. 이런 속도로 임

경업의 일대기를 모두 마치려면 최소한 40권 내외는 써야 했다. 그
토록 긴 소설을 풀어나갈 능력도 부족했고, 내게는 쓰고 싶은 다른
이야기가 많았다.

일곱 권만 묶어 『압록강』이란 제목으로 출간했다. 이 대하소설에
는 임경업의 젊은 시절까지만 담겼다.

병자호란과 그 이후 임경업의 파란만장한 삶을 소설로 옮길 기회
가 내 인생에 다시 올까. 장편소설이나 대하소설을 쓸 때는 등장인
물에 대한 충실한 묘사와 다채로운 이야기 전개만큼이나 분량의 철
저한 안배가 필요하다는 것을 『압록강』을 쓰면서 뼈저리게 배웠다.

그와 나는 실패했지만 패배하진 않았다. 시장에서의 승부를 포
기한 채 꿈을 접진 않았다는 뜻이다. 이 대표는 자본주의 시스템과
농업회사법인 경영을 처음부터 다시 공부했다. 연구자로서의 원칙
과 품격을 지키면서, 회사를 회사답게 만들어보고 싶었던 것이다.

고립되어 홀로 상처를 입는다면 절망의 늪에서 빠져나오기 어렵
다. 무한경쟁과 약육강식의 벽이 어디 한두 개에 그치겠는가. 역설적
이게도, 나만 벽에 부딪히진 않았다는 확인과 벽을 무너뜨리기 위해
함께 덤벼들 수 있다는 깨달음이 묘한 위안과 힘을 주기도 한다.

이 대표와 남 이사 그리고 두 아들 앞에 또하나의 거대한 벽이 기
다리고 있었다. 그 벽의 이름은 '새만금'이었다.

나만 벽에 부딪히진 않았구나.

벽을 무너뜨리기 위해 함께 덤벼들 수도 있구나.

실패했지만
패배는 아니다

오래전 이렇게 시작하는 소설을 쓴 적이 있다.

우리가 처음 만난 날을 기억하시나요? 맞습니다. 그날, 우리는 거기에 있었죠. 당신이 거기로 오기까지 얼마나 어려웠는가를 들었습니다. 거기에 닿지 않을 가능성이 99퍼센트였다고도 하셨죠. 저 역시 거기에 그날 꼭 갈 이유는 없었답니다. 99퍼센트까지는 아니지만, 거기보다 여기나 저기가 더 매력적이긴 했죠. 하지만 우린 거기로 갔고 거기서 만나 눈빛과 마음을 나눴습니다. 그리고 함께 같은 방향으로 흘러가보기로 한 것이죠.

낙타가 바늘구멍으로 들어가는 것보다 가능성이 낮았다고 회고하는 첫 만남이 수두룩하다. 아예 기적이라고 확신하는 경우도 있다. 그러나 그날 거기에서의 만남이 과연 처음이었을까. 비스바와 쉼보르스카는 「첫눈에 반한 사랑」이란 시에서 이 낭만적인 편견을 깬다.

말하자면 모든 시작은
단지 '계속'의 연장일 뿐.
사건이 기록된 책은
언제나 중간부터 펼쳐져 있다.

이 대표는 2003년 입국 후 새만금 간척지로 향했다. 전라북도 군산에서 부안까지 방조제를 만들어 여의도 면적의 140배를 확보하려는, 단군 이래 최대의 간척 사업이 진행 중이었다. 1991년 착공 후 환경 단체들의 문제 제기와 반대 집회가 끊이지 않았다.

1997년 7월 28일, 대한민국은 물새 서식지인 습지를 보호하는 람사르 협약에 101번째로 가입하였다. 늪이나 못과 함께 갯벌의 중요성이 부각되었다. 갯벌은 생명다양성의 보고이자 수질을 정화하는 자연의 콩팥이었다. 새만금 간척은 갯벌 파괴로 이어질 수밖에 없었다. 2001년 새만금 간척 사업 취소 청구 행정소송이 제기되었고, 2003년 7월 가처분 신청이 받아들여져 간척 공사 집행정지 가처분 명령이 내려졌다.

이 대표는 간척 사업을 밀어붙여 마무리짓자는 입장과 지금이라도 전면 중단하자는 입장이 팽팽하게 맞선 현장으로 찾아간 것이다.

왜 하필 새만금이었을까. 귀국 후 정착한 전라남도 순천과 전라북도 새만금은 가까운 거리가 아니다. 쉼보르스카의 시에 기대어 물어보자. 그가 새만금에 간 그날이 과연 첫날이었을까. 귀국을 결정하기도 전에 이미 새만금 간척지로 발걸음이 향하고 있었던 것은 아닐까.

간척에 반대하다

두 가지 사실이 도드라진다. 그는 일본 유학 중에도 새만금 소식을 챙겨 읽었다. 박사학위를 취득한 곳이 규슈대 생물자원환경과학과라는 점도 예사롭지 않다. 또한 그는 동물을 괴롭히고 목숨을 빼앗는 실험에 회의를 느껴 서울대 박사과정을 자퇴했다.

그에게 새만금 간척은 중요한 화두였다. 세계 70여 개 환경 단체가 갯벌 보전을 요구하는 성명을 발표하며 반대하는데, 정부는 왜 꼭 그곳을 간척하려 들까. 간척지 대부분을 전답으로 바꾸겠다는 정부의 주장은 실현 가능할까.

국내외 사이트를 통해 자주 새만금 소식을 확인했지만 아쉬운 부분이 많았다. 그는 좀더 전문적인 정보를 원했다. 직접 가서 갯벌 상태와 그곳에서 생태계를 이루고 살아가는 생물들을 모아 분석하고 싶었다.

또다른 인연이 그를 새만금 간척지로 이끌었다. 앞에서도 언급했듯이, 그는 유학 중 잠시 귀국하여 '야생동물 소모임' 회원들과 지리산 둥지를 다녔고, 그때 채집한 야생동물의 배설물을 연구하여 논문까지 썼다. 인연은 거기서 끝나지 않았다. 회원 중 상당수가 새만금 간척 사업 반대 운동에 동참한 것이다. 간척 사업으로 생태계가 훼손되는 바람에 목숨이 위태로운 야생동물이 급증하는 중이었다.

이 대표는 새만금 간척지의 토양과 동물 사체 그리고 배설물에서 채취한 미생물을 분석하고 연구할 수 있는 전문가였다. 새만금 시민 생태조사단에 꼭 필요한 사람이었던 것이다.

가까운 지인들이 반대 운동에 힘을 싣고 있었지만, 그는 스스로 판단하고자 했다. 새만금 간척 사업이 생명을 죽이는 일인가 살리는 일인가부터 따지고 들었다.

정부에서 내세운 간척의 명분은 '식량 안보'였다. 농지를 충분히 확보하여 쌀을 비롯한 곡물 생산량을 늘리겠다는 것이다. 그는 새만금 간척지에 대규모 농지가 들어섰을 때 예상되는 긍정적인 효과와 부정적인 효과를 함께 따졌다. 5월부터 10월까지 물을 채운 논이 습지로서 하는 역할에 대해서도, 다양한 집회와 세미나에 참가하여 의견을 개진하고 토론을 이어갔다.

그런데 중앙정부와 전라북도는 새만금 간척지에 복합영농단지뿐만 아니라 첨단산업단지를 만들고 관광과 휴양 시설을 설치하며 국제공항까지 짓겠다는 청사진을 새롭게 제시했다. 대규모 농지 확보로 '식량 안보'에 힘쓰겠다는 애초의 명분이 흐지부지된 것이다.

그때부터 그는 새만금 간척 반대 운동에 적극적으로 뛰어들었다. 새만금 시민생태조사단 저서생물팀원으로 간척지를 두루 다녔다. 해수나 담수의 바닥에 사는 저서생물(benthos)은 크기나 형태가 다양하다. 조개류, 고둥류, 갯지렁이류, 산호류를 비롯한 해양 무척추동물, 김, 미역 등의 대형해조류뿐만 아니라 넙치나 홍어 같은 어류와 수중 바닥에 사는 원생생물, 규조류, 박테리아 등도 저서생물에 속한다. 간척 공사와 함께 줄어들거나 사라진 저서생물의 현황을 사진에 담고 기록했다. 또한 갯벌의 토양을 채취하여 미생물의 변화도 꼼꼼하게 따졌다.

아내와 유치원생 두 아들이 늘 함께했다. 활동가들은 씩씩하게 아빠 뒤를 따르는 아이들을 새만금 최연소 환경운동가라고 불렀다. 하늘을 향해 입을 벌린 채 죽은 맛조개를 보며 큰아들 재혁이 말했다.

"맛조개가 하늘을 원망해요, 아빠!"

그곳엔 함께한 사람이 있다

시민단체의 극렬한 반대에도 불구하고, 새만금 간척 사업은 2010년 4월 27일, 19년 만에 준공되었다.

절망의 벽이자 좌절의 벽이었다. 마지막까지 남은 사람은 매우 적었다. 간척을 막기 힘들어지자 많은 이들이 먼저 떠났던 것이다. 준공 이후 새만금으로는 발길조차 끊은 사람들과는 달리, 이 대표는 지금도 새만금을 오간다.

간척을 막았더라면 더 좋았을 것이다. 밤을 새워 어깨춤을 추고 노래를 부르고 술을 마셨을지도 모른다. 그러나 막지 못했다고 그동안 이어온 활동이 잘못된 것은 아니다. 새만금에 모여 함께 보낸 날들은 사라지지 않는다. 불합리와 불의에 맞서 싸웠지 않은가. 용기를 냈지 않은가. 포기하지 않고 버텼지 않은가.

벽이야 무너뜨릴 수도 있고 못 무너뜨릴 수도 있다. 하지만 그 높고 단단한 벽 앞에서도 주눅 들지 않고 당당하게 버티던 사람들을 얻었다. 그 사람들이 만들어간 이야기를 얻었다. 그 사람들과 그 이야기를 나누기 위해 새만금으로 가는 것이다.

해마다 11월이면 그는 가족과 함께 새만금으로 간다. 간척 반대 활동을 폈던 이들과 해창 갯벌에 장승을 세우기 위해서다. 늘어나는 장승 아래에서, 지난 시절도 추억하고 새만금 시민생태조사단이 나아갈 방향에 대한 의견도 주고받는다. 처음엔 낙담과 원망의 목소리가 높았지만 이제는 서로를 챙기는 마음이 더 크고 끈끈하다.

사람이 희망인 것이다.

누군들 현실의 벽을 부순 후 성공하고 싶지 않겠는가. 그러나 최선을 다하더라도 실패하는 것이 또한 인생이다. 의미 있는 도전이었다고 인정하는 사람들이 곁에 있다면, 실패했더라도 패배한 것은 아니다.

대학교수로 임용되지 않았을 때, 또 첫 회사 픽슨바이오의 매출

이 바닥을 쳤을 때 그는 깊이 절망했다. 새만금 간척을 막겠다는 바람도 꺾였다. 그러나 그곳에서 땅을 살리고 생명을 살리기 위해 힘겨운 길을 가는 이들을 만났다. 오래전에 만났는지도 모르는 사람들이었다. 쉼보르스카는 「첫눈에 반한 사랑」에서 이렇게 적었다.

누군가가 손대기 전에
이미 누군가가 만졌던
문고리와 손잡이가 있었다.
수화물 보관소엔 여행 가방들이 서로 나란히 놓여 있었다.
어느 날 밤, 깨자마자 희미해져 버리는
똑같은 꿈을 꾸다가 눈을 뜬 적도 있었다.

배수진을
치다

배수진을 쳤다는 이야길 들을 때면 그 사람의 눈을 먼저 쳐다본다. 더 이상 기회가 없을 것 같은 상황, 그 절박함을 느끼기 위해서다. 내가 좋아하는 문장은 아니다. 배수진을 치면 퇴로가 없으니, 실패는 곧 죽음으로 이어질 수밖에 없다. 배수진을 치는 것보다는 내일을 기약할 퇴로를 마련하고자 노력하는 편이 낫지 않을까.

배수진을 친다는 것이 이런 심정이겠구나 절감한 적은 있다. 『거짓말이다』 출간을 앞둔 2016년 여름은 참담했다. 세월호 참사 진상 규명과 책임자 처벌은 요원했고, 소설의 주인공 나경수 잠수사의 실제 모델인 김관홍 잠수사마저 세상을 떴다. 세월호 참사를 다룬 책

출간을 꺼리는 출판사도 적지 않았다. 어떻게든 이 장편을 출간하고 싶었다. 그로 인해 어려움이 닥친다 해도 감당하리라 마음먹었다.

최악을 각오한 채 제목을 정하고 장면을 그리고 문장을 만들다 보니, 함께 버티겠다는 출판사가 나타났다. 그 여름 책이 나온 후 겨우 다섯 달 만에 촛불시위가 시작되었다. 백만 인파가 서울 곳곳을 행진하며 세월호 참사 진상 규명을 한 목소리로 외쳤다.

이 대표에게 픽슨바이오의 실패는 참으로 쓰라렸다.

병해와 충해를 동시에 예방하는 미생물 농약을 만드는 것 외엔 다른 길을 고려하지 않았던 것이다. 다시 규슈 대학교로 돌아갈 수는 없었다.

벽계마을로 이따금 가서 답답함을 풀었다. 고향 집엔 홀어머니가 계셨다. 연로한 어머니는 밭농사를 더 이상 짓지 못했다. 어머니의 밭을 구입한 농부가 살뜰하게 그녀를 챙긴다는 이야기를 종종 듣곤 했다. 그런데 그 농부가 도움을 청했다. 현미를 발아시키는 기기를 직접 만들었는데 발아율이 예상보다 낮다는 것이다. 막둥이가 일본 가서 박사를 따 왔노라고 어머니가 자랑도 하셨을 것이다.

발아기를 만든 농부는 귀농 전 가전 회사에서 근무한 기술자였다. 밭두렁 옆 간이막사에 발아기를 두었다. 밭을 돌보다가 틈만 나면 막사로 달려가곤 했다.

농부를 괴롭힌 문제는 두 가지였다. 첫째, 발아기가 고장이 잦고 수리 기간이 너무 길었다. 또 부품들이 지나치게 크고 무거워 여자가 다루긴 역부족이었다. 둘째, 현미의 발아율이 낮을 뿐 아니라 맛도 들쑥날쑥했다.

발아기의 장단점을 진단하는 것은 물론이고, 발아율과 발아현미 품질이 떨어지는 원인도 조사했다. 발아시킨 현미의 품종을 물었을 때, 농부는 농협에서 사 왔다고 답했다. 기술자였던 농부에겐 발아기의 성능만 중요했고, 품종에 대한 고려는 없었다. 이 대표는 발아율과 발아현미 품질에 관한 논문을 검토 정리한 뒤, 대학과 연구소에 수소문하여 발아율이 높은 벼 품종을 추천받았다.

진단 결과를 농부에게 전했다. 발아현미를 본격적으로 살펴본 것은 그때가 처음이었고 어느 정도 흥미를 느끼기도 했지만, 자신의 역할은 거기까지라고 여겼다. 그런데 뜻밖에도 농부가 그에게 발아현미를 해보라고 권했다.

대학을 떠나 픽슨바이오를 창업했지만, 미생물 연구자라는 정체성은 계속 지켜왔다. 병해와 충해를 동시에 해결하는 특허 역시 미생물 연구에 기반한 것이다. 어떤 제품을 만들든지 미생물 연구로부터 출발하려 했다. 현미를 발아시켜 제품을 만드는 일은 전혀 다른 영역이었다.

농부의 제안을 단번에 물리치지 않고 심사숙고했다. 발아현미에 대한 자료를 더 많이 찾아 읽었고 벽계마을 언덕을 더 오래 산책했다. 지금까지 실험실에서 미생물만 연구했다면 방향 전환이 불가능했을 것이다. 그러나 그는 과학자이기 이전에 농부였다. 봄부터 겨울까지, 벼농사의 전체 과정을 훤히 꿰뚫고 있었다. 또한 발아기를 점검하며 개선 방향에 대해서도 다양하게 궁리했었다.

마침내 그는 농부의 발아기를 구입했다. 벼농사로 방향을 틀면서 품은 명분은 세 가지였다.

첫째, 우리나라의 주식은 밥인데, 쌀 소비량이 해마다 급감하고 있다. 농부들이 수익률만 따져 벼농사를 짓지 않으면, 언젠가는 대부분의 쌀을 외국에서 수입할 날이 올지도 모른다. 둘째, 벼농사를 지으면 논에 물을 채우므로 자연스럽게 습지가 생긴다. 제초제를 사용하지 않는 친환경 농법을 도입하면, 벼농사를 짓는 것 자체가 환경을 지키는 길이다. 셋째, 발아율 높은 발아기도 중요하지만, 벼 품종부터 연구해야 한다. 농사의 원천기술은 기계가 아니라 품종이다.

곡성이라는 가능성

또 한 번의 결정적인 만남이 그를 기다리고 있었다.

'한국벤처농업대학'을 권한 이는 순천시청의 공무원이었다. 연구 능력은 탁월하지만 장사 수완은 형편없다며, 이 대표에게 특별한 배움터를 추천한 것이다. 순천시청에서 수업료의 절반을 지원해 줬다.

5기로 입학하여 생산에서 마케팅까지 다양한 분야를 공부했다. 픽슨바이오의 실패를 반성하는 시간이기도 했다. 특허까지 낸 기술은 뛰어났지만 그 외 모든 것이 약점이었다. 유통에 무지했고 마케팅에 전혀 신경 쓰지 않았다. 회사의 단기 목표와 중장기 목표를 고민한 적도 없었다. 패인을 확인할 때마다 얼굴이 화끈거렸고 더 열심히 수업에 임했다. 예습과 복습을 철저히 했고, 맨 앞자리에 앉아 강사의 숨소리까지 옮겨 적었다.

거기서 만난 이가 곡성군의 김주환 과장과 권영복 계장이다. 그들은 일본 유학파인 이 대표가 벼농사를 직접 지으면서 농업회사법인을 운영하려 한다는 사실을 안 후, 곡성 수요포럼 강연자로 초청했다. 강연장에서 그는 미생물학자로 걸어온 여정과 귀국 후 맞닥뜨린 벽들에 대해 진솔하게 밝혔다. 객석엔 곡성 기차마을을 기획한 고현석 곡성군수도 있었다. 고 군수는 그의 손을 꼭 쥐곤 곡성에서 꿈을 펼쳐보라고 적극 권했다.

벼농사를 지으면서 품종을 검토하고 발아에 관한 다양한 연구와 제품 생산까지 병행하려면 충분한 농지와 건물이 필요했다. 후보지를 골라 답사를 다녔다. 강진과 벌교에서도 제안이 왔고, 구례의 폐교를 알아보기도 했다. 곡성은 후보에 들지도 않았다. 그런데 고 군수가 삼고초려하며 파격적인 제안을 했다. 10년 동안 폐교를 무상으로 임대해 주고 오폐수 시설을 갖춰줄 뿐만 아니라, 벼를 심어 품종을 연구할 논을 싼 가격으로 빌려주겠다는 것이다.

이 대표 부부는 1998년에 문을 닫은 곡성동초등학교를 둘러보러 갔다. 7년 넘게 방치된 건물은 을씨년스러웠다. 운동장엔 잡초가 우거지고 복도와 교실엔 거미줄이 가득했다. 폐타이어를 비롯한 산업 폐기물이 묻혀 있기도 했다. 많은 땅을 파내고 재정비를 해야 하는 상황이었다.

복도를 걸었다. 창으로 쏟아진 햇살이 바닥을 빗금처럼 그었다. 걸음을 디딜 때마다 쌓였던 먼지가 뿌옇게 떠다녔다. 교실로 들어갔다. 교탁에서 뒷문까지 숫자를 헤아리며 큰 걸음으로 걸었다. 고개를 끄덕이기도 했고 젓기도 했다. 조금 더 깨끗하고 조금 더 넓은 건물은 없을까.

건물을 빠져나온 그의 시선이 들녘으로 향했다. 마을로부터 외따로 떨어진 학교를 논들이 뼁 둘러싼 꼴이었다. 비로소 작은 눈에 웃음이 맺혔다.

"이 정도라면…"

폐교를 고쳐 사무실과 연구소와 강의실로 삼고 뒷마당에 보관 창고를 비롯한 생산 설비를 갖추기로 했다. 폐교를 포위한 논들을 임대하여 벼농사를 시작할 계획도 세웠다. 부딪쳐보기로 한 것이다.

2005년 11월 29일 농업회사법인 미실란을 설립했다. 그리고 2006년 5월 5일 곡성으로 이주했다.

전라남도 곡성군 곡성읍 섬진강로 2584.

그때부터 지금까지 미실란은 같은 자리를 지키고 있다. 곡성에 닿기까진 난관이 많았지만, 이 주소에 자리 잡은 후로는 순항을 기대했다. 그러나 이사를 자주 다닌 사람은 안다, 낯선 곳에 정착하기까진 또다른 어려움이 있다는 것을.

모는 모일 뿐

미실란은 곡성으로 이주하고 불과 한 달 만에 심각한 국면에 봉착했다. 2006년 5월 31일 제4회 전국동시지방선거에서 고현석 군수가 낙선한 것이다.

군수가 바뀌더라도 미실란을 지원하겠다는 약속은 지켜지리라 믿었다. 결과적으로 순진한 생각이었다.

미실란은 졸지에 전임 군수가 데려온 회사가 되었다. 곡성과는 연고가 없으니 다른 지역으로 떠나라는 요구까지 나왔다. 무상 임대 기간이 10년에서 2년으로 대폭 줄었고 나머지 약속은 모두 파기되었다. 항의를 했지만 소용이 없었다.

흉·흉한 소문이 미실란을 먹구름처럼 덮었다. 박사학위를 앞세우고 건방지게 군다며, 군청의 특혜만 바라는 염치없는 외지인이라는 공격이 날아들었다. 순천에서 출퇴근하던 직원 세 명이 차례차례 회사를 떠났다. 곡성에 안착하지 못한 탓이었다.

결국 이 대표 부부와 어린 두 아들만 남았다. 곡성에서 이토록 냉대를 당하리라곤 상상도 못했다. 순천이나 고흥이나 보성이나 강진으로, 지금이라도 옮기자는 생각이 하루에도 열두 번은 더 들었다.

떠나느냐 남느냐, 둘 중 하나였다.

앞뒤 따지지 않고 전력 질주할 것인가, 아니면 원점에서 다시 고민할 것인가. 교수가 될 기회를 기다리지 않고 대학을 벗어나서 픽슨바이오를 창업했을 때나 픽슨바이오를 접고 미실란을 시작하기 위해 곡성으로 이사할 때보다 부담이 더 컸다. 이제 경험이 부족해서라는 변명은 통하지 않았다. 무조건 성공해야 할 시점이었다. 다시 실패하면 기회가 영영 오지 않을 수도 있었다. 배수진을 쳐야 한다면 바로 지금이었다.

결단을 내렸다. 곡성에 남기로 한 것이다.

그는 자신의 능력과 의지를 믿었다. 2년이 짧긴 하지만, 기반을 닦는 것이 불가능한 기간은 아니다. 이동현 박사가 픽슨바이오를 폐업하고 곡성에서 새로 출발한 것을 알 만한 사람은 다 아는 상황이었다. 회사는 물론이고 가족까지 곡성으로 이주를 마쳤다. 장소를 다시 찾고 조건을 따지고 짐을 꾸려 이사를 하자면, 최소한 1년에서 2년을 허비할 것 같았다. 그때까진 회사 업무가 제대로 되지도 않을 것이다.

이도 저도 아닌 채 붕 떠서 지내느니 곡성에 터를 닦는 편이 나았다. 2년 안에 발아현미에 가장 적합한 품종을 찾고, 최고의 발아율과 영양가를 지닌 제품을 생산하는 것 외엔 대안이 없었다.

모내기가 끝난 후 뿌리를 내리지 못한 벼들은 시들시들 빛이 바래다가 죽고 만다. 미실란은 과연 무사히 곡성에 뿌리를 내릴 것인가.

모내기를 마친 곡성의 들판은 평온했다. 약속은 산산조각 났지만 이 대표는 서둘러 여름 준비를 시작했다. 강한 바람이 몰아칠 것이고 성난 장대비가 쏟아질 것이다. 잡초가 날마다 올라올 것이고 병해와 충해도 생길 것이다. 그 모두를 이겨내고 풍성하게 나락을 거두지 못한다면, 특출난 발아현미를 만들지 못한다면, 더 심한 비웃음과 비난의 화살이 쏟아질 것이다.

모는 모일 뿐 아직 벼가 아니다. 모판에서 제아무리 잘 키웠고 모내기까지 완벽하게 마쳤다 해도, 벼를 기르는 일은 이제부터 곡성의 논에서 판가름날 것이다. 시작이 절반이 아니라 절반부터 시작인 이유였다.

씨나락을 오가리에
모신 뜻을 새기다

곡성군 오산면 청단마을로 가기로 했다. 곡성의 골짜기 중에도 외지인의 손길이 거의 닿지 않은 마을이다.

옛날부터 한반도엔 터주 즉 집터를 지키는 지신(地神)을 모시는 신앙이 있었다. 전라도에선 철륭, 경상도에선 텃고사, 충청 이북엔 터주라고 불렸는데, 이름과 모시는 방식이 조금씩 달랐다.

전라도에선 집 뒤 장독대에 대부분 철륭을 모셨다. 밥을 차려놓기도 하고 잡곡밥을 집터 사방에 뿌리기도 하고 씨나락을 담은 오가리를 놓아두기도 했다. 씨나락은 내년 농사에 사용할 볍씨고 오가리는 장독의 사투리다. 청단마을에서 철륭을 오가리에 모시는 풍습을 조사한 자료를 읽은 후, 나는 그 마을로 꼭 가서 오가리를 보고 싶었다.

골짜기는 멀고도 깊었다.

차 한 대가 겨우 들어가는 흙길을 10분도 넘게 달려 마을에 닿았다. 자전거를 끌고 지나치던 할아버지에게 여기가 청단마을이냐고 물었다. 이곳은 가장 최근에 생긴 마을이니 더 들어가야 한다고 했다. 다시 차를 탄 후 꼬불꼬불한 길을 15분 들어갔다. 드디어 도착했구나 싶어 차에서 내렸다. 허리가 굽은 할머니에게 청단마을이 여기냐고 물으니, 이곳은 아랫마을이니까 윗마을로 올라가보라고 했다. 그렇게 다시 20분을 들어갔다. 길은 점점 좁아지고 계단식 밭도 사라졌다.

"아무래도 길을 잘못 들었나 봅니다."

이 대표가 차를 돌리려는 순간 개 짖는 소리가 들렸다. 들개가 아니라면 저 언덕 너머에 마을이 있는 것이다. 흙먼지를 뿜으며 5분만 더 가보기로 했다.

마을에 도착한 후 노인정부터 찾아갔다. 막내라고 자신을 소개한 할머니는 70대 중반이었고, 다른 할머니는 80대 중반이었다. 철룡 오가리에 관한 이야기를 꺼내자, 두 할머니는 누가 먼저랄 것도 없이 한 목소리로 답했다.

"성님헌티 물어봐. 철룡 오가리? 아, 그거시 뭐시당가?"

잠시 후 지팡이를 짚은 김씨 할머니가 들어왔다. 백 살에서 네 살 부족하다니 올해 96세였다. 할머니는 마을을 찾아오는 사람이라면 누구나 환영한다고 했다. 우리들 손을 번갈아 쥐곤 이름과 사는 곳 그리고 외딴 마을까지 찾아온 이유를 물었다. 작은 눈이 호기심으로 반짝거렸다. 나는 철륭 오가리 이야기를 꺼냈다.

"댁에 나락을 보관하는 큰 오가리가 혹시 없으신가요?"

할머니는 답을 할 듯하면서도 자꾸 망설였다. 나는 단지 오가리가 있느냐는 질문을 던졌을 뿐이다. 무덤까지 갖고 갈 이야기, 뒷산 대나무 숲에서 몰래 속삭일 이야기를 묻지 않았는데도, 할머니는 꼭 그런 비밀을 지닌 사람처럼 조심스러워했다. 이윽고 할머니가 답했다.

"있제. 나락 다섯 가매를 항꾼에 넣고도 남을 겁나게 큰 오가리!"

막내 할머니가 끼어들었다.

"성님! 뒤안 장독대에 그거시 있었단 말이여라우?"

"아니여! 거그는 째깐한 것들배끼 없제."

"그라믄 외양간 한뽀짝 어디다가 뒀당가?"

"거그치는 쪼깐 크긴 혀도 나락 두 가매나 포도시 들어갈랑가? 근디 폴쎄 깨져부렀어."

"오가리가 글믄 으디 있단 말이여?"

할머니가 나와 눈을 맞추곤 답했다.

"저짝 아래."

"밑이라뇨?"

"건넌방, 툇마루, 모탱이 아래짝에…."

"오가리가 툇마루 아래가 있다고라우?"

이번엔 중간 할머니가 끼어들었다.

"그려, 거가 있단 마시."

"성님! 나가 이 동네 시집와서 성님이랑 친자매맹키로 산 거시 70년이 넘었어라우. 근디 여지껏 한 번도 거그다가 오가리를 묻어뒀단 말은 안 했지 않응가?"

막내 할머니의 두 눈에도 똑같은 질문이 담겼다.

"느그들이 물어보기라도 했어야제. 물어보도 않는디 무담시 뭔 이야글 한다냐."

"워따메… 그라는 거 아니제. 날마다 얼굴 봄시롱 이 이약 저 이약 할 말 못할 말 다 했지 않소? 근디 안 물어본다고 오가리 야글 안 해라우. 안 물어봐도 두 시간이고 세 시간이고 해 넘어갈 때까정 이야그하시는 냥반이 성님 아니여?"

할머니가 코끝을 찡긋하곤 답했다.

"시아부지가 뭔 일이 있닥 해도 입 딱 꼬매야 쓴다 하셨지 않겄냐. 일본 놈들이 나락이든 뭣이든 먹을 것이믄 다 뺏어가분다고, 암도 모르게 거그 바닥을 파서 오가리를 넣어뒀응께. 날마다 새복이믄 우리 식구들 먹을 만큼만 아조 째끔씩 오가리에서 쌀을 퍼주셨제. 그 덕분에 안 굶어죽고 살았제. 자네들한테까정 숨긴 거슨 미안혀. 시아버지가 하도 신신당부를 하셔가꼬…. 돌아가시고 나서도, 걍 쭉 말을 안 한 거시여."

막내 할머니가 물었다.

"그랬구만이라우. 시아버지 말씸잉게 따르는 거시 당연하제라우. 글믄 오가리는 아죽도 거그 있당가?"

"그라제. 뒤안 장독대에 놔둔 것들은 자석들이 갖고 가기도 했고

깨지기도 했는디, 툇마루 아래 둔 거슨 걍 그대로 있제. 마루 판 아래짝에….''

듣고만 있던 이 대표가 불쑥 물었다.

"할머니! 그 오가리 볼 수 있을까요?"

할머니는 또 머뭇거렸다. 내가 설득했다.

"뜯는 게 힘드시면 위치만 알려주셔도….''

할머니가 말허리를 잘랐다.

"심은 한나도 안 들어. 시아버지가 덮어놓기 수월허게 만드셨응께. 나무 판때기 서너 장만 뜯어내믄 되는디, 보여주께라우?"

자신의 이야기를 증명하고 싶었던 것일까. 할머니의 제안에 우리는 재빨리 일어섰다.

앞마당과 뒷마당이 모두 넓고 깊은 집이었다. 할머니의 시댁은 청단마을에서 가장 부자였다. 이토록 큰 집에 할머니 혼자 살고 있는 것이다. 주말마다 자식들이 온다고 했다. 대문으로 들어서자마자 왼편으로 방향을 꺾었다. 낡은 뒤주와 길쭉한 밥상과 잡동사니들이 가득 차 있었다. 이 대표와 나는 힘을 합쳐 그것들을 뒷마당으로 옮겼다. 할머니 설명대로, 폭이 45센티미터 남짓한 툇마루가 건넌방을 삥 둘렀다. 할머니가 모퉁이를 가리켰다.

"여그여!"

쇠 지렛대를 걸어 당기자 나무판 한 장이 쉽게 뜯겼다. 그 다음은 공구를 사용할 필요도 없이 뜯긴 자리로 판을 밀어 떼면 그만이었다. 나무판 세 장을 걷어낼 때까지, 할머니는 뒷짐을 진 채 바라보았다. 촉촉하게 젖은 눈을 손바닥으로 자주 번갈아 훔쳤다. 일제 강점기 내내 새벽마다 툇마루로 와선, 오가리에서 쌀을 몰래 꺼내 며느리에게 건네던 시아버지를 떠올리는 중일까.

오가리는 거기 그대로 있었다.

뚜껑은 따로 없었고 질긴 종이를 서너 겹 덮어뒀다. 종이들까지 걷어내니 둥글고 어두운 아가리가 드러났다. 힘이 장사였던 시아버지가 함양 장날 지게에 지고 와선 땅을 파고 숨긴 바로 그 오가리였다. 할머니는 가만히 앉더니 손을 뻗어 어린 자식 등 쓰다듬듯 만졌다.

나는 말 한마디 못 건네고 기다렸다. 열여덟 살 꽃다운 나이에 이험한 골짜기 마을로 시집와서 아흔여섯 살까지, 긴 세월을 농사짓고 가족 챙기며 보냈다. 그 많던 시댁 어른들은 오래전 세상을 떠났고, 할머니 혼자 이 집을 지키고 있었다. 열여덟 살에도, 서른 살에도, 쉰 살에도, 일흔 살에도, 아흔 살이 넘어서도 씨 뿌리고 잡초 뽑고 곡물 걷는 일을 멈추지 않았다. 농사와 함께 그리운 이를 영영 그리워하고 농사와 함께 그리운 이를 잠시 잊었다.

쌀이나 콩이나 보리 같은 곡물을 차곡차곡 오가리에 담았다. 툇마루 아래 큰 오가리가 아니라 뒷마당 장독대 작은 오가리였다. 우리가 오래된 오가리를 찾지 않았다면, 툇마루 밑을 영원히 열지 않았을지도 모른다.

"고맙구만, 고마와."

할머니가 지팡이를 짚고 일어서선 이 대표 손을 붙들었다.

"저희가 고맙죠. 오가리를 마루나 방 밑에 묻어두고 썼단 얘길 듣기만 했지 직접 본 건 처음입니다. 정말 고맙습니다."

"이 시상 뜨기 전에 저것을 다시 몬챠볼 줄은 참말로 몰랐네. 영판 고마와."

종이로 아가리를 덮고 나무판 석 장을 다시 끼워 넣었다. 뜯어낼 때보다 훨씬 쉽고 간단했다.

할머니는 대문 밖까지 따라 나왔다. 햇살 좋은 담벼락에 서서 한참 동안 좋았던 시절을 이야기했다. 내가 태어나기도 전에 벌어진 일들이었다. 해방을 맞고 한국 전쟁이 났을 때도 그녀는 피난을 가지 않았다. 영화 〈웰컴 투 동막골〉의 등장공간보다도 더 고요한 마을이었다.

그 사이 이 대표는 뒷마당을 둘러보곤 장독대에 놓인 장독을 하나하나 열어 된장이며 고추장이며 김치를 맛보고 왔다. 다시 와서 된장을 떠 가도 되느냐고 물었다. 미실란으로 가져가서 미생물 분석을 해보고 싶은 것이다. 할머니는 그의 어깨를 토닥이며 언제든 오라 했다. 주름진 웃음이 해넘이 그림자처럼 따라왔다.

좁은 길을 한 구비 돌았을 뿐인데도 마을이 보이지 않았다.

골짜기를 빠져나오는 내내 마루 밑 오가리가 떠올랐다. 오가리에 씨나락을 담아 철륭을 모신 이유를 알 것도 같았다. 농부가 가장 소중히 여기고 귀하게 다루는 것이 바로 씨나락이다. 씨나락이 썩거나 벌레 먹으면 내년 농사를 못 짓는 것이다. 농사를 못 지으면 먹고살 길이 막막하다. 농부들은 철륭이 씨나락 넣은 오가리를 다음

해 봄까지 지켜주길 바라지 않았을까.

곡성은 대대손손 벼농사를 짓고, 쌀을 신앙의 대상으로 떠받든 곳이었다. 미실란과 곡성은 '쌀'이라는 공통분모 위에서 너무나도 어울리는 조합인 것이다. 이것은 정녕 우연일까. 오가리에 깃든 철륭이 미실란을 곡성으로 끌어당긴 것은 아닐까.

툇마루 밑에 오가리를 숨긴 까닭이 가족 먹을 곡물을 감추기 위해서만은 아니다. 오가리는 김 할머니 가족이 가장 소중한 것을 두는 비밀 금고이기도 했다. 다른 것은 다 빼앗긴대도 결코 내어줄 수 없는 물건을 거기에 뒀다. 툇마루 밑 오가리에 모신 씨나락을 떠올려보라. 거기에 철륭이 깃드는 것은 농부에게 씨나락이 곧 목숨이기 때문이다.

당신에게 가장 소중한 물건은 무엇인가. 소중한 것을 지키기 위해 어떤 노력을 쏟았고 쏟고 있으며 쏟으려 하는가. 얼마나 자주 소중함을 되새기며 새로운 다짐을 보태는가. 세상 풍파가 거셀수록 내 삶의 중심으로 돌아와 머무는 시간이 필요하다. 오늘은 나도 내 마음의 오가리를 열고 씨나락을 품어야겠다.

지키고

싶다면,

반복해야 한다.

예측도 말고

습관도 버리고,

당장

뛰어들 것!

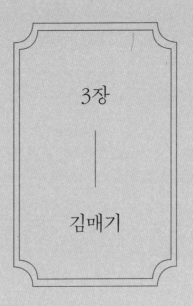

3장

—

김매기

큰바람에도
흔들리지 않는 벼

학창 시절에는 이런저런 별명이 붙곤 했지만, 서른 살을 넘긴 후엔 그것도 멈췄다. '소설가'란 직업, '김탁환'이란 이름 외에 수식이 없으니 간명하고 좋았다. 책에 따라붙는 약력에도 '소설가 김탁환' 여섯 글자만 남기고 모두 지웠다. 그런데 최근 내게 별명 하나가 혹처럼 달렸다.

태풍의 요정!

광주광역시로 내려가려 할 때마다 태풍이 불어닥친 것이다. 독자와 함께 걷는 행사는 끝내 취소되었고, 강연과 촬영만 겨우 마쳤다.

EBS 〈발견의 기쁨 동네책방〉의 첫 장면에서, 내가 태풍을 뚫고 광주의 골목을 걷는 장면이 나왔다. 이름 옆에 자막이 깔렸다.

태풍의 요정!

'마왕'이 아니라 '요정'이라 붙여주니 고맙긴 하지만, 태풍을 몰고 다니고 싶진 않다. 벼가 한창 익어가는 늦여름엔 더더욱 태풍을 한반도에서 멀리멀리 보내고 싶다.

굵고 깊게 뿌리를 내리기 위하여

전라남도를 강타한 태풍이 강원도를 지나 동해로 빠져나간 뒤, 서둘러 곡성으로 내려갔다. 어제 우비를 입고 미실란 들녘에서 큰 바람 맞는 이 대표의 모습을 페이스북에서 봤던 것이다. 적지 않은 농작물 피해가 예상된다는 보도가 이어졌다.

점심을 간단히 먹고 그를 따라 들녘을 둘러보았다. 대부분의 벼들이 태풍을 견디지 못하고 드러누웠다. 그가 논으로 들어가선 쓰러진 벼 서너 포기를 쥐고 당겼다. 힘없이 쑥 뽑혀 올라왔다.

걸음을 옮겨 미실란의 논으로 갔다. 신기하게도 그 벼들만 빳빳하게 하늘을 향해 섰다.

"들어와보세요."

나는 신발과 양말을 벗고 무릎까지 청바지를 걷어 올린 뒤 논으로 들어갔다. 그가 곧게 선 벼를 가리켰다.

"힘껏! 뽑아보십시오."

꽉 쥐곤 잡아당겼다. 단숨에 딸려 나오리라 여겼는데, 쉽게 뽑히지 않았다.

"쉽지 않죠?"

뿌리가 완강하게 버티는 기분이 들었다. 두 번 세 번 힘을 실은 후에야 겨우 뽑을 수 있었다. 그는 자신이 쉽게 뽑은 벼와 내가 겨우 뽑은 벼를 양손에 들고 설명을 시작했다.

쓰러진 벼는 뿌리가 제대로 뻗질 못했다. 땅속 깊숙이 내려가서 흙을 움켜쥐지 못한 탓에 바람을 맞자마자 쓰러진 것이다. 잘 견딘 벼는 뿌리를 쭉쭉 뻗어내렸다. 길이를 비교해 보면 두 배 아니 세 배 넘게 차이가 났다. 왜 이 뿌리는 짧고 저 뿌리는 길까. 잔뿌리가 왜 여긴 적고 저긴 많을까.

쓰러진 벼들은 비료를 넉넉하게 많이 준 것이다. 영양분이 논바닥에 가라앉거나 물속을 떠다니니, 뿌리를 깊이 내리거나 잔뿌리를 많이 만들지 않더라도 손쉽게 영양분을 얻었던 것이다. 이와 반대로 친환경 농법을 쓴 논, 그러니까 비료도 주지 않고 제초제도 쓰지 않은 벼들은 영양분을 찾기 위해 논바닥을 깊이깊이 파 내려가야 했고 잔뿌리도 최대한 많이 만들어야 했다.

태풍이 몰아치자 두 벼의 운명이 확연히 갈렸다. 이 대표가 경작한 벼들만 예외 없이 태풍을 거뜬하게 이겨낸 것이다.

나는 벼를 넘겨받아 양손에 쥐었다. 10년 남짓 대학교에서 학생들을 가르칠 때 냈던 과제가 떠올랐다.

'쓰고자 하는 글의 등장공간에 직접 가서 24시간을 둘러보고 답사기를 제출하라!'

글과 함께 사진을 첨부하도록 했다. 제주나 부산까지 다녀온 학생도 있었다. 내가 해마다 이 과제를 낸 이유는 도서관에 앉아서 쓰지 말고 거리를 걸으며 쓰기를 바랐기 때문이다.

지금은 바야흐로 '검색의 시대'라고까지 불린다. 인간이든 시간이든 공간이든 검색하여, 글은 물론이고 사진과 동영상을 얼마든지 모을 수 있다. 그러나 커서를 몇 차례 움직여 검색한 정보들에 근거한 글은 타인의 생각이나 감각에 기댄 것일 수밖에 없다.

돈과 시간을 들이고 불편을 겪더라도, 나는 직접 그 시간과 공간과 인간을 최대한 만나보라고 권하고 싶다. 내가 살아본 고향 진해와 인터넷에 소개되는 도시 진해는 얼마나 다른가. 내 몸과 마음으로 부딪혀야만 얻는 살아 있는 생각과 감각은 따로 있다.

정보의 홍수나 지식의 태풍에 맥없이 쓰러지지 않으려면, 도서관의 책이나 인터넷의 검색망으로는 닿지 않는 인간과 시간과 공간으로 파고들어야 한다. 굵고 깊게 뿌리를 내린 후 수많은 잔뿌리를 더듬이처럼 어둠을 향해 뻗어가야 하는 것이다. 거기서부터 새로운 글이 자라난다.

바람을 맞는 우리의 자세

인생에서 큰바람 한두 번 맞지 않는 이가 있을까. 큰바람에 낭떠러지까지 몰렸다가 겨우 살아나기도 했으리라. 절체절명의 순간, 어떤 이는 회생하고 어떤 이는 사라진다. 행운과 불운으로 치부하기엔 그 차이가 너무 크다.

한 사람이 평생 지켜온 원칙에 주목해야 한다.

태풍이 몰아치기 시작한 후엔 농부가 할 일이 많지 않다. 벼 스스로 큰바람을 이겨내는 것이 가장 중요하다.

미실란의 벼가 쓰러지지 않은 것은 그가 세운 원칙, 친환경 농법의 힘이었다. 벼는 6월 초 모내기부터 8월까지 하루하루 싸우며 단단해졌다. 잡초와도 싸우고 흙과도 싸웠다. 싸우면서 벼는 땅으로 더 깊이 내려가는 법을 익혔고 바람에 흔들리지 않는 법을 배웠다. 그와 같은 일상이 쌓인 탓에 무사할 수 있었다.

어떤 농부는 말하리라, 재수가 좋아 피해를 적게 입었다고. 그러나 추수까지 태풍이 다시 불지 않으리라 믿는다면 어리석다. 태풍은 이름과 풍속과 방향만 바꿔, 오고 또 온다. 한 번은 재수일 수 있지만, 계속 행운이 찾아들기를 바라면 안 된다. 원칙을 세우고 기본에 충실한 일상을 사는 것 외에 위기를 극복하는 방법은 없다.

태풍이 휩쓸고 간 들녘을 바라보다가, 창작 판소리 한판을 벌이고 싶어졌다. 버틴 벼와 꺾인 벼를 등장 식물로 삼는다면? 벼들의 시선에서 화학비료와 유기합성 농약을 사용하는 관행 농법을 따르는 농부와 친환경 농법을 지키는 농부를 논한다면? 관행 농법을 따를 수밖에 없는 농부의 처지와 친환경 농법을 고집하는 농부의 입장을, 두 벼가 자신들의 몸 그러니까 뿌리와 잎과 열매를 서로 비교해서 지적하며 상세히 설명한다면?

좌중을 압도하는 큰바람을 담는 데도 판소리가 제격이다. 중모리 중중모리를 지나 휘모리로 몰아칠 때, 소리꾼은 휘이잉, 윙윙, 차르르르를, 화아악, 파리리릴, 휴육육 바람의 말을 토한다. 손에 쥔 부채는 물론이고 가슴과 배와 두 발로 바람의 위력을 드러낸다. 청중이 옷깃을 여미고, 손바닥으로 얼굴을 가리고, 아예 돌아앉아 등을 내보일 때까지 소리꾼은 태풍의 걸음을 맹렬하게 따른다. 그러다가 바람이 잦아들고 고요에 잠길 때면, 소리꾼도 고수도 청중도 안도의 한숨을 내쉬며 서로를 눈빛으로 격려하리라.

창업과 이주 뒤, 어떤 큰바람이 미실란으로 몰아쳤을까. 심신의 상처는 또 얼마나 지독하고 깊을까. 상처를 치유하고 큰바람을 막기 위해, 미실란이 김을 매듯 꾸준히 준비하고 실행한 일들은 무엇일까.

우직한 사람이
산을 옮기는 법

여기, 어리석은 늙은이가 있다. 집 앞에 우뚝 솟은 태항산과 왕옥산 때문에 오가는 길이 불편하자, 두 산을 옮기기로 결심한다. 이때 우공의 나이는 아흔 살, 죽음이 코앞이었다. 마을 사람들과 친구들과 친척들이 모두 반대했지만 우공은 자식들과 묵묵히 흙을 파서 발해의 은토란 곳에 붓기를 반복했다. 그리고 옥황상제의 도움으로 두 산을 완전히 옮겼다는 이야기.

이 대표와 미실란의 행보는 『열자』 「탕문편」에 나오는 우공의 일화를 자주 떠올리게 한다. 어리석고 한심하다는 비판이 일었지만 흔들리지 않았다.

2006년 5월 곡성으로 들어간 후부터, 이 대표는 품이 많이 드는 또하나의 일에 착수했다. 쌀 연구자인 송동석 박사의 도움을 받아 278종의 볍씨를 고른 후, 섞이지 않도록 일일이 손 모내기를 한 것이다. 2006년에는 논 천 평에 품종마다 한 줄씩, 2007년에는 논 8천 평에 네 줄씩 심었다. 품종 이름이 적힌 나무 팻말을 맨 앞에 박고 모의 줄을 맞췄다. 발아현미에 가장 적합한 품종을 고르기 위한 전수조사였다.

벼 품종에 대한 논문들이 아예 없었던 것은 아니다. 그러나 논문마다 품종과 재배 방식이 제각각이었다. 국내에서 벼농사가 가능한 모든 품종을 동일한 조건에서 곡성의 논에 직접 심고 길러 비교하는 것. 그것이 전수조사를 택한 이유였다. 이번에도 그는 우공의 길을 택했다.

'전수조사'란 단어를 접했을 때, 나는 유달리 울컥했다.

소설가, 그중에서도 장편을 쓰는 작가는 지독한 경험주의자들이다. 내 문장으로 주인공의 생애를 살아보고 싶은 갈망이 큰 것이다. 인물이나 사건을 꼭 그렇게 길게 써봐야 아느냐는 질문을 받기도 한다. 『불멸의 이순신』처럼 여덟 권을 쓰거나 『압록강』처럼 일곱 권을 썼을 때는 더더욱 그렇다.

물론 인생의 눈부신 찰나나 치명적인 어둠을 담는 단편소설도 있다. 그러나 나는 그 등장인물의 몸과 마음에 생긴 흉터를 구석구석 들여다보며 시시콜콜 따지는 과정을 훨씬 소중하게 여긴다. 할 수만 있다면 그 인물의 삶을 전부 알고 싶다. 여기서 '전부'란 그의 언행은 물론이고, 그의 친구, 이웃, 가족, 적까지 모조리 이야기판에 올려놓고 비교하며 평가해 보고 싶단 뜻이다.

벼 품종을 전수조사하려고 덤비는 이 대표의 욕망은 장편소설을 주로 쓰는 소설가인 내 욕망과 쌍둥이처럼 닮았다. 쓸데없이 시간과 힘을 들인다는 비판이 날아들기도 할 것이다. 그러나 세상 사람들은 모른다, 샅샅이 모조리 뒤져 새로운 길을 찾으려는 자의 힘겨움과 즐거움을.

땀과 숨, 손길과 발길이 스민 논

2020년 6월 6일, 나도 미실란의 손 모내기에 참가할 기회를 얻었다. 아침부터 품종 이름이 적힌 팻말을 논으로 가져가서 간격을 띄워 가지런히 꽂고, 그 아래 모판들을 옮겼다. 초여름 뙤약볕을 피해 오후 4시부터 모내기를 시작할 예정이었다.

그런데 오후 들어 폭우가 쏟아졌다. 이렇게 비가 해 질 때까지 내리면 오늘 모내기는 취소될 상황이었다. 그런데 새끼손톱만 한 우박이 쏟아지고 난 뒤 갑자기 빗줄기가 줄어들었다. 비가 그치진 않았지만 서둘러 논으로 향했다. 처음엔 무릎까지 오는 장화를 신으려 했는데, 이 대표가 맨발을 권했다. 반바지에 맨발로 빗방울 떨어지는 논으로 들어갔다. 발목까지 차오른 논물은 따뜻하고 발바닥에 밟히는 논흙은 부드러웠다.

십여 명이 모줄에 맞춰 나란히 섰다. 모판을 손에서 손으로 옮기며 필요한 만큼 모를 뽑아 들었다. 내 옆에 선 이 대표의 지휘에 따라 모를 심기 시작했다. 나는 한가운데 자리를 잡고 한 줄에 대여섯 개씩 모를 심었다. 품종당 네 줄을 맞췄는데, 각 줄의 간격은 45센티미터였다. 15센티미터 정도 간격을 유지하는 보통 논보다 세 배 이상 거리를 뒀다. 충분히 간격을 둬야 벼도 잘 자라고 병충해 피해도 적다고 했다. 품종과 품종 사이는 60센티미터로 더 간격을 넓혔다.

허리를 숙일 때마다 빗방울이 등을 때렸다. 작열하는 태양을 걱정했었는데, 차라리 이렇게 비를 맞는 편이 나았다. 빗줄기가 갑자기 굵어져 딱 한 번 '飯하다'로 몸을 피한 것 외엔 재빠르게 모를 심어나갔다. 우리가 심은 품종은 녹미에서부터 충품까지 모두 열여덟 종이었다.

손 모내기를 마치고 나니 어느새 날이 저물고 있었다. 2년 넘게 바라보는 들녘이지만 새삼스럽게 달리 보였다. 내 노동이 담겨 만든 풍경인 것이다. 정확히 말해 그것은 풍경 이상이다. 땀과 숨과 발길과 손길이 스민, 내 안의 바깥, 확장된 나인 것이다.

이 대표가 새벽마다 들녘 사진을 찍어 페이스북에 올린 이유를 비로소 깨달았다. 15년 동안 손 모내기로 채운 논은, 멀찍이 두고 바라보는 대상이 아니라 함께 자라는 이웃이었다. 100년이란 사람의 한 생을 1년으로 압축한 셈이니, 하루하루의 변화가 그만큼 반갑고 소중한 것이다.

나 역시 이제 미실란에 도착하면, '飯하다'에서 편히 들녘을 감상하는 대신 논두렁으로 나갈 것이다. 내가 모내기한 벼가 얼마나 어

샅샅이 모조리 뒤져 새로운 길을 찾으려는 자의 힘겨움과 즐거움.

떻게 자라났는지를 보며, 여러 가지 생각과 느낌을 가질 것이다. 수첩을 꺼내 단상을 끼적거리고 사진을 찍고 벼들에게 다가가선 몇 마디 인사를 건넬지도 모른다.

벼로 맺은 인연

278종의 벼를 손 모내기로 심었다는 소식이 퍼져나갔다. 곡성 농부들이 오가며 품평했다. 농협이나 종자회사에서 권하는 품종을 사면 그만이지 저렇듯 몽땅 심을 필요가 있느냐는 목소리가 높았다. 이 대표는 굴하지 않고 심은 벼들을 정성껏 가꾸었다.

봄에 손으로 일일이 모를 심듯이, 가을엔 벼를 포기마다 낫으로 베었다. 나락들이 섞이면 품종 연구가 어렵기 때문이다. 친환경 농법으로 벼농사를 지은 뒤에는 철저한 분석과 평가가 따랐다. '삼광'이란 품종이 곡성에서 건강하게 자라고 또 현미 발아에도 적합하다는 결론에 도달했다.

이 대표의 전수조사에 주목한 이가 나타났다. 농촌진흥청 작물과학원 오세관 박사가 소문을 듣고 찾아온 것이다. 오 박사는 들녘을 가득 채운 벼를 보곤 감탄했다. 전문연구기관에서도 하지 않는 벼 품종에 대한 포괄적 연구를 이제 갓 창업한 회사에서 시도한 것이다. 오 박사는 미실란의 도전을 작물과학원에 보고했다.

농촌진흥청과 미실란의 '발아현미용 품종 선발 및 산업화 공동

연구'가 2007년 4월부터 시작되었다. 같은 품종이라도 작물과학원에선 관행으로, 미실란에선 친환경으로 재배했다. 작물과학원은 기능성 물질을 분석 연구했고 미실란은 이 결과를 바탕으로 신제품 출시에 주력했다. 2008년부터 2017년까지 이 대표가 다른 연구자들과 함께 벼 품종을 연구하여 발표한 논문은 열세 편에 이른다.

하늘은 스스로 돕는 자를 돕는다고 했던가.

이 대표가 전수조사를 위해 278종을 심지 않았다면 오 박사가 곡성으로 찾아왔을 리 없고, 농촌진흥청과 미실란의 공동연구도 시작되지 않았을 것이며, 열세 편의 논문도 작성되지 않았으리라. 어리석다는 비판까지 감수하고 달려든 이 대표의 우직한 시도가 새로운 흐름을 만든 것이다.

흔히 변화를 싫어하고 현실에 안주하는 습성으로 우직함을 연결 짓는다. 그러나 이 대표의 우직함은 관습을 부수고 변화를 연달아 만들어냈다. 농촌진흥청과 공동 연구 협약을 맺은 것처럼, 곡성 농부들을 공동 생산의 주체로 받아들인 것이다.

농부들은 미실란이 제시한 친환경 농법에 따라 삼광벼를 재배하고, 미실란은 그 쌀을 전량 사들이기로 봄에 농부들과 계약을 맺었다. 풍년이든 흉년이든 미리 정한 가격으로 쌀을 구입하는 것이니, 미실란이 그만큼 위험부담을 떠안는 셈이다. 이 대표는 왜 이런 방식을 고집할까.

해마다 벼 재배 농가가 급감하고 있다. 여기에는 경제적인 이유가 가장 크다. 예를 들어 200평을 1마지기로 할 때, 멜론은 1년에 560만원 수익이 나는 데 반해 쌀은 160만 원에 불과하다. 그 차이가 세 배를 넘으니, 벼농사를 대대로 지어온 농부도 흔들리는 것이다.

미실란은 회사가 성장하는 만큼 곡성 농부들과 이익을 나누려 한다. 단발적인 호의에 그치지 않고 체계적인 시스템을 마련한 것이다. 미실란은 발아현미에 가장 좋은 품종인 삼광벼를, 제초제를 쓰지 않고 친환경으로 재배한다는 조건을 받아들이는 농부들과 언제든 협력할 준비를 마쳤다. 지금까지 해마다 미실란과 함께하는 농가가 꾸준하다.

저는 벼농사를 짓는 농부입니다

미실란을 찾는 이들에게 이 대표는 언제나 자신도 현업 농사꾼임을 앞세운다. 회사 대표가 농사를 짓는 게 사실인가. 얼마나 짓는가. 왜 짓는가. 다양한 질문이 이어진다. 그때마다 힘주어 답한다. 벼농사를 짓는 농부이자 쌀을 연구하는 과학자이자 쌀 가공 제품을 생산하고 판매하는 회사 대표, 이 셋 중 하나도 소홀히 할 수 없다고. 특히 손 모내기와 손 추수를 하는 이유는 기능성 벼 품종 연구 때문이기도 하지만, 농부의 마음으로 평생 살아가기 위해서라고.

벼 품종을 연구하고 신제품을 만들려는 이 대표의 노력은 '종자 주권'과도 맞닿아 있다. "백미는 톱 라이스(Top Rice)다"라는 말을 들어보았을 것이다. 백미를 쌀 중에서 최고로 두는 이 말은 고시히

카리를 비롯한 일본 벼 품종의 우수성을 선전할 때 자주 쓰인다. 일본이 자국의 벼 품종을 홍보하는 것은 당연하지만, 우리나라에서 고시히카리로 재배한 쌀에 토속적인 이름을 붙여 내놓는 경우는 문제가 아닐 수 없다. 농촌진흥청을 중심으로 오랜 기간 연구를 거쳐 개발된 고유 품종이 있음에도 불구하고, 일본 품종이 최고라는 주장이 널리 받아들여지는 형편이다.

종자 식민지로 전락하지 않으려면 다각적인 노력이 필요하다. 정부는 우리나라 농지와 기후에 맞고 맛도 좋은 벼 품종을 연구하고 개발하도록 투자와 지원을 계속해야 한다. 농부는 이렇게 육종된 벼 품종을 적극적으로 재배해야 한다. 국민은 일본의 유명한 품종 대신 우리나라에 최적화된 품종을 믿고 먹어야 한다. 이렇게 세 물줄기가 저마다 역할을 충실히 하며 서로 어울려 줄기차게 흘러야만 종자 주권을 지켜나갈 수 있을 것이다.

미실란을 알게 된 후 가게에서 쌀을 고르는 시간이 점점 늘고 있다. 전에는 백미인가 현미인가만 따졌다. 그 다음엔 그 쌀을 생산한 지역이 어디인지 확인했으며, 일 년 동안 땀 흘려 벼농사를 지은 농부의 이름을 기억하기도 했다. 요즘은 이 모든 것들과 함께 품종까지 들여다본다. 명품쌀이나 특등쌀이란 문구보다는 그 품종이 우리나라 것인지 아닌지 확인하고, 또 품종의 특징을 나중에라도 찾아서 알아두려 한다.

이렇게 요모조모 살피다 보니, 예전에는 쌀을 골라 사기까지 1분도 채 걸리지 않았는데, 지금은 10분이 훌쩍 넘어가기도 한다. 쌀을 모아둔 매장 앞에서 품종에 관심이 있는 이들과 진지한 대화를 나눈 적도 있다.

쓸데없는 깐깐함이 아니다. 책은 우리의 영혼을 살찌우고 쌀은 우리의 육신을 건강하게 만든다. 예술가 중에는 커피 애호가가 적지 않다. 나도 매일 드립커피 한두 잔을 꼭 마신다. 커피 원두를 고를 때는 원산지도 따지고 종류별로 맛과 향을 구별하지 않는가. 주식인 쌀의 품종과 그에 따른 맛과 향을 고려하는 것은 당연한 일이다.

이 대표가 농부로 살아가겠다는 것은, 새벽녘 어둠이 채 사라지지 않은 들로 나가고 저물녘 노을이 깔린 들에서 돌아오는 기쁨과 안타까움과 쓰라림을 가슴에 품고 하루하루 살겠다는 다짐이다. 산을 옮긴 어리석은 늙은이 우공의 하루하루와 다르지 않다.

작은 배려가 만드는
큰 차이

감정이입은 소설을 설명할 때 빠지지 않는 개념이다. 소설가는 공평무사하게 이야기를 이끄는 것이 아니라, 이야기에 등장하는 존재의 어깨에 올라앉는 경우가 많다. 즉 그 존재처럼 생각하고 느끼면서 세상을 바라본다는 것이다.

감정이입하는 존재는 등장인물일 경우가 많지만 항상 그런 것은 아니다. 동물이거나 식물 때론 무생물일 때도 있다. 긴 이야기를 담은 장편소설이나 대하소설에선 다양한 감정이입이 더 많이 쓰인다. 그러면 이렇게 했을까? 그가 이렇게 한다면, 그녀는 어떻게 받았을까? 그가 이렇게 하고 그녀가 이렇게 받았을 때, 그들의 발밑에 웅크리고 있던 개는 좋았을까, 일어나 움직였을까? 개가 줄 때 그 옆 화분의 난초는 왜 하필 꽃을 피우고 있었을까? 이런 식이다.

미실란을 오가며 직원들의 대화를 듣곤 했다. 짧게 몇 마디 나누기도 하고 30분에서 한 시간 정도 제법 긴 이야기가 이어지기도 했다. 내게 흥미로운 지점은 그들이 종종 현미에 감정이입을 한다는 것이다. 현미라면 이런 게 불편할 거야. 현미라면 저런 게 싫겠지. 현미라면 그렇게 하는 걸 즐겨! 이런 식이었다.

지금까지 소설가로 살면서 다양한 존재에 감정이입을 했지만, 쌀, 그것도 현미의 입장에 서본 적은 없었다. 직원들은 벼의 왕겨만 벗겨낸 쌀이라는 통념보다 훨씬 깊게 현미의 세계로 들어갔다. 어제 발아시킨 현미와 오늘 발아시킨 현미의 특징을 비교하는 것은 물론이고, 아침에 싹이 난 녀석과 저녁에 싹이 난 녀석의 장단점을 따질 정도였다.

대화는 그 현미가 나온 논으로까지 옮겨갔다. 친환경 농법을 쓰더라도 논의 위치와 벼농사를 지어온 내력에 따라 또 차이가 만들어졌다. 농사를 지은 농부의 성격도 한 자리를 차지했고, 여기에 발아기를 가동시킨 생산팀 직원 각자의 취향까지 얹혔다.

현미로 이토록 오래 이야기를 나눈다는 것은 그만큼 볍씨에서 싹이 나는 과정을 아끼고 사랑한다는 뜻이다. 거듭 궁리하니 작은 차이가 보이고, 그 차이를 극복하고 개선하기 위해 지혜를 모으는 것이다.

발아현미에 관한 이야기라면 시간 가는 줄 모르는 직원들의 태도는 이 대표를 쏙 빼닮았다. 대표와 직원 가리지 않고 친환경 벼농사와 발아현미에 마음을 쏟고 있다. 회사에서 맡은 역할을 때론 넘어가도 탓하거나 제지하지 않는다. 발아현미를 위해서라면 무엇이든 용납되는 곳이 바로 미실란이다.

여름 내내 이 대표는 틈만 나면 논으로 들어가서 김을 맸다. 초벌, 두 벌, 세 벌, 네 벌 헤아렸던 적도 있지만, 친환경 농법으로 한 해 벼농사를 짓고 나선 그마저 잊었다. 뙤약볕을 피해 새벽이나 저녁 무렵을 택하기도 했지만, '飯하다'에 손님이 뜸하고 피가 눈에 띄면 해가 쨍쨍한 대낮에도 논으로 들어갔다.

또한 김매기를 전혀 하지 않는 자연농법에도 반대했다. 그는 비료나 농약을 사용하여 땅을 지나치게 많이 일구는 것도 죄고, 땅을 전혀 돌보지 않는 것도 죄라고 믿었다. 논에 물을 대자마자 일주일 안에 싹이 트는 피와 맞서기 위해 최선을 다했다. 피를 방치하면 벼가 생장이 느려지고 시들어 죽는 경우도 잦다. 벼를 위해 피를 제거하되, 제초제의 힘을 빌리지 않고 농부가 직접 허리 숙여 일하는 방식을 15년째 이어오고 있는 것이다.

30도를 훌쩍 넘기는 여름에 김을 매다 보면, 얼굴과 목과 팔과 다리가 벌겋게 익는다. 굵은 땀이 쉴 새 없이 흘러 안경알이 보이지 않을 정도다. 목이 바짝바짝 마르고, 허리와 허벅지와 종아리 근육이 욱신거린다. 멀리 보이는 나무 그늘이 천국 같다.

그러나 그는 물러나지 않았다. 여름 날씨를 원망하지도 않고 길게 자란 피들을 탓하지도 않았다. 묵묵히 한 걸음 한 걸음 나아가며 김을 맬 뿐이었다. 친환경 농법으로 벼농사를 짓겠다고 정한 후부터 예정된 고통이자 기쁨이었다.

여름 내내 틈만 나면 논으로 들어가서 김을 맸다.
여름 날씨를 원망하지도 않고 길게 자란 피들을 탓하지도 않았다.

씨앗의 시선으로 직원의 시선으로

278개의 벼 품종을 심어 농촌진흥청과 공동 연구까지 했지만, 미실란의 어려움은 금방 나아지지 않았다. 기반을 다지기 위해선 최적의 품종과 함께 성능 좋은 발아기가 필요했다.

벽계마을 농부에게서 구입한 발아기는 불편한 점이 많았다. 이 대표는 이 1호기를 '장군'이라고 불렀다. 갑옷에 투구까지 갖춰 쓴 장군처럼 무거웠던 것이다. 연료비도 많이 들고 고장도 잦고, 괜찮은 품종을 써도 발아율이 높지 않았다. 장군을 넘겨받아 시작은 했지만 오래 믿고 갈 수는 없었다. 발아기를 새로 만들려면 적지 않은 개발비와 제작비가 필요했다. 여유 자금이 없었다.

여기서 그는 또 자기만의 방식으로 세상과 부딪혔다. 박준영 전남지사에게 여섯 장이 넘는 장문의 편지를 보낸 것이다. 곡성에서 벼농사를 지으며 미곡 가공 회사를 경영하는데 어려움이 너무나도 많다고 우선 밝혔다. 전남지사가 농정(農政)을 제대로 못하면 누가 전라남도로 귀농하겠느냐는 쓴소리까지 적었다.

이런 시도에 적절한 응답이 오는 경우는 드물다. 열에 아홉은 무응답이다. 그러나 이 대표는 무시당할 것을 미리 걱정하고 위축되지 않았다. 스스로 옳다고 믿는 것, 주장하고 싶은 것을 당당하게 밀어붙였던 것이다. 순천대 농대에 입학한 1988년부터 지금까지, 농촌과 벼농사와 농업회사법인에 관해서라면 지위고하를 막론하고 누구든지 만나 의논했다. 곡성 군청이 막히면 전라남도 도청으로 가고, 전라남도 도청이 막히면 청와대라도 갈 사람이었다.

일주일이 흘렀다. 이른 새벽 박준영 지사로부터 전화가 왔다. 편지를 감명 깊게 읽었다며 미실란을 방문하고 싶다는 것이다. 며칠 후 박 지사는 약속대로 미실란에 왔고, 이 대표의 설명을 들은 그는 적극적인 지원을 약속했다. 이때 개발한 것이 발아기 2호다.

이 대표는 2호기의 이름을 '빅뱅'이라고 지었다. '빅뱅'으로 이름을 짓기 전 '특수저온건조를 통한 발아현미 제조방법'(CTD, 특허등록 10-0683046)이라는 특허에 근거하여 발아 방식을 새롭게 바꾸었다. 저온 건조를 통해 현미에서 싹과 뿌리가 동시에 나오는 방법을 찾아낸 것이다.

발아현미는 현미에 적정한 수분과 온도와 산소를 공급하여 1밀리미터에서 5밀리미터 정도로 싹을 틔운 쌀이다. '빅뱅'의 특수저온건조법은 열풍을 가하는 일반고온건조법보다 영양소 파괴가 적고, 동결건조법보다 알갱이가 부서지지 않는다.

현미를 발아기에 넣기 전에도 적지 않은 시간을 흘려보내야 한다. 10도에서 12도의 저온창고에서 한 달 이상 현미를 보관하는 것이다. 가을에 거둬들인 씨앗은 겨울이 지나고 다음 해 봄에야 싹을 틔운다. 약식이나마 저온창고에서 이 과정을 거치는 것이다.

잠든 씨앗이 '빅뱅'을 통해 자연스럽게 깨어나도록 정성을 다한다. 저온에서 산소를 충분히 공급하며 물을 계속 뿌려준다. 씨앗이 물에 오래 잠겨 있으면 산소가 부족해 썩으면서 악취가 난다. 발아를 앞당기기 위해 지나친 고온이나 저온에 씨앗을 두지 않는다.

110미터 지하암반수를 사용하므로 발아된 현미를 따로 씻을 필요도 없다. 특수저온건조법을 쓰면 발아현미 특유의 냄새도 제거되고 비타민E의 함량까지 높아진다. 밥을 지으면 찰기가 넘쳐흐르면서 부드럽다. 발아율도 평균 95퍼센트가 넘는다.

'빅뱅'만으로도 발아현미의 안정적인 생산이 가능했지만, 이 대표는 여기서 만족하지 않고 발아기를 계속 개선했다. 3호기 '평온'의 가장 중요한 특징은 온수가 발아기 전체를 감싸며 순환한다는 것이다. '빅뱅'까지만 해도 계절마다 달라지는 기온이 발아기에 영향을 미쳤다. 온도를 일정하게 유지하려면 별도의 노력이 필요했다. '평온'부터는 기기 작동과 함께 원하는 온도까지 빠르고 쉽게 도달했다.

4호기 이름은 '배려'이다. '배려'는 생산팀원 특히 여성 직원들의 어려움을 해결하고자 만든 기기다. 발아기를 열면 현미를 담는 용기가 가지런히 놓여 있다. 이 용기를 당겨 빼낸 후 현미를 넣고 밀어 넣어 발아기를 닫으면, 산소 공급과 물 뿌리기가 시작되는 것이다. 이 대표는 용기가 부드럽게 움직이도록 도르래를 설치했다. 그 전까진 용기를 넣고 빼려면 잔뜩 힘을 줘야만 했다. 지금은 여자 혼자서도 쉽게 발아기를 다룰 수 있다.

작은 배려가 만든 큰 차이였다.

미실란의 발아기들, '장군'과 '빅뱅'과 '평온'과 '배려'의 탄생 내력을 조사하는 동안, 이 대표의 독특한 시선이 눈길을 끌었다. 그것은 단시간에 높은 효율을 내려는 CEO의 시선도 아니고, 자신이 만든 발아기의 성능만 강조하고 발아에 필요한 다른 요소를 무시하는 기술자의 시선도 아니었다.

그가 줄곧 유지하고 확장시킨 시선은 두 가지다. 하나는 씨앗의 시선이며 또하나는 직원의 시선이다.

초창기엔 현미 발아에 가장 어울리는 조건을 찾아내고, 그 조건에 부합하는 발아기 '빅뱅'과 '평온'을 만들었다. 그리고 고려할 부분이 씨앗의 힘겨움에서 발아기를 매일 다루는 직원의 노고까지 확장되었다. 저온창고와 발아실과 제품가공실과 포장실을 바삐 오가는 직원을 위해 무엇을 할 것인가. 사고 위험을 없애고, 심신의 피로를 줄이는 방향으로 생산 시설을 재정비하는 것이 중요했다. '배려'가 놓인 자리였다.

작은 차이를 발견하고, 그 차이의 좋고 나쁨을 두고두고 천천히 그리고 꼼꼼하게 따지는 곳에 희망이 드리우는 법이다. "악마는 디테일에 충실하다"는 말이 떠돌지만, 농부를 비롯하여 생명을 키우는 일을 업으로 삼는 이들도 자기만의 방식으로 디테일에 충실하다. 차이를 악용하지 않고 선용하려 애쓴다. 내가 아닌 만인이 되고 만물이 되어!

밥과 약은
한 뿌리

소설가들끼리 하는 농담이 있다.

"쓴 것을 가져오라. 당신이 어떤 사람인지 이야기해 주겠다."

나는 말보다 글을 믿고 글보다 행동을 더 믿는다. 장황하게 말만 늘어놓는 자문회의를 싫어하며, 선언적인 주장보다 그 주장에 이르기까지 내밀한 고민이 담긴 글을 원한다. 자신이 쓴 글대로 행하고자 애쓰는 사람들과 벗하고 싶다. 직업병이 맞다.

이 대표라면 이렇게 바꿔 말할 수 있겠다.

"먹는 쌀을 가져오라. 당신이 어떤 사람인지 이야기해 주겠다."

내가 날마다 글을 궁리하듯 그의 고민은 쌀이다. 세상에는 글과 쌀에 관심을 두지 않는 이들이 대부분이다. 그러면서도 글이나 쌀에 대해 한두 마디씩은 언제라도 거든다. 글이나 쌀이 우리네 삶 가까이에 있다는 반증이다. 국민 대다수가 문자를 주고받고 SNS에 글을 올리는 세상이 되었고, 패스트푸드가 상승세지만 하루에 적어도 한 끼는 아직 밥을 먹고 있다.

이렇듯 매일 쓰고 먹기 때문에 좋은 글을 쓰고 좋은 쌀을 먹는 것이 중요하다. 글과 쌀이 제 역할을 못하면, 불량한 기운이 우리 마음과 몸에 차곡차곡 쌓여 큰 화를 불러온다.

지금까진 쌀에 대한 과학적 고찰이 드물었다. 보리나 수수나 콩 같은 잡곡이 아니라 쌀을 먹는 것만 해도 감지덕지인 시절이 길었던 것이다. 밥을 먹을 기회가 오면 질보다 양을 택했다. 그릇에 수북한 고봉밥을 먹었던 것이다.

이제는 국민 대부분이 쌀밥을 먹을 정도로 경제 수준이 나아지긴 했다. 그러나 어떤 쌀을 어떻게 먹어야 하는지는 제대로 모른 채, 시장 논리에 막연히 기대는 경우가 대부분이다. 유명한 상표나 공신력 있는 기관의 검사필증이 붙은 쌀을 믿고 사는 것이다. 그러나 끼니마다 내 입으로 들어오는 쌀이니, 누가 어디서 어떻게 재배한 벼에서 거두었는지 알아야 한다.

밥이 약이 되기도 하지만 독이 될 때도 있다. 유전자 변형 농산물(GMO)이 갈수록 늘어, 일일이 확인하지 않으면 자신도 모르게 섭취하게 되는 것이다. 농부가 제초제와 화학비료를 애용할수록 벼는 약해진다.

밥이 약이 되려면, 두 분야에 대한 연구를 지속해야 한다. 첫째는 벼 품종을 연구하는 것이고, 둘째는 추수를 마친 뒤 나락의 도정법과 영양소와의 관계를 연구하는 것이다. 백미는 깨끗하고 예뻐 보이긴 해도 약이 될 기능성 성분을 대폭 제거한 쌀이다. 현미로 두되, 그 쌀들을 발아시켜 식감을 좋게 하고 기능성 성분의 효능도 높여야 한다. 이 대표는 발아현미로 지은 밥은 정말 약이 된다고 강조했다.

나는 조선시대 내시부의 품계를 살펴본 적이 있다. 가장 높은 상선(尙膳)은 종2품, 상온(尙醞)은 정3품, 상다(尙茶)는 정3품, 상약(尙藥)은 종3품이다. 음식, 술, 차, 약의 순서로 차등을 둔 것이다. 이 대표에게 그 이야기를 하면서 쌀에 대한 연구와 제품 생산 외에 술이나 차나 약엔 관심이 없는지 물었다.

그는 내시들의 품계가 음식과 관련이 있는 줄은 처음 알았다면서 놀라워했다. 그리고 제품을 다양화하는 미곡 가공 업체도 있지만, 미실란은 쌀을 연구하고 밥과 누룽지와 미숫가루를 만드는 데도 시간이 턱없이 부족하다고 했다. '飯하다'에서 차를 간단히 내놓고는 있지만 본업으로 삼을 일은 아니며, 술은 완전히 다른 영역이라는 것이다. 다만 약에 관해선 꾸준히 고민하고 있다고 했다.

나의 몸을 보호하는 음식, 쌀

미실란의 경영 철학은 '식약동원(食藥同原)' 네 글자에 담겼다. 먹는 음식과 약의 뿌리가 같다는 전통사상을 근간으로, 친환경과 유기농으로 농작물을 수확하고 미실란만의 과학 기술을 접목하여, 건강을 위한 최고의 발아현미 제품을 만들고 있는 것이다.

'약식동원(藥食同源)' 혹은 '의식동원(醫食同源)'이라고도 하는 이 사상은 중국과 한국을 비롯한 동양 여러 나라에 통용되고 있다. 근대 이후 음식의 영양소를 분석하고 효능을 밝히는 과학적 연구를 진행하기 훨씬 전부터, 동양 전통 의학은 음식에 주목했다. 일찍이 『황제내경』에서는 치미병(治未病), 즉 병이 걸리지 않은 상태에서도 음식을 통해 질병을 예방했고, 『동의보감』 역시 건강의 기본을 음식으로 규정했다.

병에 걸린 후에도 음식을 통해 질병을 치료하는 다양한 방법이 제시되었다. 『동의보감』에선 병에 걸리면 먼저 음식으로 치료하고, 음식으로 치료가 되지 않으면 약으로 치료한다고 지적했다. 『동의보감』 단방(單方)의 많은 부분이 식이(食餌) 즉 음식을 통한 치료이기도 하다.

그렇다면 어떤 음식이 질병 예방과 치료에 도움을 줄까. 여러 의서에선 음식마다 다른 역할을 부여하고 있다. 다섯 곡식은 보양하고, 다섯 과실은 돕고, 다섯 고기는 더해주고, 다섯 채소는 보충한다는 것이다. 곡식, 과실, 고기, 채소 또한 세부적으로 나눠 특별한 효과가 있는 질병을 밝혀두었다. 사상의학을 창시한 이제마와 그 후예들은 체질에 따라 알맞은 음식을 선별하기도 했다.

이 대표는 어려서부터 마을 어른들에게 '밥이 곧 보약'이라거나 '밥상이 곧 약상'이라는 이야기를 들으며 자랐다. 농대에 가서 농작물 연구를 시작한 후 그 말의 참뜻을 깨달았다. 주식인 쌀을 비롯하여 음식에 담긴 다양한 성분이 병을 막고 건강을 유지시킨다는 것이다.

고흥 벽계마을에서 자랄 때, 형제자매들은 아프기도 하고 다치기도 했다. 그런데 정말 큰 병이 아니고는 거의 음식으로 다스렸다. 배움이 짧다고 지혜가 없는 것은 아니다. 어머니는 식재료에 관해 모르는 것이 없었다. 오곡은 물론이고 풀이며 열매며 꽃이며 또 벌레에 이르기까지, 자식들이 아프더라도 당황하지 않고 그 병에 합당한 음식을 척척 만들었다. 마을이나 가족 대대로 전해 내려오는 비방이었다. 먼저 음식으로 다스리고 그래도 안 되면 약을 찾아라! 농부의 삶 속에 자연스럽게 스민 가르침이었다.

생선을 먹는 날도 있긴 했다. 그러나 워낙 대식구이다 보니, 소고기나 돼지고기를 구해 와도 몇 점 먹기 어려웠다. 이 대표는 막둥이라서 아버지랑 겸상을 했고, 다른 형제자매보다는 고기 맛을 많이 봤다. 하지만 여러 의서에도 나오듯이, 가장 중요한 음식은 끼니마다 먹는 주식(主食)이고, 우리의 주식은 쌀이다.

밥을 비롯한 음식으로 병을 다스린 이 대표의 추억담을 듣고 있으니, 내 소설을 읽고 엽서나 편지를 보내온 몇몇 독자들이 떠올랐다. 나는 작가와 독자 사이에서 끊임없이 만들어지는 '작은 기적'을 믿는다. 소설을 읽으며 감동한 독자가 자신의 인생을 잠시 돌아보는 것이야말로 기적이 아니고 무엇이겠는가.

내 소설 『이토록 고고한 연예』를 읽은 어느 독자가 펜으로 하는 심폐소생술에 이 작품을 비긴 것이 특히 기억에 남는다. 솔직히 고백하자면, 소설은 읽는 독자뿐만 아니라 쓰는 작가의 삶도 되살려낸다. 발아현미가 고객뿐만 아니라 이 대표 자신의 삶까지 희망으로 채우는 것처럼!

서로가 서로에게
반하다

　나는 밥카페 '飯하다'에 대학 동기들과 우연히 들렀다가 이동현 대표를 처음 만났다. '飯하다'가 없었더라도 우리는 만났을까.

　품종별로 벼농사를 짓고, 기업 부설 연구소를 세우고, 발아기를 개발하는 일은 2006년 곡성에 터를 잡고부터 이뤄졌지만, 밥카페를 연 것은 9년이 지난 2015년 8월 15일이었다.

　이동현 대표는 밥카페 '飯하다'를 미실란이 한 단계 성장할 돌파구로 봤다. 더 많은 이들이 미실란을 찾아오도록 하고 싶었다. 백문이 불여일견이라는 말도 있지 않은가. '飯하다'에 앉아 벼가 자라는 들녘을 보면서 제철채소로 만든 반찬에 발아현미로 지은 밥을 먹으면, 따로 설명하지 않더라도 행복해질 것이다. 콘크리트 건물로 둘러싸인 복잡한 도시가 아닌 벼와 나무와 풀이 자라는 여유로운 농촌, 빨리빨리 먹도록 강요받는 패스트푸드가 아니라 느릿느릿 보고 듣고 느끼며 맛보는 슬로푸드를 즐기는 것이다.

강의실에서 발아현미의 유용함을 배우고 논을 거닐며 친환경 농법의 진가를 체험하는 것도 좋지만, '飯하다'에서의 밥 한 끼는 화룡점정일 것이다.

비건과 나란히 걷기

이동현 대표와 둘이서만 점심을 먹은 날이다. 멸치로 육수를 내지 않고 채소만으로 국을 끓이느라 주방에서 담당 매니저가 애를 먹었다는 설명을 한 후, 그가 자못 심각하게 물었다.

"작가님은 채식을 왜 시작하신 건가요?"

같은 질문을 한 달에 서너 번은 받아왔다. 젊은 독자들과 이야기를 나누다가도 이 질문을 받았는데, 그땐 크리스 조던이 만든 다큐멘터리 〈앨버트로스〉에서부터 이야기를 풀어나갔다.

나는 이 작품을 제7회 순천만동물세계영화제에서 보았다. 죽은 앨버트로스의 몸에서 엄청난 플라스틱 쓰레기들이 나왔다. 수면에 떠 있는 플라스틱을 먹잇감으로 여긴 결과였다.

사람은 앨버트로스와 다를까. 일정 기간 몸에 쌓이는 유해물질의 총량을 '보디버든(body burden)'이라고 한다. 먹고 마시는 음식에 포함된 유해물질이 고스란히 인류를 죽음으로 내모는 셈이다. 보디버든을 피하려면 식재료들을 어디서 누가 어떤 조건에서 만드는지 알아야 한다.

공장식 축산에 의해 조달되는 육류의 경우 심각한 유해물질을 지니고 있다. 오염된 강이나 바다에 사는 물고기도 사정은 마찬가지다. 육류와 어류 등 식재료가 만들어지는 과정이 혁신적으로 바뀌지 않는 한, 우리 몸에 쌓이는 보디버든은 늘어날 것이다.

채식에 대해선 꾸준히 관심이 있었다. 2009년과 2010년 『밀림무정』을 쓰면서 야생동물 특히 멸종 위기종을 따로 공부했고, 그 관심이 동물복지로까지 나아갔다. 공장식 축산의 폐해가 얼마나 심각한지도 그때 알았다.

남종영 기자는 '혁신이 지워버린 생명의 눈망울'이란 글에서, 컨베이어벨트가 인간과 동물을 공장 부속품으로 만들어버렸다고 지적한다.[1] 그전까지는 소나 돼지를 도축할 때 사람과 동물이 일대일로 대면했다. 눈과 눈을 봤다는 것이다. 하지만 컨베이어벨트 시스템에서 노동자는 자신에게 할당된 부위만 작업한다.

동물복지가 무엇이냐는 질문을 받을 때면, 우선 동물의 눈을 들여다보라고 권한다. 서로 마주보는 것만으로도 깨달음이 찾아든다. 내 눈을 바라보는 저 존재는 고기가 아니라, 자기 방식대로 생각하고 느끼는 생명체란 것을!

녹색당에 가입하고 (사)한국범보전기금의 홍보대사 활동을 시작하면서 채식주의자들을 더 많이 만났다. 서울에 있는 채식 식당도

가고 채식인을 위한 파티에도 참석했다. 그러다가 화천 산천어 축제 반대 시위에 참가하게 되었다.

화천을 흐르는 물줄기에선 산천어가 살지 않는다. 축제를 위해 산천어를 다른 곳에서 양식한 후 화천으로 옮겨 짧은 시간 안에 소비하는 것이다. 지금까진 최소한 그 지역에 사는 동식물이나 곤충 등을 주제로 축제를 열었다. 그런데 이제 축제를 위해 그 지역에 살지도 않는 동물까지 가져오게 된 것이다. 화천의 하천에 풀어놓은 산천어는 겨울을 넘기지 못하고 전부 죽는다. 끔찍한 대량 살상인 것이다.

그리고 여름에 제주에서 섬도보여행가 강보식을 만났다. 나는 해마다 한두 번 그와 제주를 걷는다. '망각여행'이라고 이름붙인 이 여행의 목적은 작품을 탈고하느라 지친 몸과 마음을 회복하는 것이다. 이미 출판사에 넘긴 작품에 대한 걱정은 깨끗이 잊고, 일주일에서 열흘 남짓 즐겁게 아무 생각 없이 제주의 길을 걷는 것이다.

12킬로미터나 감량을 해서 나타난 강보식은 찐 감자와 귤과 사과와 당근을 내놓았다. 그리고 폭탄선언을 했다. 자신은 비건이 되었으니 채식을 같이 할 거면 함께 걷고 아니면 따로 걷자고.

같이 걷기로 했다. 강제 채식이 시작된 것이다. 매일 15킬로미터에서 20킬로미터쯤 걷고, 하루 세 끼 채식을 먹었다. 일주일이 지나고 나니, 5킬로그램 감량도 좋았지만 몸이 정말 가볍고 머리가 맑아졌다. 직업병으로 달고 살았던 어깨와 허리 통증도 싹 없어졌다.

이 대표는 초식과 육식동물의 똥에 담긴 미생물의 차이를 다시 설

맛에 반하고 들녘 풍경에 반하고 일하는 사람들에게 반하고.

명하며, 나를 응원했다. 그를 강보식에게 소개하여 함께 제주를 걷는 것도 좋지만, 강보식을 곡성으로 데려와서 그와 같이 침실습지와 섬진강을 걷는 상상을 했다. 물론 세 끼 채식만 한다는 조건으로.

사람은 사람답게, 야생동물은 야생동물답게

미실란에서 〈잡식가족의 딜레마〉를 만든 황윤 감독과 함께 점심을 먹기도 했다. 오후부터 미실란에서 곡성고 학생들과 황 감독의 만남이 있던 날이었다. 비건인 황 감독과 나를 위한 채식 밥상이 나오자, 우리는 손뼉을 치며 좋아했다. 강연 전에 배를 든든하게 채우는 것은 강연자에게 매우 중요한 문제였다. 제대로 먹지 않고 연단에 서면 금방 허기가 졌다. 채식 식당이 없는 지역의 도서관이나 동네서점으로 강연을 갈 때면 식사가 늘 문제였다.

학교 급식에서 채식을 선택할 권리로 자연스럽게 이야기가 이어졌다. 육식을 멀리하고 채식을 지향하는 사람이 어른에만 국한되진 않는다. 어린이나 청소년 중에도 채식인이 꾸준히 늘고 있다. 그런데 학교 급식에는 채식인을 전혀 배려하지 않고 육식을 전제로 한 식단만 나왔다. 육류, 어류, 치즈, 달걀, 우유 등이 학생 전부에게 일괄 제공되는 것이다.

황 감독은 학교 급식에서 육식을 전혀 하지 않거나 일부만 선별해서 먹는 학생을 위한 식단을 보장해야 한다는 인터뷰도 하고 칼

럼도 썼다. 공공 급식에서 채식 선택권을 보장하라는 황 감독의 주장에 대해, 아동학대로 몰거나 다수를 위해 소수가 희생해야 한다는 식의 댓글들이 달렸다.

학교뿐만 아니라 군대나 직장 등 공공기관에서 채식을 선택할 권리를 보장하는 것은 인권의 문제다. 육식을 강요하기 전에 채식을 하는 이유에 귀를 기울여야 한다. 그것은 환경오염 때문일 수도 있고, 기후 위기 때문일 수도 있고, 공장식 축산 때문일 수도 있다. 어느 쪽이든 채식인의 철학과 의지는 윤리적 차원뿐만 아니라 법과 제도의 차원에서도 존중받아야 한다.

나는 요즘 관심을 갖고 있는 동물권, 그중에서도 동물이 구속당하지 않을 권리에 대해 이야기했다. '사육'이라는 미명 아래 수많은 동물들이 평생을 갇혀 시낸다. 좁은 철창에서 쓸개즙을 만드는 도구로 전락한 곰들의 참혹한 실상이 여러 차례 보도된 적도 있다.

야생에서 살아가는 동물은 갇혀 지내는 것 자체를 모른다. 두 발이 닿는 한 자유롭게 달리고 두 손이 닿는 한 자유롭게 매달리며 강이 흐르는 한 자유롭게 헤엄친다. 오직 인간만이 야생동물의 생존권을 각종 이유로 침범하고 박탈하는 것이다.

아무리 좋은 음식을 준다고 해도, 동물원을 비롯한 여러 기관에서 만든 철망이나 우리는 동물의 자유를 빼앗은 종신형 감옥일 뿐이다. 특히 거울에 비친 존재가 자기 자신임을 아는, 지능이 뛰어난 돌고래나 고래 그리고 유인원은 속박을 견디지 못해 정신병을 앓거나 이상 행동을 보이는 경우도 많다.

인류가 최상위 포식자라고 해서 지구에서 살아가는 생명체를 마음대로 처결해선 안 된다. 인간을 중심에 두고 생물들을 도구처럼 다루다간 심각한 재앙을 겪을 것이다. 최근 반복해서 등장하는 전염병들은 인류가 지나치게 야생동물과 그들의 서식지에 접근하고 간섭하고 심지어 그 전부를 파괴해 온 결과이다.

인류가 지켜야 할 가장 간단하면서도 중요한 태도는 거리 두기다. 야생동물을 우연히 만나더라도 함부로 다가가거나 만지지 않는 것이다. 산림과 습지를 노는 땅 취급하며 거기에 도로를 만들고 인간을 위한 주거공간을 짓지 않는 것이다. 사람은 사람답게 살아야 하고 야생동물은 야생동물답게 살아야 한다. 이 대표가 고개를 끄덕이며 말했다.

"침실습지나 곡성의 골짜기들도 자연 생태계가 유지되도록 해야 합니다. 사람이 끼어들면 엉망이 되고 말아요. 도시의 확장은 공멸입니다. 최소한 여기서 멈춰야죠. 그리고 인류의 자리를 차츰 줄여 나가야 합니다."

밥과 함께 연대한다

독수리의 두 날개라고나 할까. 미실란은 최고의 기술력을 자랑하며 곡류 가공 전문 업체로 꿋꿋하게 나아가고, '飯하다'는 밥 카페와 반찬 전문 업체로 성장하는 것이 이 대표의 바람이었다. 미실란과 인연을 맺은 예술가나 시민운동가, 채식주의자나 교육자나 공무원들은 비슷한 이야기를 한다. 이런저런 이유로 '飯하다'에 왔다가, 맛에 반하고 들녘 풍경에 반하고 미실란에서 일하는 사람들에게 반하게 되었다고.

이제 '飯하다' 없는 미실란은 상상하기 힘들다. 미실란이 사시사철 친환경 생태 교육이 가능한 곳, 글과 그림과 음악을 비롯한 다양한 문화 활동을 벌이는 곳으로 나아가는 데 '飯하다'는 든든한 버팀목이 되고 있다.

이 대표와 남 이사는 '飯하다'를 통해 새로운 판을 꿈꾼다. 생산자와 요리사는 물론이고 예술가와 학자 그리고 소비자까지 모두 참여하여 배우고 익히며 즐기는 판을 만들려는 것이다. 곡성에서 맛 콘서트를 열고 서울에서 '대지의 밥상'을 비롯한 자리를 마련한 것도 이를 위한 준비였다. '밥'을 중심에 두고 더 나은 마을, 더 나은 지구를 만들어가기 위한 노력을 기울이려는 것이다.

'연대성은 한 사람이 다른 사람을 만나 서로 다름이나 한계를 뛰어넘는 형제애의 마음으로 상호 관계를 맺고 서로 격려하며 공동선을 함께 추구해 나가도록 하는 자세'라고, 일찍이 프란치스코 교황도 말씀하셨다.[2] '飯하다'는 그 연대를 시작하기에 가장 좋은 곳이다.

기오리를
아십니까?

    이 대표를 따라 미실란 마당을 산책하던 초가을날이었다. 하늘은 높다랗게 푸르렀고, 추수를 기다리는 들녘은 바라보는 것만으로도 배가 불렀다. 고개 숙인 벼들이 선들바람을 따라 인사를 건네듯 흔들렸다. 텃밭 옆 우리에 닿았다. 수탉 다섯 마리와 토끼 두 마리가 무심하게 쉬는 중이었다.

  멀리서 개들이 짖었다. 그가 손을 흔들자 곧 잠잠해졌다. 검은 동자가 보이지 않을 만큼 눈이 작아지며 눈귀가 올라갔다. 꺼내고 싶은 이야기가 떠오른 것이다.

  "기오리라고 들어보셨습니까?"

  "뭐라고요? 가오리?"

"아뇨. 기오리."

"기⋯오리?"

"맞습니다. 기오리!"

"금시초문입니다. 뭡니까, 기오리가?"

그리고 기오리의 탄생비화가 펼쳐졌다.

"기러기 세 마리를 얻어 와서 키웠습니다. 수컷 둘에 암컷 하나. 앞마당을 온종일 돌아다녔죠."

"애완용으로 기러기를 키웠단 말씀이신가요? 날아가버리지 않습니까?"

"그냥 두면 산이고 들이고 날아가겠죠. 가장 큰 날개 깃털을 좌우 각각 서너 개씩 뽑으면, 날지를 못합니다."

"그렇습니까? 몰랐습니다."

내가 모르는 것을 이야기할 때 그는 더 신바람을 냈다.

"기러기들이 오기 전에, 오리를 한 마리 키웠어요. 사연 많은 녀석입니다. 아내와 두 아들을 태우고 미실란으로 오던 길이었어요. 오리를 잔뜩 실은 트럭이 앞에 가더군요. 한데 그 트럭에서 오리 한 마리가 툭 떨어지는 겁니다. 쩔뚝쩔뚝 발을 절더군요. 차들이 쌩쌩 다니는 도로라서 무척 위험했습니다. 아이들이 오리를 구하자고 했고 제 마음도 같아서, 급히 내려 오리를 품고 차에 탔습니다. 이것도 인연이다 싶어 미실란에서 키우기로 했습니다. 부목을 대고 다리를 묶어줬죠. 며칠 지나지 않아 뼈가 잘 붙었는지, 오리는 쩔뚝대지 않고 신나게 뛰었답니다. 토끼나 닭들과 한 우리에 넣어뒀다가, 기러기들이 오고 나선 같이 키우기 시작했죠.

오리가 수컷인데 처음엔 무척 얌전했습니다. 기러기들이 활개를 치면 구석에 조용히 머물렀죠. 워낙 덩치가 차이가 나니까요. 기러기들이 앞서 가면 뒤따라 걷고, 기러기들이 배를 채울 때까지 기다렸다가 제 몫을 겨우 챙기곤 했답니다. 한데 숫기러기 두 마리가 암기러기를 차지하려고 다투면서 상황이 달라졌죠.

숫기러기들 싸우는 거 보신 적 있습니까? 정말 목숨을 걸고 죽일 듯 달려듭니다. 살이 찢기고 피가 튑니다. 너무 심하게 싸우면 제가 끼어들어 말리기도 하죠. 한데 마침 그때 미실란에 급한 용무가 많아서 하루이틀 신경을 못 썼습니다. 우리에 갔더니 숫기러기 두 마리가 쓰러져 있더군요. 진 쪽도 이긴 쪽도 힘을 다 쏟는 바람에 제대로 움직이질 못했습니다.

그때 오리가 본색을 드러냈습니다. 진 쪽은 물론이고 이긴 쪽 기러기까지 부리로 쪼며 맹공을 퍼붓더군요. 최후의 승자는 오리였습니다.

다음 날부터 오리가 암기러기와 함께 다니더군요. 둠벙에 나란히 가서 물도 마시고 마당도 활보했죠. 숫기러기들은 처량하게 한참 떨어져서 암기러기와 오리를 따르기만 했어요. 숫기러기들이 반격을 하지나 않을까 기다렸지만 그런 날은 오지 않았습니다. 암기러기도 오리가 마음에 드는지 딱 붙어 떨어지려 하지 않았어요.

그러다가 암기러기가 알을 낳았고, 그 알이 부화되어 새끼가 태어났습니다. 한데 그 새끼의 얼굴이 딱 오리 얼굴인 겁니다. 오리와 암기러기의 뜨거운 사랑을 꾸준히 지켜본 저로선 그 새끼가 수컷 오리와 암기러기 사이에서 났다고 처음부터 확신했습니다. '기오리'라고 말입니다. 하지만 아내와 두 아들 그리고 회사 직원들은 믿지를 않더군요. 아무리 그래도 어떻게 오리와 암기러기 사이에서 새끼가 태어날 수 있느냐고.

두고 보기로 했죠. 제 말을 당장 믿어주질 않으니 많이 억울했습니다. 하지만 시간은 제 편이었죠. 기오리는 다 자란 뒤에도, 숫기러기나 암기러기는 물론이고 오리보다도 작더군요. 그리고 얼굴은 점점 더 오리와 비슷해졌습니다. 비슷한 게 아니라 그냥 오리였어요. 걸음걸이도 기러기가 아니라 오리였고요.

결국 가족과 직원들도 이 녀석을 '기오리'라고 부르게 되었습니다. 저는 논쟁을 더 하진 않았습니다. '기오리'라고 부르는 것 자체가, 기러기와 오리의 사랑으로 낳은 생명이란 걸 뜻하니까요.”

나는 우리에 갇힌 닭과 토끼를 보며 물었다.

“기러기는 수명이 어느 정도나 됩니까?”

“야생 기러기는 30년 정도죠.”

“오리는요?”

“20년!”

아직 살아서 마당을 뛰어다닐 나이였다.

“암기러기를 오리에게 빼앗긴 숫기러기들은 어디 있나요? 오리에게 마음을 준 암기러기는요? 오리는요? 그리고 오리와 기러기 사이에서 태어난 기오리는요?”

이 대표가 한숨을 몰아쉬더니 우리를 떠나 잠시 걸었다. 정문 가까이에서 개 한 마리가 심하게 짖었다. 이 대표가 다가가자 언제 그랬냐는 듯이 꼬리를 흔들며 반겼다. 몽실이였다.

"기오리를 보여드리면 참 좋았겠습니다만, 몽실이가 보기보단 무척 사납거든요. 어느 날 줄이 풀리는 바람에 마당을 제멋대로 누볐죠. 기오리부터 공격해서 죽여버렸어요. 기러기들과 오리도 많이 다쳤고요. 결국 시름시름 앓다가 전부 세상을 떴죠."

"다 죽었다고요?"

그가 내 눈에 스친 의심의 빛을 놓치지 않았다.

"몽실이에게 엄벌을 내렸죠. 사흘이나 굶기고 다른 개들로부터 멀리 떨어진 여기에 묶어뒀습니다. 몽실이 너 그때 왜 그랬어? 왜 다 물어 죽였어?"

몽실이는 대답 대신 꼬리만 흔들어댔다. 그는 핸드폰에서 사진 한 장을 찾아 내밀었다.

"물증을 보여드리죠. 이 녀석이 기오리입니다. 여기 뒤에 아빠 오리랑 엄마 기러기 보이시죠?"

사진에 담긴 기오리는 과연 기러기나 오리보다 훨씬 작았다. 정말 암컷 기러기와 수컷 오리 사이에서 태어난 걸까. 기오리가 생물학적으로 가능하냐고, 그날 그곳에서 따져 묻진 못했다. 그가 마당과 둠벙을 쓸쓸하게 훑었기 때문이다. 오리와 기러기 한 쌍이 정답게 걷던 길이었고 아장아장 기오리가 뒤따르던 길이었다.

다양한 동식물이 함께하다

미실란에 가면 다양한 동식물을 언제라도 만날 수 있다. 들녘에는 벼가 자라고, 각종 곤충과 개구리와 두꺼비와 뱀이 논두렁과 둠병을 오간다. 사계절 푸르른 소나무 아래 개들이 짖고, 닭과 토끼가 함께 저녁과 새벽을 맞이한다. 사람과 동식물이 만나는 장이면서 또한 동식물끼리 서로 영향을 주고받는 시간이다.

다양한 동식물과 함께하는 삶은, 퇴임 후 김해 봉하마을로 내려간 노무현 전 대통령이 다음과 같이 둠병에 관심을 쏟은 이유이기도 하다.

둠병을 복원했다. 둠병을 파고 도랑과 논두렁을 넓고 높게 만들었다. 요즘 논두렁은 너무 낮고 좁다. 기계로 농사를 지으니 옛날처럼 지게 지고 논두렁 길을 걸을 일이 없다. 조금이라도 더 심으려고 논두렁을 낮고 좁게 만든 것이다. 논두렁콩도 요즘은 심지 않는다. 논두렁이 논두렁이 아니라 땅 경계선처럼 가늘어졌다. 그런데 논두렁에서 산란하는 곤충이 있다. 도랑도 넓고 깊게 파야 미나리도 자라고 미꾸라지도 살 수 있다. 거기에 반드시 둠병이 있어야 한다.[3]

다채롭게 어울리는 마당에서 웃음과 울음, 사랑과 미움, 탄생과 죽음, 협력과 경쟁의 이야기가 펼쳐진다. 기오리는 그 속에서 피어난 작은 이야기꽃인 것이다.

사람과 동식물이 만나는 장이면서 또한
동식물끼리 서로 영향을 주고받는 시간

도깨비와 함께
물고기를!

도깨비 이야기를 듣지 않고 자란 아이는 없을 것이다. 도깨비와 씨름도 하고, 도깨비불을 쫓기도 하고, 도깨비 방망이에서 금은보화가 나오기도 하는 이야기들!

대학원에서 고전서사를 전공하며 도깨비를 더 자주 접했다. 『구비문학대계』를 대충 훑어보아도 방방곡곡 도깨비 이야기가 없는 곳이 없었다. 게다가 도깨비는 이야기 속에만 존재하는 것이 아니라 농부나 어부의 삶에 깊이 들어가 있었다. 수많은 마을에서 도깨비굿이 열렸던 것이다. 도깨비는 풍어나 풍년을 주는 숭배의 대상이기도 했고 돌림병을 만드는 배척의 대상이기도 했다.

곡성 도깨비는 어전(漁箭, 어살이라고도 한다)과 함께 등장한다. 어전은 하천이나 바다에서 나무나 돌로 발을 설치하여 물고기를 잡는 방법이다. 섬진강 어전은 모두 돌을 쌓아 만든 독살이다.

섬진강 두가어전(豆可漁箭, 두계어전이라고도 한다)을 처음 만든 이야기에는 여말선초 곡성 출신 장수 마천목(馬天牧)이 주인공이다. 두가어전을 도깨비와 연결시킨 최초의 기록은 1793년 편찬된 「곡성읍지」인데, 마천목 장군이 귀신을 부려 어전을 만들었다는 것이다.[4]

강성복, 박종익의 「섬진강 유역의 어살 연구」에 의하면, 20세기 초까지 섬진강 지류인 대황강에서 순자강 하류까지 운영되던 어전은 무려 열한 개다. 그 중에서 도깨비가 쌓았다고 전하는 어전은 두가어전과 살뿌리어전이다. 살뿌리어전을 만든 이는 임진왜란 때 남원에서 의병을 일으킨 양대박(梁大樸)이다.

위 두 어전에 도깨비 이야기가 전하는 이유는 무엇일까.

첫째, 섬진강에 사선으로 돌을 쌓는 것은 사람이 하기엔 매우 힘든 일이었다. 도깨비의 도움이 필요하다는 말이 저절로 나올 만큼!

둘째, 두가어전과 살뿌리어전의 독살이 매우 튼튼했다. 홍수로 강이 범람하여 농작물이나 가축 혹은 집까지 떠내려가도 독살이 건재했다. 도깨비의 신통력 덕분이 아닐 수 없다.

셋째, 도깨비는 풍어를 가져오는 신(神)이다. 어전을 운영하는 살 주인을 중심으로 봄과 가을에 도깨비 고사를 빠짐없이 지냈다. 어전을 완벽하게 만들었더라도 물고기들이 오지 않으면 헛수고인 것이다. 가을 은어는 곡성의 자랑이었다. 임금님 수라상에 곡성 은어가 올라갔다는 기록이 남아 있다.

도깨비 고사 때 빠지지 않는 음식이 메밀묵이다. 도깨비가 특히 메밀을 좋아해서 냄새만 맡고도 춤을 춘다는 것이다. 도깨비 고사를 정성껏 올리지 않는 바람에, 물고기가 제때 원하는 만큼 오지 않거나 독살이 터져 고기잡이를 못했다는 이야기도 두루 퍼졌다.

어전을 통한 물고기잡이는 사라졌지만, 독살 중 일부는 아직 남아 있다. 도깨비들이 만든 어전으로 은어를 잡은 곳이 곡성이니, 도깨비 마을이 하나쯤 있다 해도 이상한 일이 아니다.

이 대표와 두가어전을 돌아본 뒤, '섬진강 도깨비마을'로 향했다. 동화작가이기도 한 김성범 촌장이 2005년부터 마을을 꾸려가고 있다.

도깨비 숲길로 접어들었다. 김 촌장이 직접 만든 각종 도깨비 조각상과 도깨비에 관한 질문들이 숲길 곳곳에 놓여 있었다. 인간 세상을 떠나 도깨비가 사는 마을로 점점 다가가는 기분이 들었다.

도깨비 전시관은 도깨비에 관한 각종 자료와 조각들로 가득했다. 특히 마천목 장군의 초상과 함께 두가어전에 관한 기록이 상세했다. 김 촌장은 두가어전을 소재로 『도깨비살』이라는 동화를 출간한 적도 있다. 도깨비 관련 책만 따로 모은 작은 도서실 겸 무인카페에서 담소를 나눴다. 이 대표가 섬진강 도깨비마을과의 인연을 먼저 이야기했다.

"미실란도 섬진강 도깨비마을도 고현석 군수님 권유로 들어오게 된 겁니다. 비슷한 때에 함께 곡성에 자리를 잡았지요. 그 외에도 몇 팀이 더 왔는데, 15년을 지나고 나니 이제 둘만 남았습니다."

김 촌장이 이어 말했다.

"벌써 그렇게 되었네요. 곡성에서 도깨비마을을 꾸린다는 게 쉽지만은 않았습니다. 힘든 고비도 있었지요. 하지만 도깨비들이 쌓았다는 독살이 섬진강에 여전히 있는 걸 어떻게 합니까? 마천목 장군을 도운 도깨비들이 저도 틀림없이 도와주리라 믿었죠."

나는 물었다.

"도깨비의 어떤 점에 매력을 느끼셨나요?"

"도깨비는 순수합니다. 장난꾸러기들이라서 사람들을 난처하게 만들기도 하지만, 마음은 섬진강 강물처럼 맑죠. 사람이 도깨비에게 친절을 베풀면 도깨비는 열 배 백 배를 갚아요. 전시관 앞에 있는 도깨비 '닷냥이' 보셨죠? 닷냥을 그 녀석에게 주면, 다음 날도 그다음 날도 계속 와서 닷냥을 갚습니다. 꿔 간 돈은 기억하지만 갚은 돈은 기억을 못하는 거죠. 도깨비도 사귀고 숲 생태도 공부하기에, 여기보다 좋은 곳은 없습니다."

곡성을 오가기 전엔 골짜기로 겹겹이 둘러싸인 산촌만 떠올렸다. 직접 걸어본 곡성은 골짜기만큼이나 강과 시내가 많았다. 그 강을 젖줄기 삼아 대대로 논과 밭을 일군 것이다. 강 위로는 배가 다녔고 강 밑으로는 물고기들이 뛰놀았다. 가끔은 도깨비들이 배를 탄 사람과 수중의 물고기 사이를 오가기도 했다. 도깨비가 사람을 도울 법하고 사람이 도깨비를 도울 법한 곳, 흙을 닮고 골짜기를 닮고 강을 닮은 이들이 모여 사는 마을이 바로 곡성이다.

여기까지

왔고

여기서부터

시작이다.

마음을

베어 눕히는

시간!

4장

———

추수

추수할 때는
파종을 걱정하다

처음에는 조급함이라고 여겼다. 추수할 때 파종을 걱정하는 것은, 파종하며 넉넉한 추수를 상상하는 것과 무엇이 다른가.

아무리 풍년이 들더라도 부족함을 느낀다고 했을 때는 욕심꾸러기인 줄 알았다. 무엇이 부족하냐고 물었더니, 한 시간이나 설명을 늘어놓았다. 완벽주의자인 것도 같다. 부족한 부분이 늘 보이니 속이 상하겠다고 맞장구를 쳤다. 그는 내년에 파종을 다시 할 것이라서 괜찮다며 느긋하게 웃었다. 가을 들녘에서 그의 이야기는 이렇게 봄 파종에 미리 가 닿았다.

소설가로서 내가 가장 아끼는 문장은 '반복은 아름답다'이다. 이 제목으로 짧은 에세이를 쓴 적도 있다. 장편소설을 출간하려면 최소한 200자 원고지 천 매를 채워야 하고, 다섯 권 이상의 대하소설을 내려면 원고지 오천 매가 필요하다. 그렇게 긴 소설을 어떻게 쓰느냐는 질문을 받을 때면 저 문장을 떠올린다. 반복이 아름답다고 믿으시면 됩니다.

나는 작업실에 가면 매일 세 가지를 반복한다. 우선 따듯한 물을 받아 양손을 넣는다. 손가락과 손목 관절을 풀어주면서, 뇌의 속도와 손가락의 속도를 맞추기 위해서이다. 그 다음은 원두커피를 갈아 내려 마신다. 발자크가 '검은 석유'라고까지 칭송했던 커피를 아침마다 마시다 보니, 개화기 러시아 커피를 둘러싼 로맨스소설『노서아 가비』까지 쓰게 되었다.

마지막은 첼로 음악을 튼다. 대중가요나 가곡은 노랫말이 자꾸 원고에 섞여서 안 되고, 피아노나 플루트는 마음을 들뜨게 해서 피했다. 바깥세상이 아무리 화려하고 신나더라도 홀로 골방에서 묵직하게 가라앉아 작업을 이어가는 데는 첼로가 가장 어울렸다. 그중에서도 바흐의 무반주 첼로 모음곡을 듣고 있노라면, 홀로 광야를 뚜벅뚜벅 걸어가는 여행자처럼 외로우면서도 당당해졌다.

반복 속에서 하루하루를 채워가다 보면 천 매도 넘고 오천 매에도 이르는 것이다. 소설은 아무리 길더라도 끝이 나지만 소설가의 삶은 계속된다. 작품을 완성하기 위해 최선을 다했더라도 아쉬움이 남는다. 아쉬움을 채우려면 새 소설을 다시 시작할 수밖에 없다. 추수 때 파종을 걱정하는 농부처럼.

하루하루의 반복

농부는 혁명가가 될 수 없다는 이야기를 읽은 적이 몇 번 있다. 그 문장에서 근거 없는 비난과 경멸을 덜어내고 나면, 농부만의 독특한 삶이 머문 자리가 만져진다. 단번에 세상을 바꾸려 한 혁명가는 많고, 그 꿈을 실현한 혁명가는 매우 적다. 농부는 단번에 일확천금을 꿈꾸지 않는다. 해마다 모자라는 부분을 고쳐가며 조금씩 더 나은 농사를 지으려 한다.

농부는 농부대로, 땅은 땅대로, 농작물은 농작물대로 고칠 부분이 있고, 농부와 땅, 땅과 농작물, 농작물과 농부의 관계에서도 손볼 데가 있으며, 농부와 땅과 농작물의 상호작용에서도 점검할 구석이 적지 않다. 농부와 땅과 농작물이 조화를 이루더라도, 햇볕과 비와 바람의 변화에 따라 농사는 또다른 결과를 낸다. 아무리 대풍이 들더라도 농부의 마음은 완벽하게 채워지지 않는다. 추수한 들판에 서서 내년 봄 더 나은 농사를 상상하는 이가 바로 농부다.

농부가 혁명가가 아니듯 소설가도 혁명가가 아니다. 완벽한 작품을 꿈꾸지만 결코 그날은 오지 않는다. 30대엔 출간 후 내 소설을 읽지 않으려 했다. 두려움 탓이다. 읽다 보면 부족한 부분이 보이고, 왜 진작 이 문장과 저 장면을 보완하지 않았을까 후회스러웠던 것이다. 그런데 소위 걸작을 써낸 소설가들도 비슷한 두려움에 시달려왔다. 그들이 남긴 편지나 일기에서, 이번엔 부족했지만 다음엔 제대로 해보겠다는 결심을 발견하는 것은 어렵지 않다.

그러므로 소설가에게 반복은 축복이다.

새 작품을 처음부터 다시, 그러니까 0매부터 시작할 수 있다는 것은 그야말로 다행이다. 구상을 하고 초고를 쓰고 퇴고를 거쳐 다시 작품 하나를 완성해 나간다. 혹자는 반복이 지겹지 않느냐고 묻는다. 이 질문은 이 대표에게도 똑같이 던질 수 있다. 파종부터 추수까지 이어지는 벼농사가 지겨울까.

또하나의 장편소설, 또 한 번의 벼농사에서 새로운 차이를 발견하지 못하면 지겨울 법도 하다. 그러나 지난번 소설이나 벼농사와는 다른, 미세하지만 중요한 차이를 깨닫고 하루하루의 반복에 녹인다면, 지겨움은 사라지고 매 순간 집중하게 된다.

소멸에 맞서는 태도도 마찬가지다. 단번에 획기적인 변모를 꾀하지 않으며, 꿈이 완성될 날을 미리 정하지도 않는다. 올해가 안 되면 내년에 하면 되고, 내가 하다가 안 되면 아들 세대나 손자 세대에 하면 된다. 옳은 방향으로 계속 나아갈 것이기 때문에 당장 성과가 나지 않더라도 실패는 아닌 것이다. 파종도 추수도 이 거대한 순환 속에 있다. 어느 것도 절대적인 자리가 아니다. 파종이 시작이 아니듯 추수도 끝이 아닌 것이다.

대단하지 않더라도, 문제점이 노출되더라도, 당장 대안이 없더라도 추수를 이야기해 보려는 이유가 여기에 있다. 벼농사를 한 해 동안 무사히 지었다는 사실이 중요하며, 추수를 즈음하여 잠시 멈춰서서 뒤를 돌아보고 앞을 내다본다는 것 자체가 중요하다. 추수와 함께 끝을 맺는 것이 아니라 다시 시작점에 서려는 것이다.

지방이 사라지고 있고, 지방 중에서도 농촌 인구가 큰 폭으로 줄면서 특히 젊은이들을 보기 어려워졌다. 농사 중에서도 경제성이 떨어진다며 벼농사 면적이 해마다 줄고 있으며, 함께 모여 생각과 느낌을 주고받고 삶을 나누는 공동체도 많이 없어졌다.

소멸은 따로따로 진행되는 것이 아니라 엮여 있다. 하나가 넘어지면 그 방향으로 잇달아 쓰러지는 도미노 같다. 소멸의 도미노 혹은 소멸의 파도에 맞서 버티기란 쉽지 않다. 대다수가 인정하는 방향을 혼자 받아들이지 않아야 하고 버티면서 살아남아야 한다.

이 대표와 미실란은 15년을 어떻게 살아남았을까. 그 길에 어떤 색깔을 입히고 어떤 향기를 묻혔을까. 올바른 결정이었다고 평가하는 부분은 무엇이며 아쉽고 부족하다고 판단하는 대목은 어디인가. 올해까지 해마다 반복해서 땀 흘려 일하며 거둔 성과물을 펼쳐두고 이 질문들을 되짚으며 내년의 파종을 상상하려 한다. 더 낫고 더 아름다운 반복을!

한 톨의 흙에서
한 세상을 맛보다

흙에 대한 첫 기억을 떠올려보라.

언제? 어디서? 어떻게 했는가?

만졌는가, 밟았는가, 깔고 앉았는가?

나는 흙과 함께 개미들이 떠오른다. 창원시가 아직 마산시 창원군이었던 시절, 다섯 살 즈음이었다. 앞마당에 나가 웅크리고 앉았는데, 땅바닥에 난 작은 구멍에서 개미 한 마리가 기어나왔다. 잠시 뒤 또 한 마리, 또 한 마리! 그렇게 스무 마리쯤이 어지럽게 돌아다녔다. 개미가 더 나올까 기다렸지만 그게 다였다. 구멍을 쳐다보며 무엇인가를 기대하는 것이 좋았다. '기다림'이라고 하면 떠오르는 풍경이다.

이동현 대표의 흙에 대한 첫 기억은 나보다 훨씬 강렬하다. 흙을 맛본 것이다. 어머니를 따라 고구마 밭에 갔다가 흙을 집어 혀에 갖다 댔다. 그 맛이 무척 달았다. 조금 더 자라서는 뒷산에 나무 하러 올라갔을 때, 떨어진 솔잎을 이리저리 치우곤 그 아래 흙을 또 맛보았다. 그 흙은 새콤달콤했다. 흙을 더럽다고 생각한 적은 없었다. 나무가 제각각이고 꽃이 제각각이듯 흙도 제각각이라 여겼다. 나무와 꽃을 맛보듯 흙도 맛봤다. 맛으로도 충분히 구별이 가능했던 것이다. 언제나 함께 살아가는 존재가 바로 흙이었다.

흙과 물! 이 둘은 그의 어린 시절에 매일 등장했다. 흙을 밟지 않고는 한 걸음도 뗄 수 없었고, 집 앞 시내에선 언제나 경쾌한 물소리가 들렸다. 주변 흙들은 젖어 있었다. 벌레들이 기어다녔고 두더지나 뱀이 출몰하기도 했다. 흙의 친구들이었다.

도시에서 나고 자란 이들은 흙과 물로부터 멀어졌다. 고쳐 말하자면, 도시의 흙과 물은 정해진 곳에만 있어야 했다. 아파트 놀이터 한 구석에 깨끗하다고 인정받은 모래흙을 둔다거나 자전거길과 자전거길 사이로 개천을 정비하여 물이 흐르도록 하는 식이다. 관리되지 않은 흙과 물은 병균이 담긴 것으로 간주되었다. 흙과 물이 뒤섞인 진흙이거나 얕은 웅덩이일 경우는 더더욱 위험했다. 도시에서 나고 자란 어린이 중에서 흙 맛을 본 이가 몇이나 될까.

어디서나 만나는 흙과 어디로 가야만 만나는 흙은 다르다. 도시에선 언제나 자유롭게 흙을 만지고 느끼는 것이 아니라, 짧은 시간 정해진 틀 안에서 흙을 배우는 경우가 대부분이다.

내가 흙에 대한 첫 기억을 개미와 함께 떠올린 것은 흙의 속성에 비춰 당연하다. 옛날부터 흙은 미생물, 곤충, 동물, 식물과 함께였다. 도시에서 흙을 관리한다는 것은 흙의 다양한 친구들 중에서 일부 혹은 전부를 배제시킨다는 뜻이다. 벌레 한 마리 살지 않는, 흙뿐인 흙이 도시에서 점점 늘고 있다.

도시의 흙이 천편일률적인 데 반하여 농촌의 흙은 다양하다. 산의 흙이 다르고 강의 흙이 다르며, 논의 흙이 다르고 밭의 흙이 다르며, 마당의 흙이 다르고 둠벙의 흙이 다르며, 돌담 앞 양달의 흙이 다르고 돌담 뒤 응달의 흙이 다르다. 또 곳곳의 흙들은 봄과 여름과 가을과 겨울에 따라 변화를 거듭한다. 변화를 만들기도 하고 변화에 영향을 받기도 하며, 미생물과 곤충과 동물과 식물이 흙에서 나타나기도 하고 사라지기도 한다.

'대지'란 단어가 멋지게 들리던 시절이 있었다. 펄 벅이란 미국 소설가가 쓴 아주 긴 소설 제목이기도 했다. 그러나 지금 나는 이 단어를 거의 쓰지 않는다. 일부러 피한다.

대양이나 대륙처럼 대지라는 단어를 쓰면, 광활함은 드러나겠지만 다채로움은 사라진다. 대지로 통칭하기엔 거기에 깔린 흙이 너무 많고 너무 다르다. 그 땅을 가꾸는 농부의 성격에 따라서도 다르고, 심고 가꾸는 농작물에 따라서도 다르다. 산이나 언덕에 올라서서 끝도 보이지 않는 땅을 '대지'라고 부르는 것은, 그 땅에서 나고 자라서 일한 농부의 목소리는 아닌 것이다. 농부들은 '대지'로 묶인 넓디넓은 땅을 백 가지, 아니 천 가지로 나눠 이야기한다.

흙의 친구들

모내기를 위해 논으로 들어가는 농부의 부푼 마음을 떠올려보라. 추수까진 힘거운 고비들이 남았지만, 물 댄 흙을 밟는다는 것만으로도 벅차오른다. 흙과 힘을 합쳐 벼를 키워보겠다는 의지를 굳게 다지기도 한다.

이 대표와 처음으로 손 모내기를 할 때 일이다.

내가 장화를 신느라 논두렁에서 잠시 버둥거리는 동안, 이 대표는 바지를 무릎까지 걷고 맨발로 뛰어들었다.

"차갑지 않나요?"

"부드럽고 따듯합니다. 시멘트 바닥을 밟는 서늘함과는 완전히 다르죠. 저는 이 뭉클뭉클한 논바닥이 좋습니다. 제 가슴도 뭉클뭉클해지거든요. 장화를 신으셔도 상관없지만, 그냥 저처럼 들어와보시죠? 논에 담긴 물과 흙을 맨살로 느껴보세요."

장화를 벗지 않고 다시 물었다.

"거머리… 없나요?"

"있죠. 많이."

"물지 않습니까, 맨발인데?"

"물 틈을 주지 않으면 됩니다."

"틈을 주지 않는다고요?"

"어머니가 그러셨습니다. 게으른 농부만 거머리에게 물린다고요. 모를 낼 때 게으름 피우며 느릿느릿 걸으면 거머리들이 들러붙겠죠.

빨리빨리 몸을 놀려 모를 심고 나아가면 거머리가 붙질 않습니다. 이 논에서 벼농사를 시작한 뒤로 거머리에게 물린 적은 단 한 번도 없습니다. 그러니 들어오세요, 걱정 마시고."

거머리에게 단 한 번도 물린 적이 없다는 이야기는 믿기 힘들었지만, 장화를 벗고 반바지로 갈아입은 뒤 이 대표를 따라 맨발로 들어갔다. 바삐 손 모내기를 마치고 보니, 필연인지 우연인지 그날은 정말 거머리에게 피를 빨리지 않았다. 몽클몽클한 논을 맨발로 다니느라 신경이 온통 곤두서긴 했다.

논의 흙은 사계절 내내 변하지만, 그 흙에 대한 이 대표의 태도는 한결같다. 흙이 흙끼리 사귀고, 흙이 또 벼와 사귀고, 흙이 미생물과 곤충과 작은 동물과 사귈 때까지 시간을 주고 기다려야 한다는 것이다. 충분히 사귀기도 전에 농부가 끼어들면 벼가 제대로 자라질 못한다. 흙이 논의 친구들과 우정을 쌓을 때까지 기다린 후, 사람은 제일 나중에 손을 내밀면 된다.

논에 물을 댄 후에도, 흙이 물을 받아들여 섞일 때까지 최소한 사흘은 기다려야 한다. 모내기를 마치고 나면 작고 여린 뿌리를 붙잡아주는 것은 오로지 흙이다. 뿌리가 쓰러질까 염려하여 너무 깊이 심으면 모의 대부분이 물에 잠기고, 너무 얕게 심으면 모가 실바람에도 쓰러진다. 적당히 심되 흙을 믿어야 한다.

뿌리와 흙의 사귐은 추수를 마칠 때까지 멈추지 않고 이어지면서, 깊고 넓어진다. 뿌리는 자랄수록 더 멀리 뻗고 더 많은 흙을 움켜쥔다. 그렇게 흙과 치열하게 사귀는 뿌리는 옆 벼의 뿌리와도 만난다. 지상에서만 보면 농작물이 각자의 자리에서 따로따로 꼼짝도 하지 않는 듯하지만, 지하에선 긴밀하게 뿌리로 만나 사귀며 시시콜콜한 소식부터 중요한 정보까지 주고받는다. 흙이 없다면 불가능한 만남이다.

모내기 전엔 푹푹 빠지던 논흙들이 추수 즈음엔 꾹꾹 힘주어 밟아도 들어가지 않는다. 흙과 뿌리가 완전히 하나가 되어 단단한 층을 만든 것이다.

제초제를 사용하는 논과 친환경 농법을 따르는 논을 쉽게 구별하는 방법을 아는가. 쥐나 개구리나 뱀 같은 동물들, 물자라나 물방개나 소금쟁이 같은 곤충들이 보이지 않으면 제초제를 사용한 논이다. 독한 약은 잡초뿐만 아니라 곤충과 작은 동물까지 죽여 없앤다.

그는 미실란의 논에 멸종위기야생동식물 2급인 긴꼬리투구새우가 산다는 자랑을 종종 했다. 유치원생이나 초등학생들이 견학을 오면 논에서 긴꼬리투구새우를 꼭 보여줬다. 투구새우과에 속하는 갑각류로 눈이 세 개이고 예순 개의 발로 논바닥을 파헤치며 돌아다닌다. 3억 5천만 년 전, 고생대 제5기 석탄기에 등장하여 지금까지 멸종되지 않고 살아남았다. 이 끈질긴 녀석이 가장 많이 보이는 때는 모내기철이며, 논의 잡초를 부지런히 오가며 먹다가 초여름에 알을 낳고 죽는다.

논에 긴꼬리투구새우와 같은 갑각류가 살고, 쥐나 개구리나 뱀이 돌아다니는 것은 생태계가 제대로 돌아간다는 증거다.

흙이 흙끼리 사귀고, 흙이 벼와 사귀고, 흙이 미생물과 곤충과
작은 동물과 사귈 때까지 시간을 주고 기다려야 한다.
사람은 제일 나중에 손을 내밀면 된다.

논 만다라

흙을 맛보고 만지고 밟고 냄새 맡으며 어린 시절을 보낸 이 대표는 궁금했다. 이 맛, 이 냄새, 이 촉감을 지닌 흙들이 어떤 이름을 지녔고 어떻게 만들어졌으며 어디에 쓰이는지 알고 싶었던 것이다. 그가 고흥군 오월리에서 다닌 초등학교 도서실에는 흙과 생물을 다룬 과학책은 없었고 위인전만 가득했다. 농촌의 산천과 전답을 돌아다니고, 그 체험을 과학책을 통해 이해한 후, 다시 체험하러 밖으로 나가는 선순환은 일어날 수 없었다.

그래서 소년 이동현은 농촌의 산천과 전답을 돌아다니고, 그 체험에 상상을 덧붙여 이야기를 만든 후, 다시 체험하러 나갔다. 그때 만든 이야기에서 논흙은 물과 긴꼬리투구새우와 벼와 개구리와 뱀과 또 농부와 친구로 지내며 흥미진진한 모험을 벌이기도 했다.

그때부터 지금까지 그는 이야기를 즐긴다. 논에 사는 생물이 다양한 만큼 이야기는 끝날 줄을 모른다. 현미경으로 들여다봐야 겨우 보이는 미생물부터 멀리서도 눈에 띄는 동물에 이르기까지, 등장생물이 수시로 바뀐다.

요즘 그가 들려주는 이야기들은 어린 시절 만든 이야기들과는 다르다. 체험과 상상에 여전히 기대면서도, 각 생물에 대한 전문 지식이 수시로 등장한다. 학명 소개는 기본이고 그 생물의 일생이 간명하게 요약된다. 논의 생태계에서 맡은 역할에 더하여, 사람에게 이로운 부분과 해로운 부분까지 설명한다. 등장생물들이 선보이는 자기만의 말과 행동은 전문 지식을 바탕으로 했기에 더욱 세밀하고 독특하다.

나는 이 대표에게 이야기를 더 해달라고 청하면서, 에드워드 윌슨의 장편소설 『개미언덕』을 떠올리기도 했다. 평생 개미를 연구한 학자답게 개미들을 묘사하고 설명하는 윌슨의 문장은 정확하고 아름다웠다. 논에 사는 생물에 대한 이 대표의 묘사와 설명 역시 그에 뒤지지 않았다.

이 대표에겐 논이 만다라였다.

삼라만상이 담긴 곳! 『숲에서 우주를 보다』라는 책에선 만다라가 숲에 있다. 이 책을 쓴 생물학자 데이비드 조지 해스컬은 미국 테네시 주 남동부 경사진 숲에서 앉아 있기에 적당한 바위를 발견했다. 바위 앞 땅바닥에 지름이 1미터인 원을 그린 후 그곳을 만다라로 정했다. 일주일에 몇 번 그 바위에 앉아 만다라를 바라보았고, 거기서 일어난 일을 기록했다. 숲을 돌아다니거나 이 숲에서 저 숲으로 오간 여정을 기록한 책은 있지만, 바위에 앉아 겨우 지름 1미터의 공간을 바라보며, 보고 듣고 만지고 맛보고 냄새 맡은 것을 쓴 책은 없다.

이 대표는 숲에서 만다라를 살필 때 규칙이 있느냐고 물었다. 나는 늘 갖고 다니는 공책을 펼쳤다. 데이비드 조지 해스컬이 정한 규칙을 옮겨 적어뒀던 것이다. 소리 내어 읽었다.

내가 세운 만다라 규칙은 간단하다. 자주 이곳을 찾아 한 해 동안의 순환을 지켜본다. 소란 피우지 않는다. 아무것도 죽이지 않고 어떤 생물도 옮기지 않고 만다라 안을 파헤치거나 그 위에 엎드리지 않는다. 이따금 사려 깊은 손길은 괜찮겠지만.[1]

눈을 감고 가만히 규칙을 되짚어본 그는 눈을 뜨지 않은 채, 내가 왜 자신의 논을 만다라로 칭한 줄 알겠다고 했다. 그리고 논 만다라와 숲 만다라는 많은 부분 비슷하지만 다른 것이 하나 있다고 지적했다. 데이비드 조지 해스컬은 숲 만다라에서 아무것도 죽이지 않았지만, 그는 농부니까 언제나 벼를 편들고 피를 뽑을 수밖에 없다는 것이다. 뽑은 피를 둘둘 감아 논흙 속으로 쑤욱 밀어 넣어 꾹꾹 밟는 시늉까지 했다. 피를 제거하는 것 외에는 일체 간섭하지 않았다. 논에게, 논의 흙과 물에게, 햇볕과 바람과 비에게 맡겼다.

우리는 논에서 본 우주에 대해 이야기를 더 나눴다. 이야기들을 음미하며 긴 낮과 그보다 더 긴 밤을 보내고 나선, 잠시 들판을 말없이 바라보기도 했다. 거기에, 소설과 역사, 슬픔과 기쁨, 만남과 이별, 고통과 즐거움을 지금도 겪는 이야기의 주인공 '흙'이 있었다. 서로를 보며 고개 끄덕였다. 웃었다. 우린 둘 다 이야기꾼이었다.

온 마을이
아이들을 키우다

2006년 봄부터 지금까지 곡성에서 살았다고 하면, 아이들의 교육은 어떻게 했는지 궁금해하는 이들이 적지 않다. 귀농을 주저하는 이유 중에서 첫손에 꼽히는 것이 바로 자녀의 교육 문제다.

대도시에선 사교육 시장이 공교육을 위협할 정도로 커진 지 오래다. 학교를 다니는 시간보다 학원에서 보내는 시간이 더 많다. 광주나 순천만 해도 사교육 기관이 적지 않지만, 곡성에선 찾아보기 힘들 정도다. 대도시의 교육 방식에 익숙한 이들에겐 곡성과 같은 지방 농촌의 교육 환경이 걱정스러울 수밖에 없다.

이 물음에 답하기 위해선 두 축을 살펴야 한다. 하나는 이 대표 부부가 적극적으로 참여한 곡성교육희망연대 활동이고, 또하나는 이 대표 가족의 교육철학이다.

곡성교육희망연대는 곡성에서 자라나는 어린이와 청소년들의 교육을 학교에만 맡기지 않고, 지역이 함께 고민하며 개선책을 찾아나가기 위해 만들어진 시민단체다. 지금은 마을공동체 혹은 마을교육공동체에 대한 논의가 활발하고 논저도 여럿 출간되었지만, 곡성교육희망연대 준비위원회를 구성한 2009년 12월만 해도 적극적으로 공교육에 목소리를 내는 시민단체가 드물었다.

곡성교육희망연대는 곡성 같은 농촌에선 교육을 제대로 시키기 어렵다는 체념, 더 나은 교육을 위해선 광주나 순천 등 인근 도시로 나가야 한다는 편견을 바로잡기 위해 2011년 3월 10일 출범했다. '창립선언문'은 다음과 같다.

곡성교육희망연대는 교육이 희망이 되는 곡성, 함께 지켜나가는 활기찬 지역공동체, 학생 교사 학부모가 교육의 당당한 주체로 거듭날 수 있도록 곡성 군민의 지혜와 열기를 담아내는 데 소홀함 없이 노력을 다할 것이다.

'창립선언문'에서 눈에 띄는 단어는 연대다. 교육을 교사에게만 맡기지 않고, 학생과 학부모가 교사와 함께 교육의 주체가 되고, 여기에 곡성 군민과 시민단체가 적극적으로 참여하여 새로운 희망을 만들겠다는 것이다. 학교나 학원을 넘어 마을 전체가 교육을 위해 정성을 모으자는 다짐이 '연대'라는 단어에 담겼다.

남 이사는 부대표로, 이 대표는 소식지 시민기자로 교육희망연대 활동에 참여했다. 이 활동은 두 아들이 곡성 중앙초등학교, 곡성중학교, 곡성고등학교를 다니는 동안 이어졌다. 2011년 5월 19일에 발행된 《곡성교육희망연대 소식지》 창간호에는 이 대표가 교육희망연대에 바라는 글이 실려 있다.

> 지역이 바른 교육에 대한 스승이자 부모가 되어야 할 것입니다. 우리는 교육에서 빠른 속도, 빠른 성장, 빠른 성공만이 능사가 아님을 알아야 합니다. 거목은 하루를 위해 살아가지 않습니다. 백 년 천 년 동안 더디게 자라야지만 마디마디 굳건함과 풍성함이 세월 속 풍파를 이겨냅니다.

곡성 학생을 중심으로

곡성 학생들에게 무엇보다도 필요한 것은 관심이었다. 단 한 사람이라도 관심을 보이고 눈을 맞추며 이야기를 나누면, 희망의 빛이 보인다. 부모의 관심과 교사의 관심과 마을 이웃의 관심과 공공기관의 관심을 그물망처럼 짜는 것이 필요했다. 무관심의 틀을 깨고 관심을 더하는 일이라면 무엇이든 시도했다. 학부모와 시민단체가 학교로 들어가기도 하고, 교사와 학생이 학교 담장 밖으로 나오기도 했다.

교육에 관한 강좌가 매달 열렸고, 책나눔장터와 추수한마당이 해마다 펼쳐졌다. 학부모 간담회도 꾸준히 이어졌다. 전남교육감이나 곡성교육지원청 교육장 초청 강연회도 가졌다. 2011년에는 곡성 최초 '교장공모제'가 곡성중학교에서 시행되도록 힘을 보탰고, 2017년에는 '곡성교육 200인 원탁토론'을 주관하기도 했다. 폐교 위기에 처한 작은 학교들을 살리기 위해 노력했고, 세월호 참사 추모 행사도 적극적으로 이끌었다. 대부분 곡성에서 교육과 관련하여 처음 하는 일들이었다.

시민단체가 학교 문제에 간섭한다면서 관행을 앞세워 반대하는 목소리도 처음엔 있었지만, 곡성 학생들을 중심에 두고 모든 문제를 고민하고 의논하며 해결해 나갔다. 학생들에게 이로우면 하고 해로우면 하지 않았다. 학생들이 원하면 하고 원하지 않으면 하지 않았다. 말에 그치지 않고 함께 모여 움직였다.

2014년 곡성중학교의 자유학기제 시범 프로그램 중에서 전일제 진로체험행사를 '사람책 콘서트'로 치른 것이 특히 인상적이다. 학부모를 포함하여 곡성 군민이 '사람책'이 되어 중학생들과 만나 미래를 그려보는 자리였다. '사람책'으로 참여한 이들의 직업은 천차만별이었다. 농부는 물론이고 공무원이나 문화기획자, 카페 주인, 화가를 비롯한 예술가 등이 학교를 찾았다. 이 대표도 농부과학자로 꾸준히 이 행사에 참석했다.

학생들은 친구 아빠나 엄마 혹은 마을 어른 혹은 동네 형이나 누나와 마주앉았다. 오며가며 인사를 나누긴 했지만 길게 진지한 이야기를 주고받긴 처음이었다.

무엇보다도 그 '사람'에 집중하는 시간이었다. 미리 정한 주제는 없었다. 학생들의 질문에 따라 그때그때 이야기의 방향과 내용이 달라졌다. 그 사람의 과거와 현재와 미래, 하루 일과, 하고 싶은 일과 하기 싫은 일, 취미, 곡성에 살아서 좋은 점과 나쁜 점 등 다채로운 이야기가 끝없이 이어졌다. '사람책'으로 참여한 이들은 솔직하게 자신을 드러냈고, 학생들은 그 사람의 다양한 면모를 느끼고 이해했다. 한 사람에게 이렇듯 깊고 넓은 이야기가 있다는 것을 깨닫는 시간이었다.

'사람책'들이 곡성에 사는 저마다의 이유도 제시되었다. 그 이유들을 어떻게 받아들이느냐는 학생들의 자유다. 그보다는 곡성 같은 농촌을 떠나 대도시로 나가야 꿈을 펼칠 수 있다는 편견을 바꾸는 것이 훨씬 중요했다. 곡성에 살며 꿈을 이뤄가는 어른들과 만나는 것 자체가 학생들에겐 새로운 고민의 시작인 셈이다.

한 아이를 제대로 키우기 위해선 가족과 학교뿐 아니라 마을 전체가 마음을 쏟아야 한다. 농촌에서 학생이 점점 줄어드는 현실에서, 함께 가르치고 배우는 연대의 중요성은 점점 커지고 있다. 정해진 행사가 꼭 아니더라도, 마을 사람 모두가 학생들의 '사람책'이 되어야 하는 것이다.

창립 이후 9년이 흘렀다. 이제 곡성 교육을 학교에만 맡기지 않고 뜻이 있는 군민이라면 다 함께 논의하는 분위기가 마련되었다. 2020년부터는 남근숙 이사가 곡성교육희망연대의 대표가 되어 힘찬 걸음을 딛고 있다.

아이들이 땅과
흙을 밟으며 행복하기를

이 대표와 남 이사의 큰 아들은 재혁이고, 둘째 아들은 재욱이다. 둘 다 곡성에서 태어나진 않았다. 그렇지만 초등학교와 중학교와 고등학교를 곡성에서 졸업했기 때문에 이곳을 고향으로 여긴다. 재혁은 전남대 식물생명공학부, 재욱은 전남대 생명과학기술학부에 재학 중이다. 농부의 자세는 재혁에게, 미생물학자의 꿈은 재욱에게 이어진 꼴이다.

재혁과 재욱은 사교육이나 선행학습 없이 곡성에서 공교육만 받으며 성장했다. 아이들이 이렇게 자라는 것이 지극히 당연한데도, 서울을 비롯한 대도시 부모들에겐 무척 낯선 것이 사실이다.

그들은 두 아들을 '자립할 수 있는 사람'으로 키우고자 했다. 부모가 만든 계획표에 끼워 맞추는 것이 아니라, 선택권을 자식들에게 준 것이다. 이 대표 부부는 아이들에게 무엇을 하라 무엇을 하지 말라 강요하지 않았다. 대신 아이들이 택한 일에 즐겨 동참했다. 아이들과 함께 뛰고 구르고 그리고 만들며 노는 날이 많았다.

또 그들은 두 아들이 '행복한 사람'으로 성장하기를 바랐다. 남들과의 경쟁에서 이겨 뛰어난 사람이 되는 것보다 평범하되 작은 것에 행복을 느끼며 살기를 바란 것이다. 남 이사가 힘주어 말했다.

"한 번이라도 충분히 인정받은 사람은 삶이 엇나가거나 틀어지지 않는다고 해요. 충족감을 느끼지 못하면 결핍 속에서 불행하게 살 수밖에 없지요. 두 아이가 일상에서 소소한 행복을 자주 느끼도록 했답니다. 농촌에 살면 행복할 게 참 많지요. 개들과 뛰어놀아도, 나무가 빽빽한 숲길을 산책해도, 섬진강에서 물장난을 쳐도, 자전거를 타고 들녘을 달려도, 친구들과 저물녘까지 공을 차도 행복하니까요. 행복한 경험을 맘껏 하도록 넉넉하게 시간을 줬어요. 이제 그만 놀고 공부하란 소린 한 적이 없죠."

그들은 또한 두 아들에게 부모의 삶을 가감 없이 보여주었다. 체험학습 등의 프로그램에 아이들만 보내는 것이 아니라, 부모가 관심을 두고 참여하는 모임이나 만나는 사람들을 아이들도 접하게 한 것이다. 예를 들어 새만금 간척지 반대 집회를 할 때마다 가족이 함께 갔다. 두 아들은 나이 어린 환경운동가로 환영받았다. 아이들은 새만금 갯벌을 걸으며 바다와 하늘이 시시각각 바뀌는 것을 좋아했다. 그리고 부모가 바라는 세상을, 그곳에서 만난 사람들의 말과 행동을 통해 자연스럽게 알게 되었다.

곡성이란 농촌에서 자라며, 두 아들은 부모의 삶에 더 깊이 들어왔다. 친환경으로 벼를 재배하는 동안, 파종부터 김매기와 추수까지 힘을 보탰다. 미실란이나 밥카페 '飯하다'에 일손이 부족할 땐 자주 도왔다. 이 대표가 고흥에서 자라며 흙과 논과 벼에 익숙해졌듯이, 재혁과 재욱도 곡성이 지닌 다양한 아름다움을 체득한 것이다. 그 삶이 옳다고 믿는 부모가 바로 곁에 있었다.

재혁과 재욱에게도 어김없이 사춘기가 찾아왔다. 가족 간의 갈등을 풀고 서로를 더 깊이 알아나가기 위해 마련한 것이 가족회의였다. 토요일이나 일요일 중 하루는 반드시 가족 모두가 모여 회의를 열었다. 가족회의에는 몇 가지 원칙이 있었다.

첫째, 회의 때는 존댓말을 썼다. 부모나 연장자로서의 권위를 앞세우지 않고 상호 평등을 유지하기 위해서였다. 처음엔 어색했지만, 곧 누구나 원하는 만큼 자유롭게 말하는 분위기가 만들어졌다. 둘째, 좌장은 돌아가며 맡았다. 한 사람이 계속 좌장을 맡으면 회의가 한쪽으로 쏠릴 수도 있었다. 셋째, 서로의 지난 언행을 지적하지 말고 앞으로 할 것들을 제안하는 방식으로 논의를 이끌었다. 개선책이 마련되면, 비판을 위한 비판에서 벗어날 수 있는 것이다.

연말이나 연초엔 각자 1년 목표를 정했다. 목표 달성이 지나치게 어렵거나 힘들면 의논하여 조정했다. 다이어트부터 성적까지, 무엇이든 목표가 될 수 있었다. 성취할 때까지 서로 격려하고 이룬 후엔 함께 기뻐했다.

"농촌에 살면 행복할 게 참 많지요. 개들과 뛰어놀아도, 나무가 빽빽한
숲길을 산책해도, 자전거를 타고 들녘을 달려도 행복하니까요."

학교 안팎에서 이어진 공부

재혁과 재욱의 20대는 어떠할까. 대학을 졸업해야 하고 군대를 다녀와야 하며 직장을 구해야 한다. 미실란에 근무할 수도 있지만, 다른 곳에서 다른 일을 할 수도 있다. 어디서 무엇을 하든, 유년기부터 청소년기까지 곡성에서 보낸 나날은 그들 삶에 중요한 버팀목이 될 것이다.

서울을 비롯한 대부분의 도시에선 학생들이 사교육을 받는다. 학원을 다니지 않으면 친구를 사귀기도 힘들다는 슬픈 농담이 돌 정도다. 학교와 학원을 오가는 일상에 내신과 입시를 위한 공부가 가장 중요하다는 말이 따라붙는다. 스무 살이 될 때까지 성적 향상을 위한 공부에만 집중하는 삶이 과연 올바른가.

재혁과 재욱 역시 학교에선 충실하게 수업을 듣고 공부를 했다. 그러나 그들은 학교 밖에서도 다양한 공부를 이어갔다. 그 공부는 대도시 학원에선 할 수 없는 것들이다. 들녘에서 흙과 논과 벼를 공부했고, 미실란과 '飯하다'에서 곡물 전문 가공 회사와 농가 맛집을 공부했으며, 곡성교육희망연대의 여러 활동에 참여하며 마을 어른들의 삶을 공부했고, 새만금에서 세상을 더 아름답게 만들려는 사람들의 생각과 멋을 공부했다.

2020년 봄 코로나19는 재혁과 재욱의 일상도 바꿔버렸다. 대학생이면서도 교정에서 강의를 듣거나 동아리 활동을 하거나 친구들과 어울릴 수 없게 된 것이다. 내가 곡성에 갈 때마다 재혁과 재욱을 만난 곳은 미실란이다. 형제는 작업복에 작업모까지 갖춰 쓰고 누룽지를 포장지에 넣거나 발아용 콩을 골라 담고 있었다. 확장 공사를 시작한 '飯하다'에서 짐을 나르거나 텃밭을 일구거나 마당의 화초들을 챙겼다. 아르바이트로 용돈도 벌고 미실란 업무도 하나하나 익히니 일석이조였다. 미실란 직원들은 그들에게 발아현미의 세계를 현장에서 알려주는 훌륭한 교사였다.

재혁과 재욱은 농촌에서, 곡성에서, 이 대표와 남 이사의 두 아들로 자랐다. 학원에서 출제한 문제엔 언제나 답이 있지만, 세상엔 답을 얻기까지 평생을 바쳐야 하는 문제도 있다. 대도시에선 경쟁에서 이기는 법을 먼저 가르치지만, 농촌인 곡성에선 때론 져야 할 때도 있고, 이기고 지는 경쟁이 무의미한 때도 있음을 알려준다.

드넓은 들판처럼, 혹은 꼭꼭 겹으로 숨겨진 골짜기처럼, 직접 걸으며 보고 듣고 탐구하면서, 나를 위하면서도 가족과 남을 위하는 가장 나은 결정을 찾는 과정이 또한 공부이다. 때로는 광막하고 때로는 허무하며 때로는 눈부시고 때로는 깜깜한 나날을, 재혁과 재욱은 곡성에서 배우고 익혔다. 앞으로도 배우며 익혀나갈 것이다. 도시의 아이들처럼 부모나 사교육에 기대지 않고, 가족을 아끼고 작은 행복에 감사하는 마음을 품은 채, 더 일찍, 더 든든하게!

평가가 없고 술이 없고
경계가 없다

2019년 10월 12일, 미실란 작은 들판 음악회에 참석했다.

21회였다. 2006년부터 해마다 빠지지 않고 한 차례씩 열렸다 해도 14회일 텐데, 7회나 더 많았다. 일 년에 두 번 봄·가을로 연 적도 여러 해인 것이다.

하늘은 높푸르고 벼는 무르익을 대로 익어 고개를 숙였다. 허수아비들은 양팔을 벌린 채 참새들을 내쫓았고 아이들은 개들과 함께 논두렁을 뛰어다녔다. 앞마당에서는 공연 준비가 한창이었다. 건물을 등진 채 가지런히 하얀 의자가 줄지어 놓였고, 리허설을 시작한 출연진은 서로의 소리를 점검하느라 바빴다. 남 이사는 저녁식사를 준비하는 중이었고, 이 대표는 일찌감치 곡성으로 내려온 지인들과 일일이 인사를 나누느라 동분서주했다.

나는 미실란을 크게 한 바퀴 돌았다. 폐교의 경계를 넘어 가을 들판으로 나갔다. 오늘 저녁에 열리는 행사에도 '들판'이란 단어가 도드라지게 박혀 있지 않은가. 야외란 뜻이고 사방이 탁 트인 들이 란 뜻이다.

바야흐로 결실의 계절이었다. 서둘러 추수를 마친 논도 있었고, 탈곡기로 벼를 베고 있는 논도 있었으며, 농부의 손길을 기다리는 벼들이 넘실거리는 논도 있었다. 들판에서 모를 내고 김을 매고 벼를 베며 노동요로 노래를 부르긴 했지만 음악회를 전면에 내세운 경우는 없었다. 소리가 흩어져 사라지는 곳이 또한 들판이었다.

해가 기울기 시작하자 일찌감치 조명이 들어왔다. 중창이 많은 탓에 마이크가 여러 대 필요했다. 곡성뿐만 아니라 광주와 전남 그리고 멀리 서울에서 온 관객들이 벌써 자리를 잡고 앉았다. 나는 무대에서 제일 먼 의자를 택했다. 무대뿐만 아니라 관객의 반응까지 두루 살피고 싶었던 것이다.

저녁식사를 마치고, 7시부터 공연이 시작되었다. 백여 개의 의자엔 빈 자리가 없었다. 어둠이 섬진강을 덮고 논을 덮고 미실란 뒷마당과 건물을 덮어오자, 무대의 불빛이 더욱 빛났다. 그 빛을 따라 연주와 노래 소리도 크고 또렷하게 들렸다. 김우식과 니글스의 노래는 산뜻했고, 루미아플룻콰이어의 관악 연주는 관객들의 마음을 쿵쿵 치며 흔들어댔다. 섬진강아름다운사람들은 기타 반주에 맞춰 포크 음악을 선보였다. 공연의 대미를 장식한 것은 파파스 중창단이었다.

순천의 한 중학교 아빠들로 구성된 중창단은 멋진 화음으로 가을 밤을 그윽하게 만들었다.

관객 중엔 젊은이들이 눈에 많이 띄었다. 미실란 음악회에 이미 참가한 경험이 있는 듯, 연주와 노래가 끝날 때마다 따뜻한 박수와 환호가 이어졌다. 중장년층도 편안하게 음악을 즐겼다. 파파스 중창단의 앵콜곡으로 공연이 끝난 뒤에는 단체사진을 찍고 깔끔하게 마무리를 했다.

2020년 5월 30일, 22회 미실란 작은 들판 음악회에도 참석했다.

코로나19 때문에 봄에는 음악회가 열리기 어려울 줄 알았다. 예전처럼 대대적인 홍보를 하진 않았지만, 봄밤을 적시는 음악회를 연다는 소식을 듣고 곡성으로 내려갔다.

지난 가을처럼 이번에도 미실란을 크게 한 바퀴 돌았다. 서울은 아직 코로나19의 영향으로 실내는 물론 야외 공연도 열리지 않고 있었다. 전염병이 지구 곳곳을 휩쓸며 수많은 생명이 스러지는 상황이지만, 봄 들판엔 생명의 기운이 넘쳐흘렀다. 둠벙엔 연잎이 가득했고 개구리들이 목청껏 울며 논두렁을 넘나들었다. 모를 내기 위해 물을 댄 논도 있고, 모를 심고 있는 논도 있고, 모심기를 마친 논도 있었다. '飯하다' 옆, 품종별로 모를 심는 논은 아직 비어 있었다.

어둠이 깔리기 전에 농부들은 서둘러 들판을 떠났다. 개구리 울음을 뒤로하고 미실란 앞마당으로 돌아왔다.

지금까지 작은 들판 음악회는 남 이사를 중심으로 미실란에서 기획을 도맡았다. 출연팀과 순서와 연주곡을 하나하나 챙겼던 것이다. 그러나 이번엔 기획 전체를 전남대 노래패 출신 음악 동호회 '가객공감'에게 맡겼다.

7시에 공연이 시작되었다. 관객이 서른 명 넘게 모였다. 20년 만에 라이브로 민중가요를 두 시간 내내 들었다. 어느 곡이든 가슴이 뛰었다. 곡성에서 이렇듯 그리운 노래, 힘을 주는 노래를 듣게 될 줄은 몰랐다.

삼무 음악회

2006년 봄, 곡성의 폐교는 남 이사에게 너무 낯선 곳이었다. 고흥 농촌에서 나고 자란 이 대표는 금방 적응했지만 그녀는 달랐다. 늦은 밤까지 북적거리는 순천 상가지역에서 어린 시절을 보낸 그녀에게 곡성은 지나치게 적막한 농촌이었다.

그해 가을, 제1회 미실란 음악회가 열렸다.

남 이사 스스로 힘을 얻고 싶었고, 두 아들을 비롯한 곡성의 어린이와 청소년들에게 즐거운 시간을 선물하고 싶었다. 순천대 후배들에게 연락을 취했고, 색소폰 연주를 즐기는 중앙초등학교 교장도 만나러 갔다. 무대에 오르기를 원한다면 누구든 맞아들였다. 전문 음악인이 한 명도 없는, 순수한 아마추어들의 잔치였다.

남 이사는 소위 '삼무(三無)'에 기반한 음악회를 만들고자 했다.

미실란 음악회에선 찾을 수 없는 세 가지! 거기엔 새로운 문화를 곡성에 만들고자 하는 그녀의 고민이 담겼다.

첫째는 술이 없는 음악회.

미실란에서 내온 저녁 밥상에는 술이 없었다. 술판을 벌이면 무대에 대한 집중도가 떨어지게 마련이며, 미성년 관객을 위해서라도 취객은 없어야 했다.

둘째는 평가가 없는 음악회.

공연 수준이나 공연자의 숙련도를 논하지 않는 것이다. 어린이들은 맘껏 동요를 불렀고, 남 이사와 순천대 노래패 출신들은 역사를 돌아보고 민주주의를 갈망하는 포크송을 선보였다.

셋째는 경계가 없는 음악회.

경계를 미리 정하고 지위나 나이에 따라 차등을 두지 않았다. 군수를 비롯한 단체장이 찾아오더라도 별다른 의전을 갖추지 않았으며 발언권도 제한했다.

'삼무'에 기초한 음악회를 열자 말들이 많았다. 곡성 군민들은 술잔을 기울이며 유명 가수들 노래를 즐기는 방식에 익숙했던 것이다. 참석한 유지들에게 발언권을 주지 않은 것도 비난을 샀다. 이 대표 부부가 버릇이 없고 건방지다는 악평이 돌았다.

미실란은 터무니없는 흉문에 굴하지 않고 '삼무'를 지키고 있다. 처음에는 외지에서 오는 참석자들이 대부분이었지만, 지금은 외지인과 곡성 군민이 반반 정도이며, 특히 젊은이들이 다수 참석하는 음악회로 자리를 잡았다.

순박하고 건강한 매력의 축제를 이어가다

미실란은 음악회와 함께 다양한 문화 활동을 전개해 왔다. 대부분 곡성에선 열린 적이 없는 행사들이다. 2016년 5월 이담, 김근희 작가의 그림전 '우리의 옛살림'이 복도 갤러리에서 열렸다. 2016년 10월에는 패션디자이너 정은의 '들녘 슬로우 패션쇼'가 펼쳐졌다. 전문 모델은 단 한 명도 없고, 마을 사람들이 모델이 되어 논두렁길을 걸었다. 2019년에는 나우린 작가, 2020년에는 김희련 작가의 전시회가 이어졌다.

2018년 가을부터 시작한 영화제는 황윤 감독과의 인연에서 비롯된 것이다. 야생동물소모임과 새만금 간척 반대 운동을 같이 하며 쌓은 우정이었다. 황 감독이 만든 다큐멘터리 〈잡식가족의 딜레마〉를 함께 본 후 채식 식단으로 저녁을 먹었다. 2019년 가을엔 한 해 벼농사를 처음부터 끝까지 담아낸, 오정훈 감독의 다큐멘터리 〈벼꽃〉이 상영되었다.

2006년 음악회를 처음 열 때와 비교하면 많은 것이 달라졌다. 인구가 겨우 3만 명에 불과하며 문화를 즐기는 청년들이 적은 농촌 곡성에서, 미실란처럼 작은 회사가 단독으로 음악회를 여는 것 자체가 힘겨운 시도였다. 관공서의 지원 없이, 술도 없고 평가도 하지 않고 단체장이나 지역 유지들의 발언권도 보장하지 않은 채 문화행사를 치른 적은 없었다.

이젠 해마다 봄과 가을로 미실란 앞마당에서 열리는 음악회를 기다리는 이들이 적지 않다. 술이 없다고, 유명 가수가 와서 노래를 부르지 않는다고, 지역 유지나 자치단체장을 소개시키지 않는다고 비난하는 목소리도 사라졌다. 다른 축제에선 맛보기 힘든 미실란 작은 들판 음악회만의 순박하고 건강한 매력이 공감을 얻은 것이다.

무엇을 하느냐도 중요하지만 무엇을 하지 않느냐도 중요하다. 수백 년 이어온 관습을 바꾸려면 철저한 단절이 필요한 때도 있다. 좋은 게 좋다는 식으로 받아들이면, 관행이란 미명 아래 불합리한 일들이 용인되고 만다. 원칙을 철저하게 지키는 것이 중요하다는 사실을, 스물두 번이나 쉼 없이 달려온 미실란 작은 들판 음악회가 증명하고 있다.

사람의 얼굴을 한
회사가 되겠습니다

　　성장하지 않는 기업은 죽은 기업이라고 한다. 소기업이 중기업이 되고 마침내 대기업이 되는 것을 당연하게 받아들이는 것이다. 그와 같은 욕망은 농부들에게도 있다. 소농이 중농을 거쳐 대농이 되는 과정을 상상해 보라. 하지만 모두 대기업과 대농만 꿈꾼다면, 경쟁은 한층 치열해지고 삶은 더욱 단순해질 것이다. 경쟁에서 이기고 규모를 키워 부자가 되는 길 외엔 다른 길이 없기 때문이다. 다른 꿈을 꿀 틈이 없는 세상은 쓸쓸하고 지루하다.

　규모가 중요하지 않다는 것은 아니다. 벼농사와 품종 연구와 곡물 가공 제품 생산과 밥카페 운영을 함께 해나가려면, 국내 시장뿐만 아니라 해외 시장으로 진출하려면, 더 많은 자금이 필요하다. 지금보다 열 배 정도 매출을 늘린다면, 미실란이 꿈꾸는 일을 더 많이 더 빨리 할 수도 있을 것이다. 그러나 조급함은 실수를 낳고 실수는 더 큰 화를 불러온다. 규모를 키우는 일에만 집중하다간 중요한 원칙을 무너뜨리기 쉽다.

미실란이 창업할 때부터 지켜온 원칙은 상생(相生)이다.

논 생태계의 여러 생물들 그리고 곡성 농부와의 상생 방안은 이미 살폈다. 미실란은 한 걸음 더 나아가 새로운 상생에 힘을 쏟고 있다. 이는 회사와 회사의 협업을 전제로 한다. 미실란이 발아현미 등 기본 재료를 제공하고, 협업 회사는 그 재료로 제품을 만든다. 그리고 공동 판매를 하는 것이다.

회사 규모를 키우기 위해 제품 종수를 늘리는 것은 쉽고 흔한 방식이다. 미실란은 이 같은 방식의 확장을 멈췄다. 규모보다도 가치를 앞세웠다. 사회적 기업을 포함하여 전라남도와 광주광역시의 중소기업이 함께 사는 길을 모색하겠다는 것이다. 경쟁하는 동종 업체를 눌러야 내 회사가 살아남는다는 기존 틀을 뒤집었다

사회적 기업 '시튼 베이커리'와의 협업이 대표적인 경우다. 시튼 베이커리는 장애인과 비장애인이 함께 빵을 구우면서, 장애인의 자활과 자립을 돕는 곳이다. 미실란이 발아현미를 비롯한 친환경 쌀을 제공하고, 시튼 베이커리가 유기농 시리얼과 여러 제품을 만들기로 한 것이다. 밥카페 '飯하다'의 판매대에는 협업을 통해 출시된 시튼 베이커리 제품이 미실란 제품과 나란히 놓여 있다.

회사끼리 협업을 통한 상생이 가능하려면, 두 가지가 중요하다.

첫째는 믿음이다. 미실란과 곡성 농부, 미실란과 협력사가 계약을 맺긴 하지만, 농부들이 친환경으로 농사를 짓고 협력사가 그 쌀을 적정하게 가공하여 제품을 생산하는지를 일일이 관리하긴 힘들다. 뜻을 모은 농부와 협력사를 믿고 맡겨야 하는 것이다.

둘째는 회사끼리의 협업이 각자의 약점을 보완하고 강점을 키우는 길이어야 한다. 볍씨 고르기부터 제품 판매에 이르는 전체 과정을, 협업에 참여하는 회사도 숙지할 필요가 있다. 협업의 이유와 발전 가능성을 스스로 확인하고 이해하며 각자 맡은 역할을 분명하게 파악하면 더욱더 책임감을 가질 것이다.

규모의 확장과 맞물려 논의되는 것이 바로 자동화이다. 스마트팜은 정보통신기술을 적극 활용하여 농작물과 가축의 생육환경을 점검하고 관리하는 농법이다. 공장에서 활용해 온 자동화 시스템을 농업에 적용시킨 것이다. 이 대표는 자동화라는 최신 흐름에 대한 기대와 함께 우려도 자주 드러냈다. 농부가 절대적으로 줄어드는 추세이기에 기계와 디지털 문명의 힘을 빌리는 것은 맞다. 그러나 완전자동화와 같은 방식으로 성급하게 치달을 경우, 심각한 문제에 맞닥뜨릴 수도 있다.

미실란을 예로 들어보자. 생산 공정이 완전자동화된다면 생산팀 직원 상당수가 회사를 떠나야 한다. 이것은 농촌에 터를 닦은 사람들을 안정적으로 채용하여 더불어 살아가겠다는 이 대표의 꿈과는 배치된다. 아무리 효율이 높다고 해도, 사람 대신 기계만 있는 회사를 원하지는 않기 때문이다.

중장년층 직원을 채용하는 이유

미실란에는 나이가 50대 전후인 직원이 많다. 여러 도시에서 다양한 직업에 종사하다가 귀촌한 경우가 대부분이다. 청년 실업 문제가 국가적 차원에서 대두되고 있지만, 중장년층 실업 문제 역시 심각하다. 평균 수명이 높아지면서, 정년을 채우고 퇴직한 후에도 살아갈 날이 많이 남은 것이다. 50대 가장이 직장을 잃으면 가족의 생계가 위태롭다. 게다가 자녀들이 고등학교나 대학을 다니는 경우가 대부분이므로, 생활비 외에도 목돈이 필요한 시기다.

마강래의 『베이비부머가 떠나야 모두가 산다』에서 귀촌한 중장년층에게 가능한 네 가지 일자리 중 첫손에 꼽은 것이 바로 제조업이다. 그중에서도 전통산업을 현대적 감각으로 발전시키는 업종에 주목하고 있다. 미실란처럼 곡성 특산물인 토란을 발아현미에 접목시켜 새로운 제품을 만드는 경우가 여기에 부합한다.

이 대표는 2003년부터 남이섬에서 시행 중인 55세 1차 정년, 80세 2차 정년 제도에 관심을 두고 있다. 55세까지 근무한 뒤에도 남이섬을 떠나지 않고 재계약을 통해 근무할 수 있으며, 다른 회사에서 정년을 맞은 이들도 재취업이 가능한 것이다. 회사에는 분초를 다퉈 판단하고 집행해야 하는 업무도 있고, 꾸준히 오래 정성을 쏟아야 하는 업무도 있다. 후자의 경우는 나이를 먹었다는 것이 문제가 되지 않는다.

이 대표는 중장년층의 경험과 책임감을 높이 샀다. 평균 20년 넘게 직장을 다녔으니 회사 생활의 기본자세가 몸에 충분히 익은 것이다. 거기다가 가장의 책임감까지 더하니 매우 안정되게 업무를 해나갔다.

그는 정년 후에도 회사에 남는 문제를 중장년 직원들과 의논 중이다. 1차 정년을 한 후, 월급을 낮추더라도 미실란에서 함께 노년을 보내자는 것이다. 회사를 옮겨 다니며 자신의 가치를 높이고 연봉을 올리는 대도시의 직장인들과는 대조적이다. 애사심이 없다면 불가능하다.

곡성이 고향인 백인남 부장은 인천에서 직장생활을 하다가 두 아들을 데리고 남편과 귀향했다. 학부모 모임에서 이 대표 부부를 처음 만났고 곡성교육희망연대 활동을 같이했다. 2015년 미실란에 입사한 뒤로는 밥카페 '飯하다'에서 일하다가, 관리와 경영 업무의 전문성을 인정받아 지금은 미실란 관리팀 부장으로 근무하고 있다.

40대 후반인 백 부장은 함께 꾸는 꿈을 미실란의 장점으로 꼽았다. 곡성을 비롯한 농촌 청소년을 위한 공간을 마련하고 프로그램을 운영하는 것은 남 이사와 백 부장의 오랜 소망이다. 청소년 체험 학습과 교육을 꾸준히 하는 것도 이 꿈을 위한 준비이다. 농촌에서 청소년으로 살아가는 것의 장점은 장점대로 살리고, 힘든 부분은 더불어 고민해서 해결해 나가는 넉넉한 울타리를 미실란에 만들려는 것이다.

미실란에서 직원으로 근무하려면, 회사 일을 내 일처럼 여기는 자세가 중요하다고 백 부장은 강조했다. 업무와 역할이 나눠져 있지만, 관리팀 업무가 아니더라도 시간을 쪼개어 일하는 경우가 잦다는 것이다.

가령 '飯하다'에 예약 손님이 많을 때는 밥카페에서 음식을 나르기도 하고, 누룽지 포장이 밀렸다면 생산팀 작업장에 앉기도 하며, 모내기를 하거나 텃밭을 일굴 때는 농부가 되어 힘을 보태야 하는 것이다. 확립된 체계나 정해진 공정보다는 함께하는 마음이 중요할 때가 많다. 미실란이 어떻게 알려졌으면 좋겠느냐고 묻자 백 부장이 답했다.

"'사람을 살리는 회사'로 소개되었으면 해요."

30대 후반인 이계근 팀장은 2019년 1월 입사했다. 스물두 살부터 서울에서 6년 동안 떡 만드는 기술을 배웠고, 이후에도 쌀 가공에 관심이 많았다. 광주에서 과자 회사를 다닐 때, 발아현미로 유아 간식을 만들기 위해 미실란을 방문한 것이 계기가 되어 생산팀장으로 입사했다.

미실란 입사 후 가장 즐거운 순간을 묻자, 현미가 98퍼센트 이상 발아된 것을 확인할 때라고 답했다. 생명 탄생의 순간을 목도하는 기쁨이 크다는 것이다. 일주일에 많으면 세 번, 적으면 두 번 현미를 발아시키는데, 할 때마다 어렵다고 한다. 현미는 발아할 때 온도나 습도에 예민해서, 조금만 조건이 맞지 않아도 발아율이 떨어진다는 것이다. 미실란의 장점을 묻자 이 팀장은 주저하지 않고 답했다.

"첫째는 원재료에 대한 신념이지요. 발아에 어울리는 품종을 미실란만큼 연구하는 회사는 없습니다. 둘째는 사람을 소중하게 여기는 겁니다. 직원들 각자가 처한 상황을 충분히 헤아리고 배려하지요."

이 팀장도 강조했듯이, 미실란은 사람을 중심에 둔다. 돈과 기계는 사람을 행복하게 만드는 수단일 뿐이다. 사람이 수단으로 전락하면 상생은 무너진다.

미실란은 전남 곡성군 곡성읍 섬진강로 2584에 있지만, 미실란이 추구하는 상생의 꿈은 꼭 그곳에만 있는 것은 아니다. 해마다 친환경 쌀을 미실란으로 가져오는 곡성 농부의 논에도 있고, 미실란과 협업하는 전라남도와 광주광역시의 여러 중소기업에도 있다.

다르다고 물리치지 않고 느리다고 타박하지 않고 어리다고 얕보지 않고 늙었다고 무시하지 않는다. 한 사람 한 사람 저마다 걸어온 삶의 무늬를 본다. 듣는다. 어루만진다. 거대해지기를 꿈꾸지 않는다. 결실을 꿈꾸되 봄부터 가을까지 땀 흘려 일한 만큼만 갖는다. 다 갖지 않고 직원과 이웃과 동식물과 나눈다. 거대한 존재를 만나더라도 주눅 들지 않는다. 작지만 결코 작지 않은 미실란만의 방식으로 하루하루를 꾸린다. 손 내밀 사람을 찾고 내민 손은 기꺼이 잡는다. 따스하다.

다르다고 물리치지 않고 느리다고 타박하지 않고
어리다고 얕보지 않고 늙었다고 무시하지 않는다.
한 사람 한 사람 저마다 걸어온 삶의 무늬를 본다.

쌀 한 톨의 무게를
재본 적이 있나요?

    다시, 용산역에서 곡성역으로 가는 KTX에 몸을 실었다.

  겨울 새벽, 집을 나서기 전 대한민국 지도를 펼쳐놓고 군(郡)들을 하나하나 짚어봤다. 도서관과 동네책방 순례 강연을 꽤 다녔지만, 아직 한 번도 가지 않은 군이 절반을 넘었다. 두 번 이상 들른 곳은 훨씬 적다. 마음만 먹으면 언제든 가서 머물 수 있지만, 마음먹기 힘든 것이 우리네 삶이다.

  곡성군에 속하는 1개 읍 10개 면 125개 리 중에서 걸어 다닌 골짜기는 손에 꼽을 정도다. 죽곡 농민열린도서관 박진숙 관장의 회고가 떠오른다. 박 관장은 곡성으로 이주한 후 마을들을 더 잘 알고 싶어 노인 돌봄 활동을 했는데, 그 덕분에 곡성 구석구석까지 찾아갔었다고 했다. 사람이 살 것 같지 않은, 험하고 깊은 골짜기에도 수백 년 넘은 마을이 있었다. 그들에겐 곡성 읍내까지 다녀오는 것도 큰일이었다.

등장공간은 등장시간, 등장인간과 함께 소설을 이루는 세 가지 핵심 요소다. 나는 눈을 감았을 때 공간이 머릿속에 그려지지 않으면 이야기를 쓸 수 없다. 공간에 대한 고민을 더욱 깊이 했던 장편소설이 두 편 있다.

먼저 『혜초』를 쓸 때였다. 『왕오천축국전』을 따라 답사를 다니며, 통일신라 승려 혜초의 단정한 글쓰기에 매료되었다. 이 마을에서 저 마을까지 며칠을 걸었다는 문장이 계속되었다. 그 며칠을 실제로 걸어보니, 생사를 넘나들 만큼 험지인 경우가 적지 않았다. 며칠의 경험만으로도 책 한 권은 거뜬히 쓰고도 남을 정도였다. 그런데 혜초는 그 길에서의 고행은 쓰지 않고 방향과 기간만 남겼다. 오래 머물며 거듭 음미한 길이 아니라고 여겼던 걸까. 뒤따라 이 길을 찾을 순례승들에게 도움을 주기 위해선 그 한 줄로 족했던 걸까.

『열하광인』을 집필할 때는 『열하일기』의 상세하면서도 다채로운 글쓰기에 빠져 지냈다. 한양에서 열하까지 다녀오는 동안, 연암 박지원은 발길이 닿은 마을들을 그야말로 오감을 총동원하여 담아냈다. 사람, 동물, 식물, 무생물을 가리지 않았고, 익숙한 유교의 풍습이든 낯선 이교(異敎)의 풍습이든 자신의 문장으로 옮기기에 주저하지 않았다. 『열하일기』는 새로운 장소에 도착했을 때, 얼마나 집중해서 몸과 마음을 열어야 하는지를 여실히 보여준다.

그래서 나는 이 세상의 모든 여행기는 『왕오천축국전』과 『열하일기』 사이에 있다고 주장해 왔다. 완벽하게 알 때까지 집필을 자제하는 것과 더욱 잘 알기 위해 겪으면서 적어나가는 것은 동전의 양면과 같다. 지금 쓰고 있는 이 글의 자리는 두 걸작 사이 어디쯤일까.

나는 아직 곡성을 충분히 모른다. 이제 겨우 알아나가기 시작했다고 보는 편이 낫겠다. 그래도 이미 15년이나 곡성에 뿌리를 내리고 있는 미실란과 이 대표 가족이 있어 크고 작은 실수를 줄일 수 있으리라. 다행이다.

나의 노래는 나의 힘

미실란을 오가면서 반복해서 읽는 책과 듣는 노래가 생겼다. 장일순의 『나락 한 알 속의 우주』라는 책과 홍순관의 〈쌀 한 톨의 무게〉라는 노래다. 다른 듯 닮은 형제라고나 할까. 미실란과 곡성에 관한 글을 쓰다가 막히면, 오늘 아침에도 그랬지만, 『나락 한 알 속의 우주』를 손에 잡히는 대로 펼쳐 한두 바닥 묵독하고, 〈쌀 한 톨의 무게〉를 낮게 읊조린다. 내가 마을과 들녘에 관심을 갖기 훨씬 전부터 흘러온 강물들이다.

그 책과 그 노래에 몸과 마음을 맡기면 우선 편했다. 이승에서 만났든 만나지 못했든, 비슷한 방향으로 먼저 걸어간 이들의 숨결을 쐬는 기분이 들었다. 들숨과 날숨 속에서 위로를 받고 용기를 얻었다. 책과 노래는 그렇게 사람을 품는 넉넉한 광주리였다.

곡성역에 도착했다. 나를 내려놓은 기차가 순천역을 향해 출발한 다음에야 철로를 건너 역사로 들어갔다. 처음 왔을 땐 역사가 어딘지 몰라 두리번거렸지만, 이젠 편안하게 기차의 꼬리를 향해 걷는다. 기차가 출발하고 나면 허리 높이의 자동 개폐식 철문이 눈에 띄고, 열린 철문 앞까지 나와 반갑게 손을 흔드는 이 대표가 보인다. 오래전부터 그 자리를 지킨 한 그루 플라타너스 같다.

미실란에 도착한 후 앞마당을 가볍게 둘러보곤 '飯하다'에 앉았다. 이 대표는 군산에서 온 농부들에게 강의를 하러 급히 강의실로 갔다. 나는 창 쪽을 바라보며 깊은 숨을 내쉬었다. 추수를 마친 빈 들이 창을 가득 채웠다. 아득히 펼쳐진 들녘을 이렇듯 왕창 품은 카페가 있었던가. 그 들녘에서 길러 거둔 쌀을 발아시켜 밥을 짓는 음식점이 있었던가.

추수를 마친 겨울 들녘은 말 그대로 텅 비었다. 멀리서 백구 한 마리가 고개를 삐죽이 들었다. 복실이의 남자친구로 추정되는 녀석이다. 복실이가 자신의 밥을 다 먹지 않고 남겨두면, 저 녀석이 어느 틈에 와서 배를 채웠다. 사랑 없이는 힘든 양보다.

백구는 하는 일 없이, 미실란이 보이는 마른 논에 엎드려 대부분의 시간을 보냈다. 들녘으로 난 테라스에는 복실이가 '飯하다'를 등진 채 엎드렸다. 두 녀석은 서로를 바라보고 있는 것이다. 벼들을 모두 베었으니 엎드려도 얼굴이 잘 보였다.

그런데 왜 두 녀석은 붙어 앉아 체온을 주고받지 않을까. 복실이가 빈 들을 가로질러 가거나 백구가 건너올 수도 있을 텐데! 두 녀석의 만남을 말릴 이는 아무도 없었다. 이렇게 바라보는 것만으로도 충분하다는 걸까. 괜한 걱정이었다. 사람들이 없을 때, 두 녀석이 다정하게 동네를 돌아다니거나 섬진강 둔덕 아래 숲에서 사랑을 속삭일 수도 있지 않은가.

빈 들을 바라보며, 늙은 암캐와 젊은 수캐의 마음을 어루만지면서 한가하게 이야기를 만들었다가 지우는 이 시간이 좋았다. 목줄을 짧게 쥐고 산책을 오가는 도시의 개들로부터는 얻기 힘든 여유였다. 개도 사람도 들녘도 충분히 넉넉하게 거리를 둔 덕분이다.

춤추는 평화

해가 일찍 졌다. 역시 농촌의 겨울은 밤이 길다. 저녁 6시가 되기도 전에 어둠이 강과 들과 마을을 덮었다.

저녁 모임 장소인 카페 '스물'로 자리를 옮겼다. '홍순관의 춤추는 평화'라는 공연이 7시부터 열릴 예정이었다. 홍 선생의 노래는 음반이나 유튜브로 종종 들었고, 평화를 위한 다양한 활동도 여러 경로로 접했지만, 공연을 본 적은 없었다.

약속된 시간에 공연이 시작되었다. 〈힘내라 맑은 물〉과 〈그냥 놔두세요〉와 같은 노래 사이사이에 홍 선생의 담백한 이야기가 얹혔다. 평화, 평화, 평화가 반복해서 주어로 등장했다. '평화' 하면 떠오르는 낯익은 예측과는 달랐다. 편히 쉬는 평화, 홀로 고요한 평화가 아니었던 것이다. 세월호 참사 후 단식에 돌입한 신부의 일화를 들려주며, 그는 힘주어 말했다.

"평화는 격전지에 있습니다."

평화를 부수고 짓밟고 지우려는 이들과 맞서 싸우는 현장에 참된 평화가 깃든다는 것이다.

그리고 〈쌀 한 톨의 무게〉를 부르는 순서가 되었다.

그는 이 노래의 창작 과정을 차분히 들려주었다. 장일순 선생을 추모하는 모임에서 여러 해 추모곡을 불렀는데, 갈 때마다 새로운 노래를 준비했다는 것이다. 〈쌀 한 톨의 무게〉도 그중 하나였다. 그가 작사하고 신현정이 곡을 만들었다. 그러므로 이 노래에는 당연히 '나락 한 알 속의 우주'를 강조한 장일순의 철학이 담겼다.

의문이 풀렸다. 『나락 한 알 속의 우주』란 책과 〈쌀 한 톨의 무게〉라는 노래가 왜 내게 뒤섞여 흐르는 강줄기처럼 느껴졌는지! 단어와 문장은 살짝 다르지만 같은 샘에서 비롯된 생각과 느낌이었던 것이다. 노래를 따라 나락 한 알과 쌀 한 톨을 오갔다.

쌀 한 톨의 무게는 얼마나 될까
내 손바닥에 올려놓고 무게를 잰다
바람과 천둥과 비와 햇살과
외로운 별빛도 그 안에 스몄네
농부의 새벽도 그 안에 숨었네

나락 한 알 속에 우주가 들었네
버려진 쌀 한 톨 우주의 무게를
쌀 한 톨의 무게를 재어본다
세상의 노래가 그 안에 울리네

쌀 한 톨의 무게는 생명의 무게
쌀 한 톨의 무게는 평화의 무게
쌀 한 톨의 무게는 농부의 무게
쌀 한 톨의 무게는 세월의 무게
우주의 무게

공연을 마치고 숙소인 강빛마을로 오는 내내 『나락 한 알 속의 우주』속 문장을 곱씹었다.

아름다운 이야기가 있으면 사람들에게 전하지 않으면 안 됩니다. 얼마 전에 들었는데 기뻤다, 라고 사람들에게 전할 수 있겠지요. 그 것이 오늘날의 바이블인 것입니다. 시간적으로나 공간적으로 떨어져 있어도 아름다운 이야기는 그 역할을 다합니다. 복음이란 것은 만남 속에 있는 것으로, 그 밖에는 없습니다.[2]

오늘도 곡성에서 귀한 사람들을 만났다. 시간에 쫓겨 용건만 주고 받는 만남이 아니라, 지극히 작고 사소한 것에서부터 무척 크고 중요한 것까지, 세밀하게도 이야기하고 대충대충 윤곽만 그리면서도 이야기했다. 틀도 없었고 기준도 없었다. 살아오며 품은 생각과 감정을 느긋하게 주고받는 시간이 낮부터 밤까지 이어진 것이다.

귀한 만남은 대황강을 따라 굽이치는 도로에서도 계속되었다.

멧돼지들이 자동차 불빛에도 놀라지 않고 천천히 도로를 가로질렀던 것이다. 운전석의 이 대표는 속도를 늦추다가 멈춰 서선 기다렸다. 낮에 내가 사람과 사람은 물론이고 사람과 동물과의 거리 두기를 강조했을 때, 그의 입아귀에 슬그머니 맺히던 미소가 떠올랐다. 그는 이렇게 밤마다 야생동물과 적당한 거리를 두며 다녔던 것이다. 고라니와 멧돼지 때로는 부엉이까지 심심찮게 밤길을 막아선다고 했다. 사람뿐만 아니라 날짐승과 들짐승도 각자의 방식으로 걷고 먹고 마시며 만나며 살아가는 중이었다. 멧돼지 가족을 통과시킨 뒤, 그가 다시 시동을 걸었다.

"쌀 한 톨의 무게를 아십니까? 품종마다 조금씩 다를 듯해요. 같은 품종도 쌀알마다 차이가 나겠죠. 품종별로 쌀알을 백 개씩 무게를 재어 평균값을 내어볼까 합니다. 그걸 홍순관 선생께도 알려드리려고요. 이 노래를 여러 번 이미 들었지만, 오늘 또 듣지 않았다면 저울에 재어보겠단 생각은 못했을 겁니다."

삶을 삶답게 만드는 복음을 들은 기분이었다.

십자가 꼭대기에 닭을 세우다

"십자가 꼭대기 한번 보시겠어요?"

이 대표의 시선을 따라 고개를 들었다.

"저게 뭔가요? 혹시 닭입니까?"

십자가 제일 높은 자리에 장닭 한 마리가 서 있었다.

"맞습니다."

십자가 꼭대기에 닭이 있는 것은 처음 보았다.

"닭이 왜 저기에?"

그의 답을 듣기도 전에 성경 구절이 떠올랐다.

　　그러자 베드로가 예수님께 말하였다. "모두 스승님에게서 떨어져
나갈지라도, 저는 결코 떨어져 나가지 않을 것입니다."

예수님께서 그에게 말씀하셨다. "내가 진실로 너에게 말한다. 오늘 밤 닭이 울기 전에 너는 세 번이나 나를 모른다고 할 것이다."

베드로가 다시 예수님께 말하였다. "스승님과 함께 죽는 한이 있더라도, 저는 스승님을 모른다고 하지 않겠습니다." 다른 제자들도 모두 그렇게 말하였다.

—「마태오 복음서」 26장 33절~35절

나는 고쳐 물었다.

"베드로의 닭입니까?"

"그렇습니다."

잠시 침묵했다. 우리는 같은 구절을 떠올리는 중이었다.

베드로는 안뜰 바깥쪽에 앉아 있었는데 하녀 하나가 그에게 다가와 말하였다. "당신도 저 갈릴래아 사람 예수와 함께 있었지요?"

그러자 베드로는 모든 사람 앞에서, "나는 당신이 무슨 말을 하는지 모르겠소." 하고 부인하였다.

그가 대문께로 나가자 다른 하녀가 그를 보고 거기에 있는 이들에게, "이이는 나자렛 사람 예수와 함께 있었어요." 하고 말하였다.

그러자 베드로는 맹세까지 하면서, "나는 그 사람을 알지 못하오." 하고 다시 부인하였다.

그런데 조금 뒤에 거기 서 있던 이들이 베드로에게 다가와, "당신도 그들과 한패임이 틀림없소. 당신의 말씨를 들으니 분명하오." 하고 말하였다.

그때에 베드로는 거짓이면 천벌을 받겠다고 맹세하기 시작하며, "나는 그 사람을 알지 못하오." 하였다. 그러자 곧 닭이 울었다.

베드로는 "닭이 울기 전에 너는 세 번이나 나를 모른다고 할 것이다." 하신 예수님의 말씀이 생각나서, 밖으로 나가 슬피 울었다.

－「마태오 복음서」 26장 69절~75절

곡성을 이야기할 때 빼놓을 수 없는 것이 정해박해(丁亥迫害, 1827년)다. 곡성에서 시작하여 전라도는 물론이고 경상도와 충청도와 서울을 휩쓴 천주교 박해 사건으로, 오백여 명이 붙잡혔고, 그중에서 열다섯 명이 감옥에서 죽거나 처형당했다.

곡성에서 붙잡힌 천주교인들이 끌려와 모진 고문을 당하고 갇혔던 자리에, 1958년 곡성 성당이 세워졌다. '옥터 성지'였다.

이 대표와 남 이사는 독실한 천주교인이다. 2015년 6월, 프란치스코 교황은 환경 문제를 성찰하고 생태적 회개를 촉구한 회칙 〈찬미받으소서〉를 발표했다. 이 회칙에서 교황은 기후 위기에 대처하기 위한 신속한 정책 개발을 촉구했다.

현재의 생산 방식과 소비 방식을 그대로 유지할 경우에 부정적인 영향들이 더욱 심화될 것임을 보여줍니다. 서둘러 정책을 개발하여 앞으로 몇 년 안에, 예를 들어, 화석 연료를 대체하여 재생 가능 에너지 자원을 개발하고, 이산화탄소와 심각한 오염을 유발하는 여러

기체들의 배출을 과감하게 감소시켜야 합니다.[3]

환경 오염과 기후 변화의 심각성을 일찍부터 제기해 온 이 대표
는 그 말씀을 금과옥조로 여기면서, 광주대교구 생태환경위원으로
활동하고 있다.

"처음부터 베드로의 닭이 저기 있었습니까?"

이 대표가 답했다.

"아닙니다. 2003년부터 2007년까지 주임신부로 계셨던 윤빈호 루
치오 신부님께서 본당 설립 50주년을 의욕적으로 준비하셨습니다.
그때 옥사와 십자가의 길을 만들고 또 베드로의 닭도 저렇게 올려
놓으셨지요."

"반대는 없었는지요?"

"의견이 분분하긴 했습니다만, 윤 신부님께서 옥터 성지의 의미를
기리기 위해선 그것이 최선이라며 뜻을 굽히지 않으셨습니다. 기록
에 의하면 정해년에 끌려온 교인들은 모진 고문을 당하였지요. 배
교하란 협박에 시달렸고요. 믿음을 끝까지 지킨 이도 있고 배교한
이도 있었습니다. 성당에 와서 베드로의 닭을 올려다볼 때마다 저
는 스스로에게 묻습니다. 제가 만약 그때 이곳으로 끌려왔더라면
어찌 하였을까? 믿음을 지켰을까 아니면 버렸을까? 이곳을 찾는 순
례자들도 비슷한 질문을 자기 자신에게 던지지 않겠습니까?"

정해박해에 대한 기록은 샤를르 달레의 『한국천주교회사』에 자세
하며, 『조선왕조실록』과 『승정원일기』 『일성록』 등에도 관련 기사가

여럿 있다. 서로를 지켜주기 위해 침묵하고, 거짓말하고, 자기 잘못으로만 돌리며, 그러다가 울고, 곤과 장을 맞고, 기절하며, 결국 털어놓고, 다시 우는 시간.

엔도 슈사쿠의 장편소설 『침묵』과 이 작품을 원작으로 마틴 스코세이지 감독이 만든 같은 제목의 영화가 떠올랐다. 혹독한 시련 속에 처한 천주교도들이 기도에 기도를 거듭해도 신은 답을 주지 않고 침묵한다. 이 침묵을 어떻게 받아들여야 할 것인가. 소설과 영화는 신의 침묵 속에서 순교한 자와 배교한 자의 같고 다름을 꼼꼼하게 파고든다. 엔도 슈사쿠도 마틴 스코세이지도 이야기한다. 순교와 배교가 상반되는 길이며 둘 사이엔 건널 수 없는 강이 흐르는 듯하지만, 그 차이가 크지 않을 수도 있다고. 믿음과 배신 사이에서 왔다 갔다 고뇌하는 가여운 존재가 또한 인간이라고.

정해박해와 옥터 성지 그리고 곡성 성당에 관한 사진과 자료를 모아놓은 성당 안 옥터 전시실에 들렀다. 곡성에 천주교가 들어온 것은 을해박해(1815년) 때 강원도와 경상도의 천주교도들이 피신하면서부터로 추정해 왔다. 곡성문화원 조준원 사무국장은 시기를 조금 앞당겨 신유박해(1801년) 때 곡성으로 유배된 조봉상, 남원으로 유배된 박사민과 이취번, 동복으로 유배된 남송로, 옥과로 유배된 방성필과 김행득, 순천으로 유배된 한재렴, 강복혜, 숙혜, 여주로 유배된 정종순 등에 주목한다. 곡성과 인근 마을로 귀양 온 천주교도들에 의해 복음이 전파되었을 가능성도 있다고 본 것이다.[4]

신유박해가 되었든 을해박해가 되었든, 곡성은 19세기 초부터 천주교도들이 교우촌을 형성한 곳이다. 성당에 의하면, 천주교 교우촌이 형성된 지역은 곡성군 오곡면 미산리와 승법리 일대이다.

옥터 전시실을 나왔다. 성당 뒤 옥사로 향하는 이 대표를 불러 세웠다.

"미산리와 승법리 두 곳은 가보셨겠네요?"

"승법리 덕실마을은 성당에서 1.5킬로미터 남짓 떨어진 언덕이라 자주 가고요. 승법리에서 4킬로미터 정도를 더 가면 미산리 골짜기에 닿지요. 골짜기가 제법 가파르고 깊어 5년쯤 전에 성당 식구들과 둘러본 것이 마지막입니다."

"옹기점이 있던 곳은?"

"승법리 덕실마을입니다."

"먼 곳에서부터 답사를 해볼까요?"

미산리, 승법리, 옥터 성지로 답사 순서를 정했다. 이 대표 차를 타고 미산리로 향했다. 묘천교를 지나 미산교를 건너 토점마을에 이르렀다. 차를 세우고 마을을 지나자 오른쪽으로 축사가 보였다. 흙길을 따라 골짜기를 오르기 시작했다.

숨이 차오르고 이마에서 땀이 흘렀다. 차에서 내릴 때는 겨울바람이 제법 매서웠는데, 오르막길로 접어들고 나선 점점 바람이 잦다가 사라졌다. 바람뿐만이 아니었다. 산길을 따라 두어 번 꺾어 넘으니 마을도 보이지 않았다. 맞은편도 산이고 좌우도 산이었다. 그가 내 마음을 헤아린 듯 설명했다.

"저라도 여기에 교우촌을 만들겠습니다. 곡성 골짜기들이 깊지만,

여기처럼 깊진 않습니다. 바람도 마을도 순식간에 사라지거든요. 이런 곳에 은거하면, 무슨 짓을 해도 산 아래 사는 이들은 모를 겁니다."

15분을 더 올랐다. 군데군데 깨진 옹기와 자기 조각들이 나왔다. 이곳에서도 옹기를 만들었을까, 아니면 이곳에 살던 이들이 구입해서 사용하던 것일까.

그가 기억을 더듬어 교우촌으로 추정되는 골짜기를 더 올라갔다. 군데군데 나무로 만든 십자가들이 나타났다. 성당 교우들과 함께 세운 것이다. 그 사이 살펴보질 않은 탓인지 기울어지거나 아예 넘어진 십자가도 여럿이었다. 능선까지 올라가선 땀을 닦으며 숨을 몰아쉬었다. 이 대표가 손을 들어 산 아래를 가리켰다.

"보이십니까? 저기가 승법리 덕실마을입니다."

완만한 언덕이었다.

"덕실마을에 위급한 일이 생기면 이곳에서 곧 알 수 있겠군요."

그가 고개를 끄덕였다.

"맞습니다. 가마에 불을 피우거나 천을 내거는 것만으로도 신호를 보낼 수 있죠."

곡성 성당 신자인 박병규 베드로의 '곡성군 오곡면 미산리 및 승법리 지역 천주교인 순교사기'에는 미산리 교우촌 이야기가 자세하다. 이곳까지 오는 길을 지도로 남기기도 했다. 그러나 『한국천주교회사』나 다른 국내 기록엔 미산리에 대한 언급이 없다. 현재 '정해박해 진원지'란 표지석은 승법리에만 있다. 미산리 골짜기엔 곡성 성당에서 세운 십자가들이 전부인 것이다.

문헌 기록에 없다고 미산리에 교우촌이 없었다고 단정짓긴 어렵다. 실존인물의 행적을 답사하다 보면 미산리와 같은 경우를 종종 접한다. 문헌 기록에는 없지만 그 마을에 대대로 내려오는 이야기들! 문헌 기록은 마을의 입장을 대변하기보다는 관청이나 혹은 정부의 필요에 따라 첨삭되는 경우가 잦았다. 정해박해는 조선 후기인 1827년에 일어난 사건이니, 지금부터 2백 년도 채 되지 않았다. 천주교도가 어느 골짜기에 살았고 생김새는 어떠하며 어떻게 죽었는지, 전해 내려오는 이야기를 가볍게 취급해선 안 될 것이다.

미산리 골짜기를 내려와서 승법리로 이동했다. '정해박해 진원지'라는 표지석만 덩그러니 놓였다. 옹기를 구웠다는 가마도, 천주교도 옹기장이들이 모여 살았다는 마을도 흔적을 찾기 어려웠다. 햇볕이 잘 드는 언덕인 탓에, 나무들 사이사이 묘지만 가득했다. 승법리에서 내려다보니 곡성 관아였던 군청까지 훤히 보였다. 마을 가까이로 가되 관아를 살피려면 이만한 곳이 없었던 것이다.

승법리에서 성당으로 돌아왔다.

정해박해 때 오라에 묶인 천주교도들은 미산리와 승법리에서 여기까지 끌려왔다. 옹기를 이거나 지고 조심조심 오갔던, 관아로 이어진 길이었다. 그날은 이 길을 되돌아 나올 수 있을지 예측하기 어려웠다. 풀려난다 해도, 미산리나 승법리에서 예전처럼 은밀하게 예배를 드리며 성경을 읽지는 못할 것이다. 옹기가 깨어지면 원래 꼴로 돌아가기 어렵듯이, 이제 가난했지만 경건하고 평화로웠던 시절은 끝났다.

옥에 갇혀 서로의 얼굴을 가만히 확인했다. 잡혀온 이는 누구이고 달아난 이는 누구인가. 잡혀오며 다친 이는 또 누구인가. 달아난 이들 역시 영영 곡성으론 오지 않을 것이다. 곡성에서 가장 먼 곳까지 무사히 달아나 숨기를 바랐다.

잡혀온 이들과는 의지를 다졌다. 발각되어 관아로 끌려가 문초를 당할 때 미리 정한 약조가 있었다. 천주교도임을 인정하되 교우촌을 이끈 지도자가 누구인지는 감출 것, 옹기를 지고 방문했던 다른 마을 교우촌이 어디인지는 감출 것, 이곳에 보이지 않는 이들에 대해선 중요한 사람이 아니라고 둘러댈 것, 남을 탓하지 말고 자기 자신이 스스로 한 일이라고 버틸 것. 베드로의 닭이 울 때까지 버티고 버티고 또 버틸 것. 배교하지 말 것.

옥사는 작고 더럽고 초라했다. 교도들은 문초당할 때까지 여기서 기다려야만 했다. 먼저 끌려 나간 이들의 비명과 신음과 울음을 고스란히 들었다. 옥사를 천천히 한 바퀴 돌았다.

이 대표는 나를 성모마리아상 앞으로 이끌었다.

나란히 박은 말뚝엔 세월호 희생자를 추모하는 노란 리본들과 함께 '세월호 참사를 기억하며 바치는 기도문'이 붙어 있었다. 그가 내 곁에 서서 말했다.

"곡성에 처음 왔을 때, 여러모로 기운이 강한 곳이라고 느꼈지요. 정해박해 성지란 걸 알고, 역시 그랬구나 싶었습니다. 신자 수는 많지 않지만 믿음이 참으로 깊은 분들이십니다. 교우촌을 만들고 온갖 박해에도 믿음을 이어갔다는 자부심도 상당하지요. 믿음을 지키기 위해, 양반과 상놈, 남자와 여자, 분명하게 차별을 두던 도리들을 뛰어넘어 평등하게 살았던 이들이 바로 곡성 천주교도들입니다. 저도 2백 년 전 곡성에서 가난하고 병든 이들을 위하고 희망을 찾으려 한 교도들의 뜻을 이어받으려 합니다. 때마침 정해박해 순례길을 조성한다네요."

　미산리에서 승법리를 거쳐 옥터 성지까지 닿는 길을 머릿속으로 그려보았다. 얼음이 녹으면 다시 걷기로 했다. 옥터 성지에서 미산리까지 나아갔다가 노란 리본이 달린 말뚝으로 돌아와선 두 손을 모아도 좋을 것이다. 봄날의 순례는 걸음걸음이 기도이고 걸음걸음이 고백이리라.

사람이

씨앗이다.

마을이

씨앗이다.

다시

봄.

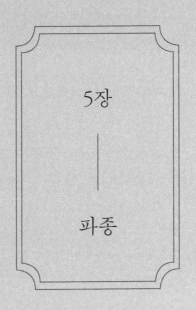

5장

—

파종

겨울을 견디는
사람만이 다시 씨를 뿌린다

추수를 마친 논은 황량하다. 들녘을 가득 채웠던 벼들이 순식간에 잘려 나간 뒤론 농부들의 발길도 뜸하다. 동네 개들만 나락을 주워 먹는 참새들을 쫓다가 그마저 귀찮은지 엎드렸다가 이내 일어나서 돌아 가버린다. 이 끝에서 저 끝까지 제 세상이다 싶게 몰아치는 찬바람을 녀석들도 견디기 힘든 것이다. 다시 이 땅에서 싹이 트고 열매가 맺힐 것 같지 않다.

겨울에서 겨울로만 이어진 공화국을 노래한 시인도 있지만, 아무리 혹독한 추위가 몰아쳐도 겨울 다음에는 어김없이 봄이 온다. 그 봄을 기다리며 농부는 씨나락을 고이 간직하는 것이다. 봄을 향한 상상은 추운 오늘을 견디는 벽난로다. 가지만 앙상한 나무에게도,

굶주린 텃새들에게도 위로를 건네는 근거인 것이다.

이 대표와 함께 걸었다. 먹구름 짙은 저물 무렵이었다. 노을도 없이 먼 산부터 어둑어둑해졌다. 아침 산책마다 시끄럽던 새소리도 들리지 않았다. 돌아올 때는 적막한 어둠에 잠길 듯했다. 겨울비에 마른 어깨가 젖을 수도 있었다. 섬진강 쪽으로는 가지 않고 논두렁을 따르다가 물었다. 2040년에 고흥군 인구가 0명이 될 것이란 통계를 아느냐고.[1] 그의 눈이 놀라움으로 가득 찼다. 20년 뒤 고향이 사라질 수도 있다는 것이다.

나는 소멸위험지수를 간단히 설명했다. 65세 이상 고령인구를 분모, 20~39세 여성 인구를 분자로 하여 구한 값이다. 0.2~0.5는 소멸위험진입 단계이고, 0.2보다 작으면 소멸고위험지역이다. 고흥은 소멸위험진입 단계에 속했고, 곡성은 그보다 더 심각한 소멸고위험지역이었다.[2]

그가 걸음을 멈추곤 텅 빈 논으로 걸어 들어갔다. 왼 무릎을 땅에 대고 얼어붙은 논을 손바닥으로 두드린 후 내게 말했다.

"겨울에도 속흙이 움직이는 것 아세요? 흙 속 미생물들이 가만히 있질 않거든요."

겉흙은 송장처럼 미동도 없지만, 스스로 땅힘을 기르는 중이라고 했다.

2006년 곡성으로 이주할 때부터 소멸에 대한 예측을 줄기차게 듣고 읽었다고 했다. 농촌에 학생이 대폭 줄어 학교들이 급속하게 문을 닫는다는 기사가 대서특필되기도 했는데, 미실란이야말로 폐교에 안착한 회사였다. 학교가 사라지듯 마을이 사라지고, 마을이 사라지듯 군(郡)이 사라진다는 예상을 각종 통계가 뒷받침했다. 당신이 태어나 살았던 고흥과 당신이 지금 살고 있는 곡성이 머지않아 사라질 테니, 미리미리 대비하라는 식이다.

묵직한 목소리가 겨울비처럼 떨어졌다. 오랫동안 고심해 온 문제였다.

"우리가 아무것도 하지 않는다면 파국을 맞겠지요. 우리가 이 겨울부터 준비를 하면 봄에 농사를 시작할 게고, 낙담한 채 아무것도 하지 않으면 봄이 와도 농사를 못 짓습니다. 견딘다는 건 아무것도 하지 않는 게 아닙니다."

거기, 미래가 있다

누구도 지방 농촌인 곡성의 사정을 꽃피는 봄이라고 보진 않는다. 이대로 가면 소멸한다는 위기의식이 바탕에 깔려 있다. 지방과 농촌의 회생 방법에 대해선 의견이 분분하지만 논의의 전제는 같다. 곡성의 미래는 시간이 흐르면 저절로 오는 것이 아니라는 것이다. 씨앗이 흙을 뚫고 싹을 틔우듯, 더 나은 삶을 꾸리겠다는 의지가 미래를 만든다. '의지미래'라는 용어를 쓰는 학자도 있다.

여기서 먼저 짚고 넘어가야 하는 대목은 어떤 지방 농촌을 만들 것인가 하는 점이다. 돈을 벌어 부자가 되는 것을 최고의 가치로 삼으면, 지방 농촌에서 지방 중소도시를 거쳐 중앙 대도시로 향할 수밖에 없다. 농촌에 살더라도 대도시가 삶의 기준이 된다. 돈이 되는 마을만 남기고 나머지 마을들은 없애자는 주장까지 제기된다.

그러나 이미 우리는 경제개발 논리를 앞세워 마을들을 수몰하고 매몰한 결과를 안다. 돈을 좇아 단숨에 없애고 또 단숨에 짓는 식으로 과거의 잘못을 반복하진 말아야 할 것이다.

간다 세이지가 쓴 『마을의 진화』라는 책에서 가장 인상적인 단어는 '창조적 과소'이다. 일본의 산골마을 가미야마에선 경제적 효율성부터 따지지 않았다. 대신 풍부한 자연 환경과 느긋한 일상에서 찾아드는 소소한 기쁨이 강조되었다. 나무든 풀이든 새든 고양이든 혹은 사람이든 충분히 만나서 서로를 알아나갈 여유가 허락되었다. 마음을 열고 만인과 만물을 환대하는 마을인 것이다.

여기에 디지털 매체와 인터넷 인프라를 적극 활용하니, 도시와 단절되지 않고도 시골 생활을 즐길 방편이 마련되었다. 대도시에 본사가 있는 직원들의 원격 근무가 가능해졌고, 아예 회사 전체가 마을로 들어오는 경우도 생겼다.

귀촌인들은 일의 능률이 오르고 행복도도 급등했다. 흙길을 밟으며 걸어서 출근하고, 농가를 개조한 사무실에서 근무하다가 천변에 나가 도시락을 먹고, 숲길을 잠시 걷다 돌아와 오후 근무를 하며, 퇴근 후엔 이웃들과 마을회관에 모여 다양한 취미 생활을 즐기는 나날이었다.

오늘의 가미야마 마을을 만든 주역 오오미나미 신야는 인구 감소를 받아들이되, 숫자보다 내용에 집중하여 '창조적 과소'라는 말을 만들어냈다. 가미야마처럼 자연 속에서 평온하게 살아가고자 하는, 15세 미만 어린이가 두 명 있는 4인 가족 다섯 팀 그러니까 모두 스무 명을 매해 받아들이겠다는 목표를 세운 것이다.[3]

숫자에 연연하여 머릿수만 채우는 방식이 아니라, 마을에 꼭 필요하며, 과밀한 대도시가 아니라 과소한 시골 마을에서 오래 살고자 하는 이들을 선별하여 받아들였다. 이렇게 모인 사람끼리 이웃하며 지내자 더 새롭고 더 신나는 일들이 벌어졌다.

속도가 아니라 방향이다. 숫자가 아니라 내용이다. 돈이나 명예는 수단이며 더 중요한 가치는 행복인 것이다. 나는 언제 어디서 누구와 무엇을 할 때 가장 행복한가. 또 내가 사는 마을은 어떤 마을이 되어야 마을 사람들 모두 행복할까.

곡성을 둘러보며 가장 놀랐던 점은 골짜기마다 자리잡은 마을이었다. 마을 입구 성황당에 우뚝 솟은 고목들이 먼저 우리를 맞았다. 나무들이 노쇠한 탓도 있지만, 뒤틀리고 휜 가지가 적지 않았다. 마을 사람들은 나무가 곧게 자라지 않는다고 함부로 부러뜨리거나 베지 않았다. 정성껏 돌보며 오히려 그 상처를 보듬고자 이야기와 노래를 만들었다.

이종은 감독의 다큐멘터리 〈시인 할매〉의 등장공간은 곡성군 입면 서봉마을이다. 할머니들이 태어난 곳은 제각각이지만 서봉마을에 최소한 반백 년 이상 함께 살며 정을 나눴다. '길 작은 도서관'에 모여 시도 쓰지만, 음식도 지어 먹고, 경치 좋은 정자에 둘러앉아 노래도 부른다.

지나온 삶이 늘 행복하지만은 않았다. 남편을 먼저 저승으로 보낸 할머니도 있고, 몸이 아픈 할머니도 있다. 누군가 삶의 무게에 힘겨워하며 낙담할 때, 이웃 할머니가 가선 곁에 머문다. 같은 마을에 살기 때문에 시간을 따로 내거나 약속을 정할 필요도 없다. 언제든 가서 그날 하고 싶은 것을 함께 하며 낮과 밤을 흘려보내는 것이다. 이웃을 위해 내 시간을 온전히 내어주는 것, 그 울음에 귀 기울이는 것, 내 일처럼 느끼며 걱정하는 것, 그 마음에 깃드는 것이 바로 시(詩)다.

서울에는 970만 명이 산다. 그러나 마음을 터놓고 서로의 고민을 나눌 친구는 손에 꼽을 정도다. 그 친구들과도 바쁜 일상에 쫓겨 자주 만나기 힘들다. 계절에 한 번씩만 만나도 매우 친한 사이라는 농담까지 있다.

곡성에는 2만 8천 명이 산다. 읍은 하나고, 면은 열 개고, 리는 125개다. 리에서 마을이 또 나뉘기도 한다. 마을에 터를 잡으면 그 마을 사람들과 자주 만날 수밖에 없다. 집을 나와 마을을 한 바퀴 돌기만 해도 인사를 주고받는 이웃이 여럿이다. 나란히 전답을 두고 농사를 짓는다면, 봄부터 가을까지 수시로 얼굴을 볼 것이다. 마을 단위의 각종 모임과 행사에서 또 어울린다. 과소한 마을이지만, 그렇기에 마을 사람과 함께할 기회가 많은 것이다.

신영복의 옥중서한집 『감옥으로부터의 사색』에는 옆 죄수의 체온으로 겨울을 견뎠다는 문장이 나온다. 혼자서는 춥고 외롭고 심

어느 마을로 가서 누구와 이웃하며 살 것인가.
어떤 사람들을 마을로 받아들여 함께 살 것인가.

심하지만 마음을 나눌 이웃이 곁에 있으면 긴 겨울밤을 거뜬하게 넘길 수 있다.

곡성을 비롯한 우리네 마을들을 들여다보라. 사람이든 동물이든 식물이든, 약하고 병든 생명을 돈이 되지 않는다고 내치진 않았다. 어떻게든 마을에서 어울려 살 방법을 찾았다. 조금씩 짐을 나눠 지면서, 함께 웃고 울며 살아온 세월이 수백 년인 것이다.

이렇게 쌓인 마을의 역사와 공동체의 전통이 존중받지 않으면, 제대로 된 미래를 만들 수 없다. 마을의 역사와 전통을 빛바랜 낡은 유산으로 취급하지 않고, 오히려 이것들을 아끼고 지키면서 행복을 찾고자 하는 사람들을 새로운 이웃으로 받아들일 준비를 해야 할 것이다.

어느 마을로 가서 누구와 이웃하며 살 것인가. 거기 당신의 미래가 있다. 어떤 사람들을 마을로 받아들여 함께 살 것인가. 거기 곡성의 미래가 있다.

적당한 거리를
생각하세요

곡성역에 내리면 다른 세상이 펼쳐졌다. 그곳엔 초록이 절정인 섬진강이 흘렀다. 경쾌한 물소리를 듣고 자란 풀과 나무는 하늘과 땅의 기운을 자신들만의 방식으로 풀어놓았다. 자연의 물감에 충분히 젖고 싶어 일부러 강변을 끼고 미실란까지 걸었다. 30분이면 족한 길이 한 시간이 되고 때론 두 시간까지 늘어났다.

마주치는 행인은 없었다. 마을 골목에서도 개들만 간간이 짖을 뿐 사람이 없기는 마찬가지였다. 서울에선 대중교통은 물론이고 거리에서도 대부분 마스크를 썼는데, 여기선 비말을 만들 사람 자체가 보이지 않았다.

미실란에 도착하니 직원들이 모두 긴 탁자에 둘러앉았다. 재혁과 재욱도 한 자리를 차지했다. 때마침 파종하는 날이다. 이 대표가 품종명이 적힌 명패와 육묘트레이와 볍씨가 담긴 쟁반과 긴 젓가락을 내밀었다. 소독과 싹 틔우기를 마친 볍씨들이다.

"구멍마다 딱 두 개씩! 적당하게 간격을 둬야 잘 자란답니다. 더 자라도 안 되고 덜 자라도 곤란하니까요."

젓가락을 쥐고 능숙하게 시범을 보였다. 탁자에 둘러앉은 사람들도 일제히 젓가락을 들었다. 나 역시 볍씨를 일일이 집어 조심스럽게 트레이의 구멍에 옮겼다. 젓가락 끝에 정신을 집중했다. 너무 세게 집어 볍씨가 다쳐도 안 되고, 너무 약하게 집어 볍씨가 제 구멍을 찾기 전에 떨어져서도 안 되었다. 단순 작업이니 쉬우리라 여겼는데, 막상 하려니 실수가 잦았다.

내가 볍씨를 엉뚱한 곳에 떨어뜨릴 때마다 옅은 웃음소리가 퍼졌다가 사라졌다. 10분도 채 지나지 않아 어깨가 뻐근하고 뒷목이 당겼다. 꾹 참고 침묵한 채 젓가락을 놀리다 보니, 한라산 돌오름길에서 만난 노루들의 늘씬한 다리가 떠올랐다.

한라산 돌오름길을 좋아한다. 여럿이서 때론 혼자서, 계절을 달리하여 다섯 번이나 걸었다. 해발 600미터에서 800미터, 참나무숲이자 조릿대 군락지이며 표고버섯 재배지인 이 길을 즐기는 이유는 두 가지다.

첫째, 행인이 적다. 12킬로미터쯤을 두세 시간 걸어도 두세 명을 만나는 것이 고작이다. 서울에서 인파에 휩쓸려 다니다가 인적 드문 산길을 걷노라면, 새소리는 물론이고 내 발걸음 소리까지 유난히 크게 들린다. 빛살이 그 소리를 더 맑게 만든다.

둘째는 노루와 늘 만나기 때문이다. 우연이겠지만, 다섯 번 가서 다섯 번 모두 노루와 마주쳤다. 처음엔 내가 놀라 뒷걸음질치는 바람에 노루가 달아났다. 나머진 가만히 멈춰 서서 노루를 봤다.

노루들은 숲으로 깊이 숨지 않았다. 달아나다가 멈춰 서선 고개를 돌렸다. 10미터일 때도 있고 20미터일 때도 있다. 거리를 둔 채 서로를 의식하며 서 있었다. 그러다가 노루가 먼저 고개를 숙이곤 풀이나 잎을 먹기 시작했다. 내가 휴대전화로 사진을 찍거나 동영상 촬영을 해도 신경 쓰지 않았다.

한번은 이렇게 촬영을 하는데, 노루가 내 쪽으로 걸어왔다. 우리 사이엔 바위도 나무도 없었다. 나를 완전히 무시하는 걸까. 노루가 5미터 앞까지 다가왔을 때, 나는 천천히 물러났다.

야생동물이 야생동물답게 살고 인간이 인간답게 살려면, 적당한 거리를 유지한 채 접촉하지 않아야 한다. 다가가고 만지고 죽이고 먹는 것은 자연의 질서를 깨는 짓이다.

내가 뒷걸음질을 치자, 노루는 이해한다는 듯 혹은 가엾다는 듯 고개를 끄덕이곤 돌아서서 껑충 물러났다. 나는 손을 가볍게 흔든 후 돌아서서 가던 길을 계속 걸었다. 오늘 우리의 적당한 거리를 생각하면서.

과밀한 도시는 위험하다

내가 사람과 사람의 거리, 사람과 야생동물의 거리를 더 깊이 고민한 것은 2015년 메르스 사태를 겪으면서였다. 2018년 장편소설 『살아야겠다』를 출간한 뒤 2020년 코로나19 사태가 터졌다.

메르스와 코로나19를 겪으며 세 가지 거리에 주목하게 되었다.

먼저 사람과 야생동물의 거리이다. 근대 이후 폭발적으로 늘어난 인구만큼이나 야생동물 서식지가 급격하게 줄었다. 철도와 도로가 놓이고 전기가 공급되면서 사람들이 자연 깊숙이 파고든 것이다. 둘 사이의 거리가 좁아질수록, 야생동물이 지닌 바이러스가 인간에게 옮겨갈 기회가 많아졌다.

다음으로 고민한 거리는 비행기가 좁혀놓은 국가와 국가, 대도시와 대도시의 거리다. 중세까진 전염병이 돌더라도 국경을 넘어 이 마을에서 저 마을에 닿기까진 적지 않은 시간이 걸렸다. 전염병에 대비할 시간적이고 공간적인 최소한의 여유가 있었던 셈이다.

그러나 비행기의 발명과 함께 이 같은 여유는 사라졌다. 사우디아라비아에서 발생한 메르스가 국내에 유입되기까진 채 하루도 걸리지 않았다. 또한 밀폐된 공간인 기내에서 바이러스가 전파될 위험이 매우 높았다. 공항에서 환자를 찾아 격리하지 못하면, 전염병이 삽시간에 전국으로 퍼져 2차, 3차 감염을 일으켰다.

코로나19가 심각해지자 서둘러 멈춘 운송수단이 비행기였다. 비행기가 오가지 않자, 항공망을 따라 거의 동시다발로 퍼져가던 바이러스도 국경을 넘지 못했다.

세 번째로 유념할 거리는 각 국가와 도시와 마을 안에서 사람과 사람 사이의 거리다. 밀집도가 현저하게 높은 대도시가 고위험 지역으로 묶였다. 아침저녁으로 지하철과 버스를 타고 일터를 오가는 것부터 문제였고, 고층 건물에 근무하는 수백 명 혹은 수천 명이 같은 엘리베이터를 타고 오르내리는 것도 문제였다. 경기장이나 공연장이나 영화관처럼 다수가 모이는 공공시설 역시 바이러스에 취약한 장소였다.

'뭉치면 살고 흩어지면 죽는다'는 격언은 '뭉치면 죽고 흩어지면 사는' 것으로 바뀌었다. 과소 지역인 지방 농촌은 뭉치는 것 자체가 어려웠고, 과밀 지역인 서울은 흩어지려 해도 틈이 없었다. 농촌에선 혼자서도 집과 길과 논과 밭을 다니며 일하고 쉬는 것이 가능하지만, 서울에선 집만 나서면 누군가와 만나야만 했다. 집 밖에서 사람 없이 단 하루도 살 수 없도록 만들어진 곳이 바로 대도시 서울이었다.

돌오름길에서 만난 노루들은 행인이 누구냐에 따라, 또 자신의 컨디션에 따라, 그때그때 인간과의 거리를 넓히거나 좁혔다. 너무 가까이 붙으면 위험하지만 지레 겁을 먹고 떨어져 고립될 필요도 없다.

접속이냐 접촉이냐, 컨택이냐 언컨택이냐. 메르스와 코로나19 이후 인류의 미래를 양자택일로 파악하려는 시도가 부쩍 늘었다. 나는 적당히 접속하고 적당히 접촉해야 하며, 적당히 컨택하고 적당히 언컨택해야 한다는 입장이다.

물론 이것은 지나치게 접촉하고 무분별하게 컨택해 온 근대 이후 인류의 행태에 대한 반성을 전제로 한다. 자연을 정복의 대상이나 이익의 수단으로 삼아선 안 되는 것이다.

대도시가 바이러스를 비롯한 전염병에 취약하다는 사실은 소멸이나 붕괴란 단어로만 연결되던 지방 중소도시와 농촌의 가치를 되돌아보게 하고 있다. 지방 농촌이 안전한 과소 지역이 된 것이다. 지구인 전체가 사람답게 사는 '적당한' 거리를 고민하기 시작한 때이기도 하다.

돌다리를 두드리고
땅을 다지다

글을 쓰다 보면 마음에 박히는 숫자가 있다.

일(一)부터 천(千)까지, 숫자 몇 개를 꺼내 글쓰기의 기본을 설명하곤 했다. 막연히 쓰기의 자세를 설명하기보다 숫자를 내세우면 이해하기도 쉽고 오래 기억되기 때문이다. 최근엔 그 범위를 만(萬)까지 늘렸다. 자유와 두려움의 숫자가 바로 만이다. 만물 혹은 만상이라는 단어에서 보듯, 만이란 숫자는 전부를 뜻하기도 한다. 전부를 쓸 자유를 누리되, 거기서 골라 쓴 글에 대한 책임이 글쓴이에게 있다는 두려움 역시 무겁다.

농부들은 현재의 씨앗에 미래의 열매가 담겼다고 강조한다. 유년과 청년 시절에는 희망이란 단어로부터 지금보다 더 높은 곳으로 올라가는 나날을 그리곤 했다. 그러나 반백 년을 살고 나서 다시 희망을 논하는 지금은 더 깊이 내려가고 싶다는 생각이 앞선다. 줄기처럼 올라가는 상승의 욕구보다 뿌리처럼 내려가는 하강의 의지가 커진 것이다.

늙어갈수록 희망이 줄어든다는 푸념을 종종 듣는다. 희망도 희망 나름이다. 다시 말해 소설가가 과학자가 된다거나 과학자가 어부가 되는 희망은 현격히 줄어드는 것이 맞다. 그러나 소설가가 자신의 이야기 세계를 풍부하게 하거나 농부가 자신의 전답을 알차게 가꿀 희망은 더 느는 법이다.

학교, 박물관… 쌀로 그리는 것들

나는 15년 동안 벼농사를 지으며 미실란을 경영한 농부과학자 이동현의 희망이 궁금했다. 그것은 곡성에서 울고 웃고 실패하고 성공하며 상상한 것들의 구체적인 실현이었다. 지방 농촌이 소멸되는 것을 막고, 지속 가능한 친환경 벼농사를 마을 농부들과 함께 짓고자 하는 미실란의 바람이기도 하다. 15년의 고민을 하나씩 풀어, 곡성 군민은 물론이고 대도시와 중소도시 시민들과도 적극적으로 소통하려는 것이다.

이 대표로부터 쌀로 할 일이 무궁무진하다는 이야기를 들었을 때 나는 만(萬)을 넘어 무한대 기호인 '∞'를 떠올렸다. 논에 나가면 벼와 대화를 나누고 작업장에선 발아하는 현미를 자식처럼 아끼는 사람이니, 그 상상은 해도 해도 다함이 없을 것이다.

그러나 이 대표는 농촌과 지방과 벼농사와 공동체를 단숨에 나아지게 만들 수 있다는 방책들을 받아들이지 않았다. 그 대신 오래 고민하며 준비했고 또 지금 이 대표와 미실란의 역량으로 해내갈 수 있는 일들을 하나하나 털어놓았다. 돌다리를 최소한 백 번은 두드리며 점검하고, 제 땅의 특성을 완벽하게 파악한 농부과학자만이 낼 수 있는 소박하고 알찬 미래였다.

이 대표가 가장 먼저 제시한 것은 쌀 학교다.

지금도 미실란은 유치원부터 초·중·고 학생, 귀농인, 농업 관련 각종 단체의 직원 교육과 체험학습을 진행하느라 분주하다. 수강생의 범위도 곡성과 전라남도를 넘어 전국으로 확장되었다.

유치원이나 초등학교 학생들이 오는 날이면, 그는 만사를 젖혀두고 교육에 집중했다. 농기계 작동 시범을 직접 보이다가 경운기에서 떨어져 얼굴을 다치기도 했다. 농업회사법인 중에서 미실란처럼 교육에 시간과 노력을 쏟는 회사는 드물다. 이유를 따져 묻자, 별일 아니라는 듯 답했다.

쌀을 소중히 여기는 사람이 많아져야 미실란도 살고, 곡성에서 벼농사 짓는 농부도 살고, 나아가 이 나라 농부 모두가 살 수 있다는 것이다. 그런데 농촌과 벼농사와 쌀을 귀중하게 여기는 마음은 저절로 생기지 않는다. 책을 읽는 것만으로는 턱없이 부족하다. 최선책은 미실란처럼 지방 농촌의 교육장에서 강의를 들은 후, 들녘으로 곧장 가서 벼를 직접 보고 만지는 것이다. 그 논에서 나온 쌀로 지은 따듯한 밥 한 공기를 먹는 것이다.

쌀 학교는 여기서 더 나아가 전문적이고 지속적인 교육을 목표로 한다. 쌀의 생산과 유통, 미곡 가공 방법과 상품화 과정을 다룰 뿐만 아니라, 벼농사의 역사나 벼농사와 관련된 세계문화 등을 고찰하고, 쌀과 벼농사를 중심에 둔 다양한 예술 활동까지 섭렵한다.

수강생은 농부를 비롯하여 요리사, 예술가, 교사, 공무원 등 제한을 두지 않되, 다양한 직업과 연령이 섞이도록 한다. 처음엔 한 달에 한 번씩 모여 강의를 듣는 1년 과정으로 운영하며, 점점 강의 횟수를 늘려나간다. 수강생은 볍씨 고르기, 모내기, 추수 등 벼농사의 전 과정에 참여해야 하며, 마지막 달엔 각자의 영역에서 쌀과 관련된 구상과 실천 방안을 발표한다.

이론과 실습을 병행한 교육인 것이다. 지금까지 농부 학교나 귀농 학교 혹은 생태 학교 등은 있었지만, 단일 농작물인 쌀에 1년 동안 집중하는 학교는 열린 적이 없다. 이 대표는 연구자로 쌓은 지식과 농부의 경험을 교육 과정에 녹일 뿐만 아니라, 쌀로 할 수 있는 모든 것을 이 학교에서 꿈꾸고 실현시켜 나가려 한다.

쌀 학교와 자매편으로 등장하는 것이 쌀 박물관이다.

미실란 부설 연구소 복도에 전시된, 유리병에 담긴 278종 볍씨를 처음 봤을 때 나는 박물관에 들어왔다는 착각이 들었다. 쌀 박물관은 쌀에 관한 온갖 것을 전시할 뿐 아니라, 쌀에 관한 다채로운 지식을 배우고 익히는 곳이다. 과학에서 신앙까지, 볍씨에서 오가리까지, 벼와 관련된 생물에서 무생물까지, 곡성에서 지구까지, 도판에서 영상까지, 쌀 박물관은 벼농사와 인류의 관계를 깊고 넓게 조망한다. 박물관을 세우면 청단마을에서 본 오가리부터 옮겨 오겠다고도 했다.

그는 쌀 박물관이 마음껏 체험하고 각자의 방식대로 실패하는 박물관이길 원한다. 도시에서 나고 자란 이들에겐 논에서 벼를 재배하는 과정 전체가 낯설 수밖에 없다. 그 과정들을 책을 통해 아는 것보다 몸으로 습득하는 프로그램을 마련하려는 것이다.

나락 한 알을 심어 수백 알을 거두는 과정, 첨단 장비를 동원하여 쌀을 분석하고 연구하는 과정, 쌀을 가공하여 제품으로 만드는 과정, 쌀을 요리하여 음식으로 내놓는 과정 등을 실패하고 실패하며 익히도록 한다. 숱한 실패와 실수 속에서 벼농사를 짓는 농부의 마음을 헤아리며 나아가 미실란과 같은 농업회사의 중요함을 깨닫게 하려는 것이다.

마지막으로 그는 예술과 함께하는 미실란을 만들어보고 싶다고 조심스럽게 털어놓았다. 창업 후 지금까지 해마다 작은 들판 음악회를 앞마당에서 열었다. 복도 갤러리에는 다채로운 그림과 사진을 전시했고, 쌀과 농업과 환경을 다룬 작은 영화제도 시작했다.

그의 희망은 차츰차츰 부풀어오르고 있다. 지금까지 꾸려온 행사들을 정성껏 원칙을 지켜 치르는 것은 물론이고, 미실란의 일상에 예술을 녹일 고민을 시작한 것이다. 다시 말해 예술가들이 미실란을 비롯한 곡성 곳곳에 머물며 창작하는 것, 예술가들에게 지방 농촌 곡성의 아름다움을 알려주는 것, 예술가들과 곡성 군민들이 함께 모여 생각과 느낌을 나누는 것, 서로 가르치고 배우는 것, 먹고 마시고 걷고 쉬는 것!

함께 고개를 넘을 벗

이 대표는 나와 함께 다니는 동안, 신나고 멋진 풍경들이 자주 떠올랐다고 했다. 내가 그를 통해 새로운 풍경을 보았듯이, 그 역시 나를 통해 무엇인가를 깨닫고 즐겼던 것이다. 신비로운 거울 속으로 들어갔다가 나온 이야기꾼의 맑은 웃음이 내 어깨를 토닥이는 듯했다. 아직 들판은 황량하지만 미래의 풍경을 그리며 함께 파종을 시작할 때가 온 것이다. 우리는 각자가 본 풍경에 대해 두고두고 이야기하기로 했다.

내가 뇌과학자 정재승과 함께 쓴 장편소설 『눈먼 시계공』은 2049년을 등장시간으로 한다. 가까운 미래를 택한 것은 과학적으로 예측이 가능하기 때문이다. 상상을 즐기는 소설가로선 지금으로부터 천 년 후나 만 년 후를 쓰고도 싶다. 그러나 그것은 과학자와 협업하여 앞날을 묘사하고 설명하는 자리엔 어울리지 않았다. 더 먼 미래에 대해선 과학의 매우 빠른 발전 속도 때문에 구체적인 예측을 내놓기 어렵다.

이 대표가 희망을 이야기할 때는 과학자로서의 치밀함이 돋보였다. 특유의 상상력이 담기긴 하되, 가까운 미래에 실현 가능한 꿈들이었다. 부풀려 이야기할 법도 한데 참는 기색이 역력했다. 그만큼 앞서 언급한 세 가지는 꼭 이루고 싶은 희망인 것이다.

조선 후기 실학자 정약전이 모은 속담 중에 '재는 넘을수록 높고, 내는 건널수록 깊다'는 문장이 있다. 오랫동안 귀양살이를 하다가 흑산도에서 숨을 거둔 이의 서러움이 그 위에 겹쳤다. 고단한 일상에 굳은 의지를 덧붙여 바꿔 읽어보기도 했다. 재는 넘을수록 높지만 또한 넘어야 하고, 내는 건널수록 깊지만 또한 건너야 하지 않을까. 혼자가 어렵다면 함께 재와 내를 지날 벗을 사귀어야 할 것이다.

나는 그의 남다른 희망이 곡성에서 영그는 것을 지켜보고 싶다. 뿅뿅 다리 구멍들로 솟는 섬진강 물방울들처럼, 현재의 희망으로 미래의 발목을 적시고 싶다. 그리하면 나도 더 포근하고 단단한 소설가가 될 수 있을까.

다시 희망을 논하는 지금은 더 깊이 내려가고 싶다.
줄기처럼 올라가는 상승의 욕구보다
뿌리처럼 내려가는 하강의 의지가 커진 것이다.

적정하게
다시 시작하다

　　이 대표와 미실란의 행보를 따르며 되짚노라면, 솔직히 답답한 때가 적지 않았다. 안개처럼 모호하다가, 비빔밥처럼 뒤죽박죽이다가, 파편처럼 흩어졌다. 대도시의 경쟁과 속도전과 규모의 경제학에 나도 길들여진 탓이다. 문제를 발견하면 답부터 찾으려 들었다. 선행 연구나 구체적인 데이터가 없으면 고민을 전개하기 어려웠으며, 문제에서부터 답까지 원인과 결과가 빈틈없이 들어차야만 했고, 어느 정도 일관성을 갖추면 거기서 벗어나는 예외들은 눈감으려 했다.

　　한 세대 혹은 일생을 바쳐도 답을 얻기 어려운 문제가 있음을, 부끄럽게도, 곡성을 오가면서 다시 실감했다. '한 사람의 열 걸음보다 열 사람의 한 걸음'이 소중한 경우가 지방 농촌에서 벼농사를 지으며 공동체 활동을 하는 이들에겐 너무 많았던 것이다. 부자는 돈을, 과학자는 첨단기술을, 공무원은 행정과 제도를, 교수는 전문지식을 중심에 두고 대안을 제시해 왔지만, 이곳에선 번번이 실패했다. 확실한 지름길이 있다면, 네 가지 소멸을 걱정하는 논저가 쏟아지진 않았을 것이다.

지금까지 소설을 쓰면서 내가 깨달은 것은, 모순 없이 가지런한 인생은 드물다는 것이다. 지극히 평범해 보여도, 그 삶에 폭풍이 몰아친 경우가 적지 않다. 처음엔 이와 같은 모순과 불일치를 인간의 나약함으로 간주했다. 그러나 문제적 개인들의 일생을 찬찬히 들여다보며 생각이 바뀌었다.

그 인물의 삶이 치열한 만큼, 오늘의 언행은 어제의 언행과 크든 작든 차이가 생겼다. 일기장에 쓴 문장과 벗들에게 보내는 편지에 쓴 문장과 공문서에 쓴 문장이, 누가 읽느냐를 염두에 둔 탓에 달랐다. 원칙이 흔들린 것이 아니라, 그때그때 닥쳐온 삶의 문제를 신중하면서도 세심하게 살폈기 때문이다. 차이들이 모여 삶을 이룬다. 뒤늦게라도 깨닫고 바꾸는 삶이 첫 마음을 지키겠노라며 일상의 깨달음을 외면하는 삶보다 백배 더 낫다.

소설가로 살아가노라니, 퇴고하는 시간이 점점 길어졌다. 구상은 날아다니는 것이고, 초고는 뛰어다니는 것이며, 퇴고는 무릎걸음으로 문장을 하나하나 찍으며 설산을 기어오르는 것이라고 설명해 왔다. 처음엔 퇴고로 고통받는 시간을 최대한 줄이고 싶은 마음이 컸다. 그러나 초고를 쓴 시간만큼 퇴고를 해야, 구상이나 초고보다 더 나은 문장과 이야기가 찾아들었다.

차이가 만들어지는 순간을 앞당기려 해도 뜻대로 되지 않았다. 지금은 오히려 차이가 나는 순간을 기다리는 편이다. 그리고 깨달았다. 구상한 그대로 문장과 이야기가 나온다면, 초고와 퇴고의 과정은 얼마나 지루할까. 학업을 마치고 세상에 뛰어들 때 꾼 꿈대로 삶이 흐른다면, 그 사람의 중년과 노년은 또 얼마나 심심할까.

인생과 그 인생을 담는 소설의 묘미는 꿈꾸거나 구상한 대로 삶과 소설이 펼쳐지지 않는다는 것이다. 자, 이제 어떻게 할 것인가. 누군가는 세상이 만든 차이를 받아들인 채 살고, 누군가는 세상이 만들어놓은 차이에 저항하며 스스로 그로부터 또다른 차이를 만들어가려 한다. 내 마음이 가는 쪽은 당연히 후자다.

세상은 법이나 제도나 상식이란 이름으로 차이를 정당화한다. 일목요연하게 설명하며 예외를 인정하지 않는다. 스스로 차이를 만들려는 이들의 말과 행동은 깔끔하고 보편적이지 않다. 그 언행은 거친 시도이며, 그 시도가 가져올 파장은 개인이나 집단의 예측을 넘어서는 경우가 대부분이다. 시도를 왜 하고 언제까지 할 것인지에 대해서도 명확한 입장과 계획을 세우지 못한다. 이렇게 해야만 할 것 같아서 덤벼든 나날이 몇 년 혹은 몇십 년 혹은 평생 이어지기도 한다. 그리고 스스로 차이만 만들다가 죽은 이도 있고, 스스로 만든 차이에 대해 되돌아볼 기회를 가진 이도 있다.

나락 한 알 속에 우주가 있듯, 한 사람의 고투 속에 우리가 품어야 할 현재와 미래가 담겼다. 곡성을 오가며 이 대표와 어울리면서, 나는 그가 놀랄 만큼 바쁘고, 여기서 성공한 날 저기서 실패하고, 기쁨이 큰 만큼 상처도 깊다는 것을 알았다. 안쓰럽고 자랑스럽고 안타깝고 든든했다. 그 분주함은 이 대표가 감당해 온 일이 너무 많다는 방증이었다. 농사와 연구와 교육과 봉사와 경영의 일들, 개인과 가족과 마을의 일들, 곡성과 광주와 서울의 일들이 쉼 없이 밀려들었다. 나는 반복해서 묻곤 했다.

"그걸 어떻게 혼자 다 해요? 꼭 그렇게 해야만 해요?"

선택과 집중을 권유한 이도 있었으리라. 그러나 이 대표는 시급하고 중요한 문제를 해결한다고 나머지 문제들이 저절로 풀리지는 않는다는 것을 알고 있었다. 『오디세이아』를 보라. 오디세우스는 트로이 전쟁에서 이기고도, 고향 이타케에 닿기까지 10년이나 걸렸다. 트로이 전쟁과는 확연히 다른 고난과 좌절과 유혹과 그리움이 닥쳤던 것이다. 그래도 오디세우스는 차례차례 모험을 겪지만, 지방 농촌에서 벼농사를 지으며 회사를 운영하면서 연대와 나눔을 고민하는 사람에겐 답이 없는 문제들이 벌떼처럼 달려들었다.

그는 동시에 달려드는 문제들을 전부 끌어안고 버티며 여기까지 왔다. 지방이 겪는 어려움을 해결할 방법을 찾으면서 농촌의 피폐를 걱정하고, 종자 개발에 박차를 가하면서 교육희망연대와 침실습지 보호와 천주교 생명인권활동도 병행했다. 형식적으로 이름만 올린 곳은 한 군데도 없었다.

그리하여 만족할 성과를 냈다면 고단한 심신이 위로받았을 것이다. 그러나 문제와 당당하게 맞선다고 명쾌한 답을 얻는 경우란 극히 드물었다. 분주하게 일만 많고 성과는 들쭉날쭉한 날이 훨씬 잦았다. 현미 발아 연구는 국내에서 으뜸인데, 연구원도 없고 연구 시간까지 부족했다. 온라인, 오프라인에서 농촌이 처한 어려움을 계속 알리고 있지만, 그 반응은 아직 피부로 느껴지지 않을 정도로 미미했다. 교육희망연대 활동에 10년 가까이 주력했지만, 계승하여 발전시킬 젊은 세대가 나오지 않았다.

그의 역량과 무관하게 관습이나 제도나 법 때문에 해결할 수 없는 문제도 많았다. 실망과 함께 슬픔이나 분노가 찾아들었다. 이동현이란 사람과 미실란이란 회사를 탐탁지 않게 여긴 이들뿐만 아니라, 함께 여기까지 걸어온 벗들까지 등을 돌리기도 했다. 성과가 있었지만 한계도 뚜렷했고 칭찬을 받았지만 상처도 깊었다. 그만둘 것인가 더 갈 것인가. 고민에 고민을 거듭하던 2018년 3월, 서울에서 온 소설가가 우연히 '飯하다'에 들른 것이다.

우리가 지켜야 할 아름다움

쓰지 않아도 납득이 되는 인물이나 사건은 글로 남기지 않고 지나친다. 아무리 궁리해도 이해가 되지 않을 때에만, 내 문장으로 그 인물과 사건을 살아보려 덤비는 것이다. 이동현도 미실란도 처음엔 전혀 손아귀에 잡히지 않았다. 나는 거듭해서 곡성으로 갔고, 더 깊

고 넓게 관련 자료를 검토하고, 인터뷰를 하고, 때론 차를 타고 때
론 걸어서 답사를 다녔다.

허심탄회하게 그와 이야기를 나누고 싶었다. 수많은 말과 행동 중
에서 그가 지금처럼 좌충우돌하며 살 수밖에 없는 이유를 찾고 싶
었다. 그도 모르고 나도 모르는, 어쩌면 끝까지 못 찾은 채 책을 내
고, 또 영영 늙어가다가 이승을 떠날 수도 있겠지만!

곡성을 오가며 '적정(適正)'이란 단어에 점점 끌렸다.

최첨단 기술을 몰라서, 간디가 물레를 돌리고 에른스트 슈마허
가 중간기술을 강조한 것이 아니다. 최첨단 기술이 지닌 보편성은
각 지역의 특수한 사정을 고려하지 않는다. 중간 수준, 그러니까 사
정에 맞는 적정 수준의 기술이면 해결 가능한 일을 두고 막대한 돈
을 들여 최첨단 기술을 갖추는 것이야말로 낭비인 것이다. 그 비용
은 고스란히 지역민들이 떠안게 된다. 제아무리 최첨단 기술이라 해
도, 지방과 농촌과 공동체를 죽이는 기술인 셈이다.

적정기술을 착하고 따뜻하며 인간의 얼굴을 한 기술로 보는 이유
가 여기에 있다. 그 지방, 그 마을 사람들의 생존을 위협하는 문제
를 풀기 위한 최적의 기술을 찾는 것이다. 고액의 돈이 드는 난해한
기술이 아니라 싸고 친환경적이며 전문 지식이 없는 사람도 손쉽게
만들고 다룰 수 있는 기술이어야 한다.

정혜신의 『당신이 옳다』에서 '적정'이란 단어를 다시 만났다. 적정
기술에는 '누군가의 고통에 눈길을 포개는 이들의 섬세한 뜨거움'이
필요하다는 것이다. 그 지방, 그 마을에 사는 그 사람의 고통을 구

체적으로 알고 공감해야 그에 알맞은 기술을 찾을 수 있다.

그러므로 지켜야 하는 것은 기술이 아니라 사람이다. 기술의 편리함이 아니라 그 사람만이 지닌 아름다움인 것이다.

이동현이란 사람이 흥미로운 것은 만물의 고통에 뜨겁게 반응한다는 것이다. 그는 곡성 군민은 물론이고, 미실란과 협업하는 농부들, 회사들, 미실란 제품을 찾는 고객들, 미실란에서 교육받고 체험학습을 하는 학생들, '飯하다'에서 식사하는 이들, 곡성 성당 교인들과 시시때때로 어울린다.

또한 다양한 품종의 벼들, 미실란 앞마당의 개와 닭과 토끼와 나무와 풀들, 둠벙과 섬진강과 침실습지의 개구리와 뱀과 나비와 잠자리와 새와 물고기에 대한 관심도 늘 갖고 있다. 공감의 대상이 무생물로 확장되기도 한다. 내게 곡성의 아름다움들을 자랑할 때 가장 힘주어 지키겠다고 말한 것이 폐교였던 강의실의 나무 바닥이었다.

"아름답지요, 정말?"

강의실 바닥의 아름다움은 미실란을 둘러싼 논의 아름다움으로 이어졌고, 곡성의 무수한 골짜기와 그 사이로 흐르는 섬진강의 아름다움으로 확장되다가, 광주대교구가 관할하는 전라남북도와 광주광역시의 아름다움을 거친 뒤, 기후위기와 코로나19를 비롯한 전염병에 신음하고 있는 지구의 아름다움으로까지 나아갔다. 태양계와 우리 은하 그리고 우주의 아름다움도 그의 몸과 마음은 진작부터 품었을 것이다.

그는 이 아름다움들을 저만치 두고 바라보다가 느낀 것이 아니다. 그는 그 아름다움들을 만들기 위해 필요한 노동을 해왔고 거기서 비롯된 고통을 또한 느껴왔다. 고통이 밴 아름다움을 지키고 이어가기 위해 정성을 다하는 것이다.

혹자는 그가 지나치게 일이 많다고 한다. 혹자는 그의 언행이 때론 너무 과학자들만 알 정도로 전문적이고, 때론 회사 경영에는 어울리지 않을 만큼 너무 윤리적이라고 한다. 정치적이라고도 하고, 종교적이라고도 한다. 꿈을 좇는 이상주의자라고도 하고, 동심을 간직한 채 세상물정 모르고 피터 팬처럼 군다고도 한다.

나 역시 이동현이란 사람에게 그처럼 다양한 면들이 있다고 생각한다. 그렇지만 그 면들은 비판받거나 제거해야 하는 것이 아니다. 스콧 니어링은 일찍이 말했다. 라디오와 텔레비전이 전파를 타기 전엔 마을 농부들이 밤이면 모여 정치 현안은 물론이고 우주를 논했다고. 사람이라면 누구나 한 줌 볕 든 강의실 바닥의 아름다움을 지키는 문제부터 창백한 푸른 점 지구의 아름다움을 지키는 문제까지, 공간을 넓히거나 좁히고, 시간을 늘리거나 줄이거나 자르고, 사람을 등장시키거나 퇴장시켜 가며, 사실을 논하고 상상을 더해 궁리하며 이야기하는 능력을 지녔다.

그에게 회사만 경영하라거나 농사만 지으라거나 생태운동만 하라고 충고해선 안 된다. 정치, 경제, 문화, 종교 등으로 나눌 수도 없다. 지극히 작은 것부터 매우 큰 것까지, 그는 중요하고 본질적인데도 해결되지 않은 고민의 둠벙들을 개구리처럼 오간다. 폐교의 문제와 벼 품종의 문제와 습지의 문제와 새만금 간척지의 문제와 야생동물 보호의 문제와 채식의 문제와 전염병의 문제와 생태적 회개의 문제가 전부 연결되어 있는 것이다. 이 모든 삶의 문제를 몸과 마음 여기저기에 넣고 내 일로 고민하는 방식이야말로 이동현이 추구하는 적정이다.

프란치스코 교황도, 무위당 장일순도, 연암 박지원도 나락 한 알에서 우주를 발견했다. 사람에 따라 때와 장소에 따라 강조하는 부분은 달랐지만, 항상 나와 세계의 연결을 전제로 두었다. 나의 고통이고 우리의 고통이고 만인의 고통이다. 나의 아름다움이고 우리의 아름다움이고 만인의 아름다움이다. 아름다운 고통이고 고통스런 아름다움이다. 교실 바닥의 아름다움을 지키듯 곡성의 아름다움을 지키고, 곡성의 아름다움을 지키듯 지구의 아름다움을 지켜온 사람의 걸음에 내 걸음을 맞춰 적정하게 걷고 싶다. 길은 또다시 시작이었다.

살아서도 함께 죽어서도 함께

마당 없는 미실란은 상상하기 어렵다. 정문을 통과하고 나서도 건물까진 한참을 걸어야 한다. 서울에서 바빠 사는 나 같은 사람은 미실란을 에워싼 들녘에 한 번 놀라고, 미실란이 품은 마당에 또 한 번 놀란다. 마당을 걷는 것만으로도 여유가 생기고 숨결이 부드러워진다.

그 마당엔 사람만 드나드는 것이 아니다. 군데군데 자리잡은 소나무들이 눈에 띈다. 그리고 개와 닭과 토끼들이 있다.

동물과 함께 사는 앞마당에선 많은 일이 벌어진다. 반려견을 산책시키는 정도가 전부인 도시의 공원과는 다르다. 이 마당에, 마당을 둘러싼 들판에, 들판을 돌아 흐르는 강에, 들판과 강을 에두르는 산에 다양한 동물들이 자고 먹고 마시고 걷고 뒹군다.

미실란 마당에 사는 녀석들이 야생동물은 아니다. 그러나 단순히

'애완'이나 '가축'이란 이름으로 묶을 수는 없다. 먹이를 주긴 하지만 그 삶에 끼어들지 않고 그들을 팔아 이득을 취하지 않겠다는 것이 미실란의 원칙이다. 닭이든 오리든 토끼든 개든, 이 마당의 동물들은 말 그대로 천수를 누린다.

이 대표와 마당을 거닐며, 마당에 사는 동식물에 관한 이야기를 많이 들었다. 마당이 들려준 이야기라고도 했다.

국문학을 공부하던 시절 해마다 학술답사를 다녔다. 학부 4학년부터 박사과정 수료까지 꼬박 5년 동안, 버스도 들어가지 않는 심심산천으로 가선 옛이야기와 옛노래를 모았다. 몇 가구 되지 않는 오지 마을에도 이야기꾼과 노래꾼은 꼭 있었다. 글을 전혀 모르는데도 육전소설 『춘향전』을 처음부터 끝까지 외우는 팔순 노인도 만났고, 타령이란 타령은 죄다 불러주는 칠순 노파에게 붙들려 하룻밤 신세도 졌다. 사람은 나고 죽지만 이야기와 노래는 영원하단 생각을 그때 했다.

다섯 차례 답사에서 가장 강렬했던 것은 무가(巫歌)였다.

세습무인 오십 대 중반 여인이 우리를 맞았다.

예전에도 무가를 녹취하기 위해 굿을 보러 간 적이 있었다. 굿당 입구에서부터 색색가지 천이 휘날렸고, 북채를 쥔 고수는 물론이고 피리를 불고 장구를 치는 악공들까지 자리를 잡았다. 대부분의 무당은 부채나 요령을 흔들면서 어깨를 들썩이고 고개를 휘저으며 좌중을 압도해 나갔다.

산골에서 우리를 맞은 무당은 달랐다. 소리북도 없이, 부채나 요령을 들지도 않고, 몸을 전혀 움직이지 않은 채, 나만 똑바로 보며 노래했다. 그 눈길이 너무 뜨거웠다. 이 세상에 무당과 나 단둘뿐이라는 착각이 들었다.

마당에 묶인 황구가 갑자기 심하게 짖었다. 나는 헉 들숨을 쉬며 고개를 돌려 열린 창밖을 내다봤다. 사람은 물론이고 고양이나 새나 쥐나 나방도 없었다. 무당이 노래를 멈췄다. 흥취가 깨진 걸까. 불친절한 반말로 나무라듯 말했다.

"하긴, 사람보다 낫지."

황구가 나보다 낫다는 소리로도 들렸다. 서당 개 삼년이면 풍월을 읊는단 이야기는 들었지만, 무당 개 삼년이면 귀신을 본다는 것은 그때 처음 알았다.

이 대표는 과학 연구 방법을 익혔으면서도 옛이야기의 정취를 즐기는 이야기꾼이다. 그의 이야기는 객관과 주관, 데이터와 그리움, 숫자와 상상을 자유롭게 넘나든다.

'飯하다'에서 채식 식단을 맛보고 나서 가볍게 앞마당을 산책했다. 잔디가 깔린 마당은 무척 넓었다. 폐교가 되기 전엔 초등학생들이 뛰놀던 운동장이었다.

진돗개 복실이가 길 안내를 하듯 앞장을 섰다. 다른 개들은 정문 왼편에 묶어놨지만, 열다섯 살 복실이는 풀어놓고 길렀다. 팽나무 아래 허수아비 세 개가 서 있었고, 군데군데 소나무들이 넉넉하게 거리를 두곤 자리를 잡았다. 이순신 장군 동상과 책 읽는 남매 동상도 정겨웠다. 편히 쉴 벤치도 충분했다. 그는 마당의 면적과 나무의 수종 그리고 마당 구석 둠벙의 크기와 그 속에 사는 다양한 생물들 이야기를 맛깔스럽게 술술 들려줬다. 나는 그 숫자와 정보 사이를 슬쩍 비틀었다.

"2006년 5월 처음 이사 왔을 때 무섭진 않았나요? 지금도 그렇지만 근처에 민가가 없잖아요. 들판을 가로질러 15분은 가야 마을이 나오니까."

이 대표가 복실이 등을 쓰다듬으며 '飯하다' 쪽을 돌아봤다.

"황당하긴 했죠. 직원 세 명은 순천에서 출퇴근했고, 우리 가족만 저기 '飯하다' 자리에서 숙식을 시작했습니다. 저는 시골에서 나고 자라 고요하고 깜깜한 밤이 낯설지 않지만, 순천 시내에서만 살았던 아내나 두 아들은 그런 분위기가 처음이었죠.

겨우겨우 잠들었는데, 아내가 저를 흔들어 깨우더군요. 창밖에 뭐가 있단 겁니다. 어둑새벽쯤 되었으려나요. 나가봤더니 마을 사람들이 창가에 서선 들여다보고 있더라고요. 폐교되고 몇 년 동안 깜깜했는데, 갑자기 빛이 보이니 뭔가 하고 왔던 거죠. 다들 새벽부터 들일을 나가니까요. 혹시 도깨비불인가 하고 들여다봤던 겁니다. 그때 친환경 오이 재배를 도와드렸던 농부에게서 진돗개 강아지 두 마리를 데려왔죠. 복돌이가 먼저 왔고 몇 달 있다가 요놈 복실이가 왔어요."

이 대표는 아예 벤치에 앉더니 이야기를 이었다.

"복실이가 오기 전, 그러니까 복돌이가 오자마자 열흘 남짓 매일 밤마다 심하게 짖는 겁니다. 나가보면 아무도 없고 나가보면 아무도 없는데, 동이 틀 때까지 짖다가 낮에는 지쳐 하루 종일 뻗어 자더라고요. 출근하는 직원들이 복돌이를 보고 개 팔자가 상팔자라고, 게으름 부린다고 부러워할 정도였죠. 하지만 밤을 꼬박 새워 짖어댄 복돌이니까, 힘이 딸려 낮엔 누워 지냈던 게지요.

집터나 묏자리를 잘 봐서 지관 노릇도 하는 지인이 찾아왔기에 복돌이가 밤마다 짖는 이유를 물었습니다. 그 사람이 그러더군요. 이 자린 대대로 사람들이 모여드는 곳이라고. 학교나 회사를 하긴 딱 좋다고. 한데 폐교가 된 후 인적이 드물었으니, 사람 대신 귀신들이 와서 지냈다고. 귀신을 보는 개들이 있는데 복돌이가 바로 그런 개라고. 열흘 내내 귀신들을 내쫓으며 이 대표 가족을 지키느라 잠도 못 자고 짖은 거라고. 귀신들 다 쫓아내고 나면 저절로 그칠 거라고. 열흘이 지난 후 정말 복돌이가 짖지를 않더군요. 밤에도 편히 자고. 복돌이가 우릴 지켜준 겁니다."

그렇듯 영특한 개였으니 이 대표 가족과 직원들 사랑이 남달랐을 것이다. 그가 일어나선 뒤돌아서며 한마디 더했다.

"복돌이는… 영원히 미실란과 함께해요."

따라 일어섰다. 시선이 머문 소나무 아래를 쳐다보았다.

"복돌이가 그러면…."

"여기 묻었습니다. 땅을 파곤 나락을 삼층으로 깐 후 복돌이를 뉘었지요."

작은 눈이 촉촉해졌다. 복돌이와의 추억을 더 들려달라 청했다.

"우리 개들은 매우 건강합니다. 발아현미를 먹고 자랐거든요. 미실란 발아현미는 평균 발아율이 95퍼센트 이상입니다만, 아주 가끔 발아율이 70퍼센트 남짓으로 떨어질 때도 있습니다. 다른 회사와 비교하면 그것도 높지만, 70퍼센트 전후인 발아현미는 내보내지 않고 따로 모아 복돌이와 복실이에게 먹였죠.

복돌이는 제 곁에 딱 붙어 다녔습니다. 저를 항상 지켜주는 든든한 친구였지요. 저희 가족뿐 아니라 마당에 풀어 키운 닭들도 보호했고요. 새벽에 들일을 나갈 때면, 복돌이가 먼저 논두렁을 걷곤 했지요. 이곳에 정을 붙인 것도 복돌이 도움이 컸습니다."

"몹쓸 병이라도 걸린 건가요?"

"5년 동안 복돌이 복실이와 정말 행복하게 살았습니다. 하지만 산다는 게 그렇잖아요? 불행한 사고가 갑자기 터지기도 합니다. 그 새벽에도 복돌이가 앞장을 섰지요. 논두렁으로 접어들었을 때 복돌이가 펄쩍 뛰면서 으르렁거렸습니다. 뱀이 앞을 막았던 게지요. 그전에도 복돌이는 종종 뱀을 잡곤 했습니다. 앞발로 힘껏 누른 뒤 입으로 뜯어 반 토막을 냈지요. 뱀이 제게 해를 끼친다고 여긴 겁니다. 그날도 그렇게 뱀을 제압하고 죽였지요. 한데 복돌이가 갑자기 비틀거리더군요. 싸우다가 독사에게 물린 겁니다.

순천의 동물병원으로 급히 데려갔지요. 해독 주사를 맞히고 약을 먹였습니다. 미실란으로 돌아왔지만 제대로 걷지를 못하더라고요. 마지막으로 제가 복돌이를 보러 갔을 때, 녀석은 겨우 눈을 맞추며 비틀비틀 일어서더군요. 작별인사를 하는구나 싶었습니다. 말이 필요없는 관계였으니까요. 눈만 봐도, 아니 눈을 보지 않고 숨소리만 들어도 녀석은 제 마음을 읽곤 했습니다. 복돌이는 힘없이 털썩 앉았다가 엎드리더니 세상을 떠나고 말았습니다. 직원들과 함께 이 나무 아래에 묻었죠. 모두 울었답니다."

복실이가 벤치를 한 바퀴 돌더니 복돌이가 묻힌 자리를 쳐다보며 컹 하고 짧게 짖었다. 이 대표가 왼 무릎을 꿇고 복실이를 안으며 등과 배를 쓸어줬다.

"복돌이가 떠난 후 복실이가 그 자리를 채워줬지요. 복돌이가 살아 있을 때는 복실이의 존재감이 미미했어요. 새벽에 들일을 나가도 복실이는 따라오지 않고 그냥 누워 지낸 적도 많고요. 한데 복돌이가 죽고 나니 복실이가 제 곁을 지키더군요. 복돌이처럼 들일 나갈 때 논두렁도 먼저 가고, 뱀도 잡고. 다행히 복실이는 지금까지 이곳에서 잘 지내고 있습니다. 이젠 완전히 할머니죠."

건너편 소나무로도 눈이 갔다. 작은 들판 음악회에서 무대를 만들 때 홀로 우뚝 솟아 멋진 배경이 되었던 나무였다. 그가 속마음을 읽기라도 한 것처럼 말했다.

"저기 고인돌 보이시죠?"

"고인돌?"

소나무 아래 벤치가 있었다. 그 앞에 놓인 평평한 돌은 남방식 고인돌을 빼닮았다.

"일부러 제가 구해 온 겁니다. 고인돌 밑에 법이가 묻혀 있거든요."

"법이요?"

"법대로 살라고 붙여준 이름이래요. 법 없이도 사는 개였죠. 리트리버!"

"복돌이와 복실이 외에 리트리버도 키우셨다고요?"

"원래 저희 개가 아니었는데, 보성에 강대인 회장님이란 분이 계세요. 친환경 벼농사의 선구자시죠. 저희에겐 은인이세요. 미실란 초창기엔 강 회장님 댁 쌀로 발아현미를 많이 만들었죠. 어느 날 사모님이 쌀과 함께 법이를 트럭에 태워 보내신 겁니다. 다른 집에 주면 개를 잡아먹을 것 같고, 이 대표에게 주면 정성껏 기를 것 같아 보내셨대요. 2008년쯤 왔죠.

법이는 이름대로 너무 온순해서, 복돌이 복실이와 금방 친해졌죠. 진돗개인 복돌이와 복실이는 읍내까지 따라오지 않고 자기 영역을 지켰는데, 법이와는 읍내 시장도 가고 섬진강에서 물놀이도 하고 그랬지요. 안타깝게도 법이는 심장사상충에 걸린 채 미실란에 왔습니다. 치료를 꾸준히 했지만 3년 정도 지나 세상을 떠났습니다. 아이들과 정이 많이 들었죠. 고인돌 닮은 돌을 구해 법이 무덤을 만들어줬고요. 돌 주위에 수선화를 심었더니 해마다 꽃이 핍니다. 그 꽃을 보며 법이의 맑은 웃음을 떠올리죠."

'飯하다'를 향해 뒤돌아 걷다가, 밥카페에서 가장 가까운 소나무에도 눈길이 닿았다.

"저 아래엔 미실이가 누워 있어요. 요물이었죠."

"미실이는 또 언제 왔어요?"

"2007년 말인가 2008년쯤이었나 봐요. 미실이가 아니라 미실이 엄마가 왔죠. 미술학원에서 키우던 개였습니다. 학원 아이들에게 사납게 굴었나 봅니다. 진돗개이긴 한데 다른 종이랑 섞여 덩치가 크고 아주 잘생겼습니다. 개를 데리고 와서 보니 임신을 했더라고요. 미실이를 낳고 얼마 지나지 않아 미실이 엄마는 죽었어요. 복수가 차오르는 게 이미 병이 깊은 상태였습니다."

"한데 왜 요물이에요?"

"복실이도 때마침 그때 새끼를 낳았거든요. 한데 미실이가 슬금슬금 다가가더니 복실이 젖을 먹더라고요. 젖동냥으로 큰 개예요. 미실이가 낳은 새끼들은 풍채가 좋고 용감해서 입양이 잘 되었습니다. 강원도 쪽에 간 두 마리는 멧돼지하고도 맞선다는 소식이 들리더군요. 미실이는 사람에겐 너무너무 친절하고 순둥인데 동물한텐 난폭해요. 그래서 요물이죠. 새들도 풀쩍 뛰어 잡고 그랬습니다.

미실이는 7년 정도 저희랑 지내다가, 2015년쯤 미실이 엄마처럼 복수가 차더니 암에 걸려 죽었습니다. 미실이 새끼 중 한 마리를 지금도 키우고 있죠. 봉구라고 정문 옆에 있습니다. 봉구도 순하긴 한데, 덩치가 크고 달려드는 속도가 너무 빨라 감당하기 힘들더라고요. 예전에는 나무 울타리를 만들어 풀어놓기도 했지요. 개들이 더 자유를 누리며 살 방법을 고민하고 있습니다."

폐교에 미실란이 이주한 사실을 안 후로는 넓은 앞마당과 동상과 나무들을 당연하게 받아들였다. 그러나 복돌이, 법이, 미실이의 무덤을 세 그루 소나무 아래 마련한 줄은 몰랐다. 살아서도 미실란 가족이고 죽어서도 미실란 가족인 것이다. 미실란에는 현재 복실이, 봉구부터 밥순이까지, 키우는 개가 여섯 마리다. 하루 한 번 개들에게 먹이를 주는 것은 이 대표의 소소한 즐거움이다. 미실란 마당과 곡성 들판 그리고 섬진강 주변 습지를 뛰놀다가, 그들도 복돌이처럼 범이처럼 미실이처럼 미실란 앞마당에 묻힐 것이다.

이승 동물과 저승 동물이 함께 지내고, 사람과 동물의 경계를 뛰어넘어 정이 흐르는 곳. 미실란 마당이 달리 보였다. 복돌이 이야기를 듣고 나선 미실란에 도착하면 무조건 앞마당부터 거닐었다. 소나무들을 어루만지고, 그 아래 묻힌 개들에게 인사를 건네고, 또 이런저런 인연으로 미실란에 와서 살고 있는 개들과 닭들과 토끼들에게도 말을 붙였다. 만남이 쌓이는 곳, 미실란이었다.

도깨비 씨나락 까먹는 소리일지라도!

> 나락 하나도 땅과 하늘이 없으면, 물과 빛이 없으면, 공기가 없으면,
> 미물들이 없으면, 이 우주가 없으면 나락 하나가 되지를 않는다.
> ─장일순, 『나락 한 알 속의 우주』

여행이란 만남이다.

낯선 길 위에서 다른 삶을 껴안는 것이다.

보고 들은 삶을 이야기로 푸는 것이 내 업이다. 그러므로 이 책도 길 위에서 맺기로 했다. 이야기를 말하는 이동현과 이야기를 쓰는 김탁환과 이야기를 소리로 펼치는 최용석, 이야기꾼 셋이 떠나는 짧은 여행이었다.

세월호 참사와 메르스 사태를 겪으며 사회파 소설을 연이어 쓰는 동안, 나는 각기 다른 곳에서 길동무 둘을 얻었다. 곡성에서 미실란 대표이자 농부과학자인 이동현을 만나 지방, 농촌, 벼농사, 공동체의 어려움과 참된 가치를 알게 되었고, 서울에서 '당산동 커피'

바리스타이자 소리꾼인 최용석과 어울려 이야기의 본질을 숙고하게 되었다. 그는 이미 20년 넘게 창작판소리를 해왔다. 전승을 뛰어넘어 당대의 문제들을 소리에 담았던 것이다.

몇 해 전부터 그는 내가 쓴 역사소설들을 소리로 옮기고 싶다는 제안을 했다. 그때 나는 사회파 소설을 쓰는 데도 역부족이었다. 그런데 그 사이 재주 많은 소리꾼은 대표를 역임하던 '판소리공장 바닥소리'에서 나왔고, 나 역시 장편소설 외에 창작판소리 작업을 할 여유가 생겼다. 우리는 의기투합하여 2019년 초 '창작집단 싸목싸목'을 결성했다. 곡성에서 들은 이야기를 종종 서울로 가져와 옮기니, 소리꾼답게 좋아했다.

"딱 창작판소리에 어울리는 이야기네요."

그래서 세 남자의 이야기 여행이 꾸려졌다.

수원 화서역에서 만났다. 나는 이 대표에게 다시 가고 싶은 곳을 골라 2박 3일 여정을 짜보시라 부탁했었다.

첫 방문지는, 지금은 서울로 옮겨간 서울대학교 농과대학이었다. 이 대표는 순천대를 졸업한 뒤 서울대 대학원에서 석사를 마쳤다. 학교 이전 뒤 새로 단장한 건물과 옛 모습 그대로인 건물이 뒤섞여 있었다. 밤낮으로 머물렀던 실험동 앞에 붙은 출입금지 안내판이 야속했다. 자전거들이 쭉 뻗은 2차선 도로로 오갔고, 사람들이 넓은 잔디밭 곳곳에 삼삼오오 모여 의자를 놓거나 아예 텐트를 치고 봄꽃을 즐겼다. 미생물 연구자의 꿈을 품고 날아왔던 곳이면서, 스스로 날개를 접고 돌아선 곳이기도 했다.

두 번째 방문지는 새만금이었다.

방조제에서 가까운 군산 비응도에서 일박을 하고, 아침 8시 30분 방조제 가운데 있는 가력도항에 일찌감치 도착했다. 이 대표는 몇몇 사람들과 반갑게 인사를 나눴다. 새만금 시민생태조사단 활동을 함께했던 이들이다.

스무 명 남짓한 사람들이 비안두리호를 타고 비안도로 들어갔다. 이름처럼 섬은 날아가는 기러기를 닮았다.

방조제에서 배로 10분밖에 떨어지지 않은 비안도를 찾아간 이유는 새들을 조사하기 위해서였다. 간척과 함께 갯벌이 유실되면서 저서생물과 물새들이 심각한 타격을 입었다. 시민생태조사단은 방조제가 완공된 후에도 이 지역 생태계의 변화를 꾸준히 기록해 오고 있었다.

비안초등학교 뒤편 언덕을 넘었다. 조약돌 가득한 해변이 나왔다. 파도의 침식과 풍화작용이 만든 파식대지였다. 촤르르 촤르르르르, 밀려든 바닷물이 빠져나갈 때마다 돌들의 둥근 울음이 귀와 얼굴과 가슴을 때렸다. 소리꾼이 우뚝 솟은 절벽을 향해 서서 〈심청가〉 한 대목을 부르기 시작했다. 파도에 부딪치는 돌 울음을 뚫고, 인당수에 뛰어드는 심청의 애절함이 이 대표와 내게 전해졌다.

"아이고 아버지. 불효여식은 요만끔도 생각 마옵시고 사는 대로 사시다가 어서어서 눈을 떠서 대명천지 다시 보고 좋은 데 장가들어 칠십생남 허옵소서. 요보시오 선인님네 억십만금 퇴를 내어 본국으로 돌아가시거든 불쌍헌 우리 부친 위로허여 주옵소서." "글량은 염려 말고 어서 급히 물에 들라." 성화같이 재촉허니, 심청이 거동 봐라. 샛별 같은 눈을 감고, 초마폭을 무릅쓰고, 뱃전으로 우루루루 만경창파 갈매기 격으로 떳다 물에 풍!

해당은 광풍에 날리고 명월은 해문에 잠겼도다. 영좌도 울고 사공도 울고 역군화장이 모두 운다. 장사도 좋거니와 우리가 넌년히 사람을 사다가 이 물에 넣고 가니 후사가 어이 좋을 리가 있겠느냐.

뺨에 닿은 죽음의 칼날이 절벽에 부딪혀 튕겼다. 하늘로 솟고 바다로 잠기고 사람들 가슴까지 섬뜩하게 뚫었다. 이제 다 끝났다고, 심청이는 죽었다고, 바다에 사람을 제물로 바치면서도 이렇듯 장사를 계속하는 신세가 한심하다고. 그들은 울고 울고 또 울면서 죽음을 마무리하려 했다. 판소리는 여기서 멈췄지만 〈심청가〉는 내 머릿속에서 새로운 물음으로 바뀌어 이어졌다. 인당수에 빠졌다가 되살아난 심청처럼, 새만금 갯벌도 회복될까. 다시 생명들을 품을까.

마지막 방문지는 섬진강이었다.

대황강 옆 강빛마을 이 대표 집에서 하룻밤을 묵은 뒤, 세 남자는 다시 길을 나섰다. 침실 습지로 올라갔다. 안내판을 찬찬히 뜯어보던 소리꾼이 물었다.

"마천목 장군이 누굽니까?"

곡성역에서 압록 유원지까지 마천목 장군길이 조성된 것이다. 이

곳이 1코스였다. 반원 모양 침실목교를 지나 뽕뽕 다리에 닿을 때까지, 마천목 장군이 도깨비들을 시켜 어살 쌓은 이야기를 들려줬다. 다리 앞에서 소리꾼이 알은체를 했다.

"여기가 퐁퐁 다리군요. 안내판에서 봤습니다."

이 대표가 답했다.

"퐁퐁 다리 아닙니다. 여기 사람들은 다 뽕뽕 다리라고 해요. 물이 퐁퐁 솟지 않고 뽕뽕 솟거든요."

흐르는 강물의 양이 충분하지 않아서, 퐁퐁 솟는지 뽕뽕 솟는지 확인하긴 어려웠다. 이 대표와 나는 뽕뽕 다리에 드러누워 해바라기를 했다. 강물이 등을 어루만지며 지나갔다. 소리꾼은 다리를 건너 버드나무들을 바라보고 섰다. 새들이 마중 나온 연인처럼 번갈아 울었다. 연두의 세상을 소개하는지도 몰랐다.

구례로 내려갔다. 다리를 건너던 이 대표가 유리판으로 올라서선 멈췄다. 다리 밑에 거대한 두꺼비 한 마리가 앉아 있었다. 조각상이었다.

"조선시대엔 이 강을 섬강이라 불렀어요. 두꺼비 섬(蟾) 강 강(江), 두꺼비강인 거죠. 고려 우왕 때 왜구들이 섬강으로 올라오려 하는데, 수십만 마리의 두꺼비가 울어서 내쫓았다고 합니다. 생각해 보면, 어렸을 땐 두꺼비가 참 흔했어요. 새벽에 초등학교에 가려고 고향집을 나서다가 엉금엉금 기어가는 두꺼비를 한참 지켜보곤 했으니까요. 하지만 이제 두꺼비는 만나기 힘든 동물이 되었네요. 수십만 마리가 함께 울어 왜구를 쫓아냈다니, 그 소릴 듣고도 싶은데….

조각이 아니라 살아 우는 두꺼비들이 이 강에 가득하도록 만들어야 합니다."

구례 장터에서 팥칼국수로 점심을 먹었다. 경남 진해가 고향인 나는 소금으로 간을 했고, 전남 고흥 출신 이동현과 목포 출신 최용석은 설탕을 듬뿍 넣었다. 첫날 새만금으로 가다가 충남 당진에서 콩국수로 요기할 때도, 나는 소금 그들은 설탕이었다. 우리는 아직 타협할 것도 용인할 것도 고집할 것도 많았다. 차이가 나더라도 내 식을 강변하지 않고 저마다의 취향과 의지대로 흘러갈 일이었다.

소리꾼이 물었다.

"섬진강이 그렇게 좋으세요?"

"무조건 섬진강을 끼고 살겠다 결심했죠. 남원이든 곡성이든 구례든 광양이든 혹은 하동이더라도 괜찮다 여겼습니다. 섬진강만 떠나지 않는다면."

"이유가 뭔가요?"

"섬진강은 용서하고 살려내니까요. 봄에는 꽃들이 피고 가을에는 벼가 익습니다. 물고기는 헤엄치고 물새는 날아내립니다. 인간들이 제아무리 못된 짓을 하더라도 다 받아주죠. 엄마 같은 강이에요."

미실란에서 10분만 걸으면 섬진강이었다. 처음 곡성에 와서 이웃들과 사귀지 못하고 직원들도 회사를 떠났을 때, 이 대표는 아내와 두 아들을 데리고 강으로 갔다. 강변을 따라 걷고, 뛰고, 돌다리를 건너고, 날아가는 새를 보고, 또 헤엄치는 물고기를 보다가 해가 지면 집으로 돌아와 잤던 것이다.

흘려들었던 추억담이 물수제비처럼 되돌아와 내 가슴을 쳤다. 섬진강이 곁을 내주었기에 견뎠던 것이다. 강바닥에 붙어 살아나고 살아나고 또 살아나는 저서생물처럼, 미실란도 또 이 대표 가족도 스러지지 않고 하루하루를 넘길 수 있었다. 강은 위로였고 격려였고 다짐이었다.

'나는 물소리에 넋을 잃는다'는 멋진 문장도 있지만, 섬진강에선 넋을 잃기보다 새 힘을 얻을 때가 더 많았다. 그 힘은 대도시의 도로처럼 곧게 뻗은 직선이 아니다. 굽이굽이 흘러가는 강의 노래를 들노라면, 삶 속에 죽음, 빛 속에 어둠, 노래 속에 비명이 담겼다. 무작정 즐겁게 나아가는 것이 아니라, 그럼에도 불구하고 힘겹지만 내딛는 쪽이다. 맺고 끊음이 분명한 대도시의 나날에선 상상할 수 없는 방향으로 휘감아 도는, 내 살을 깎아내면서도 타인의 자리를 챙기는 강이여!

이 대표를 만난 후 가장 자주 들었지만 선뜻 납득하기 힘든 단어가 바로 '꿈'이다. 밥카페 '飯하다' 입구에도 '꿈꾸는 자는 멈추지 않는다'는 문장이 붙어 있다. 휘적휘적 앞서 걷는 넓은 등을 바라보며, 나는 소리꾼에게 물었다.

"판소리로 풀 만한 게 있어?"

"있다뿐이겠습니까. 제법 많은데, 여러 편으로 나눌까요? 하나로 묶을까요?"

강을 바라보며 답했다.

"하나로 유유하게!"

"마음에 둔 제목이라도 있으십니까?"

"도깨비 씨나락."

"도깨비 씨나락이라뇨?"

소리꾼의 어깨를 감싸며 농부과학자처럼 실눈을 떴다. 볕은 어른 거리고 바람은 따사로웠다. 여름 가을 겨울에 앞서 지난 봄을 기억 하는 봄이었다.

"도깨비 씨나락 까먹는 소리라고 욕을 듣더라도, 한 자락 신나게 꾸는 게지. 자, 어디 만들어보자고!"

모래사장으로 피서객이 몰렸다는 압록을 향해, 내가 먼저 싸목 싸목 춤추며 걸었다. 두 사람이 덩실덩실 따라왔다. 세 마리 도깨비 라 해도 어울리는 꼴이었다.

농부과학자 이동현(李東炫)은 1969년 전라남도 고흥군 동강면 오월리 벽계마을에서 태어났다. 칠남매의 막둥이로, 흙을 맛보고 흙을 밟고 흙을 일구며 살았다. 지금은 오월리 전체가 수몰되어 내대저수지가 되었다. 산발산을 넘어 청송초등학교를 오갔으며, 자전거를 타고 벌교중학교에 가다가 시내버스와 부딪쳐 크게 다친 적도 있다. 전남고등학교를 다니는 3년 내내 광주에서 자취를 했다. 가난한 시골 농부의 아들이라는 이유로 부당하게 차별도 받았고, 평생 우정을 나눌 친구들도 얻었다.

1988년 순천대학교 농생물학과에 입학했다. 2학년 1학기까지, 학생운동을 하며 모임과 집회와 시위의 날들을 보냈다. 고영진 교수와의 운명적인 만남으로 균병학 실험실에서 연구에 몰두했다. 어려서부터 고향

전답에서 곡물과 과일을 가까이한 경험이 큰 자산이 되었다. 1992년 서울대학교 대학원 농생물학과에 합격하여 수원으로 거처를 옮겼다. 곰팡이 독소학의 권위자 이인원 교수의 지도를 받아 석사학위를 취득하였다. 의무병으로 군 복무를 마친 후, 서울대 대학원 박사과정에 진학하였으나 곧 휴학하였다.

순천으로 내려와서, 실험동물의 생명을 빼앗는 실험이 전제된 연구가 아니라 생명을 살리는 친환경적인 연구 가능성을 모색하였다. 서울대 박사과정을 자퇴하고 친환경 느타리버섯 농사를 지었다. 2000년 문부성 장학생으로 선발되어 일본 규슈 대학교 생물자원환경과학과 박사과정에 입학하였다. 미치오 오바 교수의 지도로 응용유전해충방제를 전공하여, 2003년 9월 박사학위를 받고 귀국하였다.

한국과학재단 신진연구원과 순천대 한국지의류연구센터 특별연구원으로 1년 남짓 근무하였다. 2004년 9월 ㈜픽슨바이오를 창업하여, 미생물로 병해와 충해를 동시에 방제하는 신약을 개발하였다. 특허까지 내고 제품을 출시하였으나, 회사 경영과 유통체계를 충분히 숙지하지 못해 시장에서 만족할 만한 성과를 거두진 못했다.

미생물에서 발아현미를 비롯한 미곡으로 연구 및 사업 방향을 전환하고, 2005년 11월 29일 농업회사법인 ㈜미실란을 설립했다. 2006년 5월 곡성군수 고현석의 적극적인 권유로 폐교가 된 곡성동초등학교 건물로 이주하였다. 전라남도 곡성군 곡성읍 섬진강로 2584, 이곳에서 지금까지 계속 미실란을 일구어오고 있다.

2006년 벼 품종 278개를 미실란을 둘러싼 논에 심고 부설연구소에서 집중적으로 연구하였다. 이를 계기로 2007년부터 농촌진흥청과 함께 '발아현미용 품종 선발 및 산업화 공동 연구'를 진행하였다. 2015년 8월 15일 밥카페 '飯하다'를 열었다. '飯하다'는 들녘을 바라보며 발아현미로 지은 밥과 제철채소를 즐기는, 농촌진흥청 지정 곡성1호 농가맛집이다. 해마다 봄과 가을로 작은 들판 음악회를 열고, 복도 전시회도 꾸준히 이어오는 중이다.

해마다 100회 이상 미실란 강의실은 물론이고 전국을 다니며 지방 농촌의 현실과 친환경 농법과 발아현미를 강의하고 있다. 특히 유치원과 초등학교 학생들을 직접 논에 데리고 들어가서 생태계를 설명하는 것을 가장 좋아한다.

천주교 광주대교구 생태환경위원이며, (사)침실습지보존회 이사장이다. 2015년 대산농촌문화상, 2019년 유엔식량농업기구 모범농민상을 받았다.

주

1장 발아

1. 박지원, 『열하일기』 1권, 돌베개, 2017, 270쪽.

2. 김현, 『젊은 시인들의 상상세계 / 말들의 풍경』, 문학과지성사, 1999, 211쪽.

3. 황풍년, 『전라도, 촌스러움의 미학』, 행성B, 2016, 20쪽.

4. 황풍년, 앞의 책, 286쪽.

5. 허원기, 「심청전 근원 설화의 전반적 검토: 원홍장 이야기의 위상을 중심으로」, 《정신문화연구》 89호, 2002, 78~82쪽.

2장 모내기

1. 김종철, 『대지의 상상력』, 녹색평론사, 2019, 341쪽.

3장 김매기

1. 남종영, '혁신이 지워버린 생명의 눈망울', 《한겨레21》 1305호, 2020.

2. 프란치스코, 『우리 어머니인 지구』, 한국천주교중앙협의회, 2020, 40쪽.

3. 노무현재단, 유시민, 『운명이다』, 돌베개, 2019, 313쪽.

4. 변동명, 「곡성의 두가어전과 마천목 그리고 도깨비 설화」, 《역사학연구》 75, 2019, 104쪽.

4장 추수

1. 데이비드 조지 해스컬, 『숲에서 우주를 보다』, 에이도스, 2014, 12쪽.

2. 장일순, 『나락 한 알 속의 우주』, 녹색평론사, 2016, 177쪽.

3. 프란치스코, 『우리 어머니인 지구』, 한국천주교중앙협의회, 2020, 20쪽.

4. 조준원, 여영숙, 『정해박해와 곡성』, 한국문화원연합회, 2020, 178~179쪽.

5장 파종

1. 마강래, 『지방도시 살생부』, 개마고원, 2017, 34~35쪽.

2. 마강래, 『베이비부머가 떠나야 모두가 산다』, 개마고원, 2020, 121~122쪽.

3. 간다 세이지, 『마을의 진화』, 반비, 2020, 55~57쪽.

참고문헌

서울에서 곡성군과 미실란을 오가며, 읽고 보고 정리해서 본문에 녹인 책과 논
문과 영상물은 아래와 같습니다. 참고문헌 덕분에 지방과 농촌과 벼농사와 공동
체를 더 깊고 넓게 고민할 수 있었습니다. 고맙습니다.

■ 단행본

간다 세이지, 『마을의 진화』, 반비, 2020.

강대인, 『강대인의 유기농 벼농사』, 들녘, 2005.

곡성문화원 엮음, 『충정공 마천목 장군』, 곡성문화원, 1998.

김기홍, 『마을의 재발견』, 올림, 2014.

김문희, 김충현, 박동규, 『통계로 본 세계 속의 한국농업』, 한국농촌경제연구원,
　　2019.

김산하, 『습지주의자』, 사이언스북스, 2019.

김성범, 『도깨비살』, 푸른책들, 2004.

김용련, 『마을교육공동체』, 살림터, 2019.

김용택, 『섬진강』, 창작과비평사, 1985.

김정태, 홍성욱, 『적정기술이란 무엇인가』, 살림, 2011.

김종대, 『도깨비, 잃어버린 우리의 신』, 인문서원, 2017.

김종철, 『근대문명에서 생태문명으로』, 녹색평론사, 2019.

김종철, 『대지의 상상력』, 녹색평론사, 2019.

김한민, 『아무튼, 비건』, 위고, 2018.

김혜련, 『밥하는 시간』, 서울셀렉션, 2019.

노무현재단, 유시민, 『운명이다』, 돌베개, 2019.

데이비드 월러스 웰즈, 『2050 거주불능지구』, 추수밭, 2020.

데이비드 조지 해스컬, 『숲에서 우주를 보다』, 에이도스, 2014.

마강래, 『베이비부머가 떠나야 모두가 산다』, 개마고원, 2020.

마강래, 『지방도시 살생부』, 개마고원, 2017.

마스다 히로야, 『지방소멸』, 와이즈베리, 2015.

몸문화연구소, 『인류세와 에코바디』, 필로소픽, 2019.

박원순, 『마을이 학교다』, 검둥소, 2010.

박지원, 『열하일기』, 돌베개, 2017.

비스와봐 쉼보르스카, 『끝과 시작』, 문학과지성사, 2016.

성미산학교, 『마을 학교』, 교육공동체벗, 2016.

송기태 외, 『곡성죽동농악』, 민속원, 2016.

에드워드 윌슨, 『개미언덕』, 사이언스북스, 2013.

엔도 슈사쿠, 『침묵』, 홍성사, 2003.

오우미 준, 『발아현미의 수수께끼』, 웅진북스, 2003.

유현종, 『심청전』, 곡성문화원, 2017.

이반 일리치, 『누가 나를 쓸모없게 만드는가』, 느린걸음, 2014.

이시무레 미치코, 『슬픈 미나마타』, 달팽이출판, 2007.

이시무레 미치코, 『신들의 마을』, 녹색평론사, 2015.

이일균, 『지방에 산다는 것』, 피플파워, 2020.

장일순, 『나락 한 알 속의 우주』, 녹색평론사, 2016.

정기석, 송정기, 『농촌마을 공동체를 살리는 100가지 방법』, 전북대출판문화원,
    2016.

정윤성, 『마을기업 희망 공동체』, 씽크스마트, 2013.

정혜신, 『당신이 옳다』, 해냄, 2018.

제인 제이콥스, 『미국 대도시의 죽음과 삶』, 그린비, 2010.

조준원, 여영숙, 『정해박해와 곡성』, 한국문화원연합회, 2020.

조태일, 『국토』, 창작과비평사, 1975.

조현, 『우린 다르게 살기로 했다』, 휴, 2018.

존 버거, 『한때 유로파에서』, 열화당, 2019.

최정주, 『원홍장전』, 곡성문화원, 2017.

풀꽃평화연구소 엮음, 『새만금, 네가 아프니 나도 아프다』, 돌베개, 2004.

프란치스코, 『우리 어머니인 지구』, 한국천주교중앙협의회, 2020.

헬레나 노르베리 호지, 『로컬의 미래』, 남해의 봄날, 2018.

홍순관, 『태초에 여백이 있었다』, 새물결프레스, 2019.

황윤, 『사랑할까, 먹을까』, 휴, 2018.

황풍년, 『전라도, 촌스러움의 미학』, 행성B, 2016.

후지나미 다쿠미, 『젊은이가 돌아오는 마을』, 황소자리, 2018.

후지요시 마사하루, 『이토록 멋진 마을』, 황소자리, 2016.

후지이 가즈미치, 『흙의 시간』, 눌와, 2017.

후쿠오카 마사노부, 『짚 한오라기의 혁명』, 녹색평론사, 2011.

■ 논문 및 기사

강성복, 박종익, 「섬진강 유역의 어살 연구」, 《한국민속학》 64, 2016.

김종두, 「동의보감에 나타난 한국의 식이양생사상」, 《한국사상과 문화》 72호, 2014.

남종영, '혁신이 지워버린 생명의 눈망울', 《한겨레21》 1305호, 2020.

배영동, 「곡식에 대한 신성관념과 의례의 의미」, 《농업사연구》 8권 1호, 2009.

변동명, 「고려말, 조선초의 신흥무인 마천목」, 《국학연구론총》 20집, 2017.

변동명, 「곡성의 두가어전과 마천목 그리고 도깨비 설화」, 《역사학연구》 75, 2019.

서해숙, 「한국 터주신앙의 쌀 봉안의례와 문화권역」, 《지방사와 지방문화》 12권 2
호, 2009.

안상영 외, 「식치의 개념 정립 및 적용 이론의 이해」, 《한국한의학연구원 논문집》
14권 2호, 2008.

안상우, 「동의보감 식치 개념과 원리」, 《동아시아식생활학회 학술대회논문집》,

2011.

표인주, 「서사문학 인물을 이용한 곡성의 상징성과 정체성 형성과정 고찰」, 《한국민
속학》 44, 2006.

허원기, 「심청전 근원 설화의 전반적 검토: 원홍장 이야기의 위상을 중심으로」, 《정
신문화연구》 89호, 2002.

■ 발아현미 관련 이동현의 논문들

김대중, 오세관, 윤미라, 천아름, 최임수, 이동현, 이준수, 유광원, 김연규, 「품종별 현
미 발아 전후의 생리활성물질 변화」, 《한국식품영양과학회지》 40권 6호, 2011.

김대중, 오세관, 이정희, 윤미라, 최임수, 이동현, 김연규, 「발아에 따른 현미의 품질
변화」, 《한국식품과학회지》 44권 3호, 2012.

오세관, 김대중, 이동현, 천아름, 윤미라, 최임수, 홍하철, 김연규, 「국내 육성 벼 품종
별 발아현미의 향산화 성분 및 향산화 활성」, 《한국식품영양과학회 학술대회발
표집》, 2010.

오세관, 김정곤, 이정희, 원용재, 이동현, 「발아현미의 싹 길이에 따른 품질 변화」,
《한국작물학회지》 59권 3호, 2014.

오세관, 안경준, 김대중, 이동현, 천아름, 윤미라, 최임수, 홍하철, 김연규, 「발아현미
가공에 따른 품종별 무기성분의 함량 변화」, 《한국작물학회 학술발표대회 논문
집》, 2010.

오세관, 유다정, 김대중, 이동현, 천아름, 윤미라, 최임수, 홍하철, 김연규, 「발아현미
가공에 따른 품종별 식이섬유 및 GABA 성분 변이」, 《한국작물학회 학술발표대
회 논문집》, 2010.

오세관, 이정희, 곽지은, 윤미라, 이동현, 이점식, 장재기, 김정곤, 「국내 품종 발아현
미의 품질 향상, 기능성 증대 및 산업화에 관한 연구」, 《한국작물학회 학술발표
대회 논문집》, 2013.

오세관, 이정희, 윤미라, 김대중, 이동현, 최임수, 이준수, 김인환, 이점식, 「발아현미
의 이화학적 특성」, 《한국식품영양과학회지》 41집 7호, 2012.

오세관, 천금수, 이정희, 이동현, 「친환경 발아현미 생산에 적합한 병 저항성 및 생산성이 우수한 벼 품종 선발」, 《식물병연구》 18권 4호, 2012.

이정희, 곽지은, 오세관, 유미라, 모영준, 이점식, 김정곤, 이동현, 「유색미 발아현미의 항산화 특성 평가」, 《한국작물학회 학술발표대회 논문집》, 2013.

이정희, 김명기, 이동현, 김연규, 황흥구, 양세준, 이정실, 이정호, 오세관, 황필성, 박애란, 「국내 육성 벼 품종 조만성별 발아현미의 품질특성 비교」, 《한국육종학회 학술발표회 발표요지》, 2008.

정혜영, 이동현, 백흠영, 이영상, 「현미 종류별 발아현미의 발아 전후 생리활성물질 함량의 변화」, 《한국작물학회지》 53권 5호, 2008.

조동화, 박혜영, 이석기, 박지영, 최혜선, 우관식, 김현주, 심은영, 원용재, 이동현, 오세관, 「발아현미의 이화학적 특성 및 취반 특성」, 《한국작물학회지》 62권 3호, 2017.

■ 영화, 다큐멘터리, 노래

나홍진, 〈곡성〉, 한국, 2016.

루이스 호요스, 〈더 게임 체인저스〉, 미국, 2018.

마틴 스콜세지, 〈사일런스〉, 미국, 멕시코, 이탈리아, 2016.

이종은, 〈시인 할매〉, 한국, 2019.

이창재, 〈길 위에서〉, 한국, 2013.

크리스 조던, 〈앨버트로스〉, 미국, 2018.

태거트 시겔, 존 벳츠, 〈씨앗, 우리가 몰랐던 이야기〉, 미국, 2016.

페르난도 메이렐레스, 〈두 교황〉, 미국 등, 2019.

프히 암보, 〈스톡홀름 씨의 좋은 날〉, 덴마크, 2014.

황윤, 〈잡식 가족의 딜레마〉, 한국, 2015.

KOMCA 승인필

〈쌀 한 톨의 무게〉, 홍순관

아름다움은 지키는 것이다

초판 1쇄 2020년 8월 28일
초판 8쇄 2024년 10월 20일

지은이 | 김탁환
펴낸이 | 송영석

주간 | 이혜진
편집장 | 박신애 **기획편집** | 최예은 · 조아혜 · 정엄지
디자인 | 박윤정 · 유보람
마케팅 | 김유종 · 한승민
관리 | 송우석 · 전지연 · 채경민

펴낸곳 | (株)해냄출판사
등록번호 | 제10-229호
등록일자 | 1988년 5월 11일(설립일자 | 1983년 6월 24일)

04042 서울시 마포구 잔다리로 30 해냄빌딩 5 · 6층
대표전화 | 326-1600 **팩스** | 326-1624
홈페이지 | www.hainaim.com

ISBN 978-89-6574-948-6

파본은 본사나 구입하신 서점에서 교환하여 드립니다.